处顺境而不随,处逆境而不颓,处困境而不委,处闲境而不冷,处险境而不乱,处绝境而不弃。

"知足"来自心底的满足,而绝非口头的掩饰,但世人常常用口头的"知足"来掩盖内心的"不知足"。

"妥协"是让一只脚后退,而另一只脚依然保持着向前的姿势。

学会"宽容","宽容"则意味着成长,善于"宽容"则意味着成熟。

"随"论

适正 ◎著

知识产权出版社
全国百佳图书出版单位

图书在版编目（CIP）数据

"随"论/适正著. —北京：知识产权出版社，2016.1
ISBN 978-7-5130-3911-6

Ⅰ.①随… Ⅱ.①适… Ⅲ.①随笔—作品集—中国—当代 Ⅳ.①I267.1

中国版本图书馆CIP数据核字（2015）第272133号

内容提要

本书基于哲理的、客观的、人性的思维角度，针对社会、文化、人生等多方面命题，进行了抽象性、概括性的分析与解读，并试图把这些命题放到中国传统文化及至中西方文化比较的认识中来诠释其内涵与外延。

责任编辑：张筱茶　　　　　　　　　　责任出版：孙婷婷
封面设计：刘　伟

"随"论

适　正　著

出版发行：	知识产权出版社有限责任公司	网　　址：	http://www.ipph.cn
社　　址：	北京市海淀区马甸南村1号	天猫旗舰店：	http://zscqcbs.tmall.com
责编电话：	82000860-8180	责编邮箱：	baina319@163.com
发行电话：	010-82000860转8101/8102	发行传真：	010-82000893/82005070/82000270
印　　刷：	北京科信印刷有限公司	经　　销：	各大网上书店、新华书店及相关专业书店
开　　本：	787mm×1092mm　1/16	印　　张：	16
版　　次：	2016年1月第1版	印　　次：	2016年1月第1次印刷
字　　数：	230千字	定　　价：	49.80元
ISBN 978-7-5130-3911-6			

出版权专有　侵权必究
如有印装质量问题，本社负责调换。

题记

做人眼里存黑白
处世心中无是非
岂叹世间善与恶
人生来去两由之

作者简介

　　一个人，其入人类历史的长河中，仅如一粒尘埃，甚至比那尘埃渺小很多很多，几近于无；一掬水，其入波涛浩瀚的大海里，或如一朵浪花，甚至比那浪花谢落得更快更快，几近于逝。

　　他，就是那一粒尘埃，甚至远不如那粒尘埃之大。

　　他，就是那一朵浪花，甚至远不如那朵浪花之久。

　　但，那粒尘埃还存在着！那朵浪花还曾绽放过！

　　作者"适正"，实为笔名，其释义如下："适"由"辶""舌"组成，"舌"为言、"辶"为行，"舌"在"辶"之内，可谓言行一致；"适"亦谓"适中"，即适可而止。"正"，从一而止、守一而止，不偏倚；"正"字五画，在《河图》里"五"居中，乃天数、阳数，含中正、中庸之义；古文"正"亦从"足"，"足"者亦止也。

　　所谓"适正"，既是言行皆正之义，又是"适"合于"正"之意，寓意为：与时偕行，中行无咎；过犹不及，不偏不倚。

　　以上，不是作者的自我画像，而是心向往之的人生彼岸，亦是对人类境界的一种希冀，更是对社会期望的一种理想状态。

　　这不是一个常规的简介，之所以如此，不是不屑，而是不必。因为，在茫茫人海中，是谁已经不重要了，正如那尘埃、那浪花……唯愿此书能够给人们一点记忆、一点回味，足矣！

目录

序 …………………………………… ○○一

论说话 ……………………………… ○○一

论圈子 ……………………………… ○○五

论报应 ……………………………… ○○八

论极致 ……………………………… ○一一

论信任 ……………………………… ○一四

论机遇 ……………………………… ○一八

论小人 ……………………………… ○二一

论妥协 ……………………………… ○二三

论秘密 ……………………………… ○二七

论尊严 ……………………………… ○二九

论知足 ……………………………… ○三二

论人情 ……………………………… ○三五

论诚信 ……………………………… ○三八

论角色 ……………………………… ○四二

论金钱 ……………………………… ○四五

论口碑 ……………………………… ○四八

论酒局	〇五〇
论命运	〇五四
论气场	〇五七
论平衡	〇六〇
论聪明	〇六二
论面子	〇六五
论忠诚	〇六七
论嫉妒	〇七一
论判断	〇七四
论应酬	〇七七
论信仰	〇八〇
论挫折	〇八三
论习惯	〇八六
论好人	〇九〇
论视野	〇九三
论经典	〇九六
论处世	〇九九
论圆满	一〇二
论娱乐	一〇五
论知耻	一〇八
论成功	一一一
论谎言	一一四
论选择	一一八
论规则	一二〇
论欲望	一二三

论靠山	一二六
论成熟	一二九
论溜须	一三二
论心态	一三四
论得失	一三七
论面具	一四〇
论本事	一四三
论义气	一四六
论幸福	一四九
论内耗	一五二
论后悔	一五五
论时尚	一五八
论自恋	一六一
论草根	一六四
论误解	一六七
论交友	一七〇
论低调	一七四
论成名	一七七
论过失	一八〇
论距离	一八三
论自省	一八六
论因果	一八九
论人脉	一九二
论崇拜	一九五
论势利	一九八

论快乐 ……………………………………	二〇二
论权力 ……………………………………	二〇五
论戒备 ……………………………………	二〇八
论无奈 ……………………………………	二一二
论懒惰 ……………………………………	二一五
论心计 ……………………………………	二一九
论境遇 ……………………………………	二二二
论孝顺 ……………………………………	二二四
论贪念 ……………………………………	二二八
论缘分 ……………………………………	二三一
论侥幸 ……………………………………	二三三
论抱怨 ……………………………………	二三六
论宽容 ……………………………………	二三九
论等待 ……………………………………	二四二
跋 ………………………………………	二四五

序

我的一点点想法

《"随"论》之"随",即为随时而论、随情而论、随悟而论、随思而论、随事而论、随地而论、随题而论……这种"随"并非偶发奇想,也绝非刻意为之,更不是随便之举,随意之论,它来自于历史的、社会的、客观的、现实的、人性的存在,并由此而引发了自己对文化的漫思、对哲理的窥究、对生命的碎悟、对人性的拷问。一俟空暇之余,即随机随记、随感随发、随事随录……

300多年前,法国17世纪天才数学家、物理学家、哲学家、散文家帕斯卡尔说过一句名言:"人只不过是一根苇草,是自然界最脆弱的东西;但他是一根能思想的苇草。"世人皆有"思想"。对于一个人来说,"思想"无时无刻不在。"思想"是人之为人的高贵,是人之为人的尊严,是人之为人的权利。"思想"是随着生命而来的,而有的"思想"会随着生命而去,有的"思想"则会永远留存,一如许许多多巨擘俊彦、圣人先贤所创造的思想洪流浩浩汤汤、横无际涯……

虽然,"我"或者"我们"渺小如微尘、如草芥,但仍然可以选择做一颗"思想的苇草"。因为,你我作为芸芸众生中的"这一个",对世界、对社会、对人生,从懵懂到认知,从旁观到体验,从简单到复杂,从浅显到深刻,皆来自"思想"的给予与馈赠。与大家一样,在我的工作、生活、读书过程中,也总有许多问题吸引着我、萦绕着我,甚至困扰着我，令我欲罢不能、欲休不止，有时陷入沉思、有时陷入冥想，便随手把这些记下来，久而久之，铢积寸累，便积攒下了这一摞……

哲人们认为，世界充满着矛盾，矛盾即问题。而许多关于世界本真或人生终极的问题贯穿人类历史的悠悠时空，虽然时明时暗、若隐若现，但它们无时无刻不在，且与每个人息息相关，不管精英抑或草根，不管富贵抑或贫穷，不管成人抑或孩童，不管男人抑或女人……这是人类走在历史连廊里的脚步回声，其中，有你、有他、亦有我……

作为一个普通人，我也时刻在参与、在倾听、在思考、在辨析，在冥思苦想中寻找着答案。就这样，对一些长久的思考、对一些瞬间的感悟、对一些思维的碰撞、对一些亲身的体验，我力求用一种历史与抽象、一般与辩证、理性与感性、系统与离散的方法，对一个一个小问题，以一个一个小视角，用一个一个小观点，勾缀成一篇一篇小文章，以达到由点切入、积沙成丘的目的。我远远没有也永远不会如先哲般博学深邃，也写不出人生的宏篇巨论，这只是心灵的感悟、思想的拾零，但愿能够通过基于客观的、理性的、自然的、人性的分析与论述，达到举要驭繁之目的。

孔子曰：五十而知天命。岁月如驹，倏近半百。每每回味，这些年忙忙碌碌，劳而无功，劳而无果，总觉得一事无成，未给社会创造什么价值，未给家人什么体恤温暖，甚至荒芜自己的太多太多，建树太少太少。由此，对人生之伤感、之愧疚、之痛惜、之急迫、之无奈常常萦绕于心，深感人生之沧桑，令我愧怍难安，唏嘘不已。人生，有时匆匆然而来不及；人生，有时倏忽然而已过去。所以，一直想做点什么，但又恐失之唐突，违拗初心。思来想去，遂集此小书一枚，以慰心愿，但绝无想借此出"名"之心，更无以此谋"利"之意，仅仅是给自己一个人生的注解，给自己一个精神的安慰，给自己一个灵魂的救赎，也权当对过往的一种补救，对命运的一种修弥，对未来的一种期待。

适 正

2015年12月

论说话

说话是人类最重要的交流方式，它看似简单，可以说是人人皆会，实则极不易、极复杂，包括语气、语态、语调、语速，乃至表情、眼神、肢体等诸多因素，是一个综合性的表达。

俗话说："病从口入，祸从口出""一句话说得人笑，一句话说得人跳"，指的就是"说话"的重要性。"话"说好了可以消弭战火、封官晋爵乃至订立城下之盟；"话"说不好可以割袍断义、身陷囹圄，甚至招致杀身灭门之祸。中国古代就有"烛之武不费一兵一卒退百万雄师""诸葛亮舌战群儒联吴抗曹"等经典故事，他们或吐纳珠玉之声，卷舒风云之色；或羽扇纶巾，谈笑间逢凶化吉。

"说话"是口头的"语言"，也可称为"言语"，大抵分为：忠言、良言、诤言、誓言、直言、美言、虚言、谣言、妖言、谎言……民间对所说的"话"叫法更直白，如，好话和坏话、正话和反话、真话和假话、官话和土话、大话和小话，甚至人话和鬼话，等等。每一个叫法，都是一枚经过岁月打磨的琥珀，历史的严肃与风俗的俏皮，以及人们的人情世故、爱憎褒贬，一下子便尽在其中。

"说话"分为许多种类型，比如，"说话"只可意会的叫做"曲言"，口无遮拦的叫做"直言"，言而无信的叫做"食言"，曲意逢迎的叫做"巧言"，气概冲天的叫做"豪言"，无意走嘴的叫做"失言"，信口开河的叫做"胡言"……人们说话时的方式也不尽相同，如，含蓄地表达时，可以"绕"着说；坦白地表达时，可以"直"着说；拿捏不准的话，可以"想"着说；怕给别人留把柄，可以"含"着

"随"论

说；听别人说话时，总希望对方实话实说；陌生人见面搭讪，很多人没话找话说；对有些不能明说的话，说的时候可以费些心思，做到话里有话就是了。还有的时候"问话"即是"答话"，有的时候"答话"亦是"问话"；也有的时候"正话"即"反话"，有的时候"反话"亦是"正话"……如此林林总总，不胜枚举，只可意会不可言传，往往难有常规而循。

现实中人们常常会有这样的思量：为什么有的人说话招人喜欢，有的人说话令人生厌？为什么两个人本来想表达的是同样的意思、同样的目的，而说出来的话却大相径庭，甚至适得其反呢？为什么很多人心里想得好好的，一说出来就"变味"了呢？其实，这反映的就是"说话"艺术的高下之别。从"说话"可以看出一个人的学识、态度、心计、人品、气度、性格等，正所谓"好马出在腿上，好人出在嘴上""良言一句三冬暖，恶语伤人六月寒"。会"说话"不等于"会说话"，会"说话"是"本能"，而"会说话"是"才能"。"会说话"的人，有的时候什么都说了，其实什么也没说；有的时候什么都没说，但是想说的也都表达了。

"说话"要看"对象"。俗语曰"见人说人话，见鬼说鬼话""到什么山唱什么歌，见什么人说什么话"。如，与小孩"说话"要赋有童真，与女人"说话"要注意情绪，与老人"说话"要有所避讳；与上级"说话"要体现尊重，与下级"说话"要表达诚意；与不如自己的人"说话"要保持谦卑，与比自己强的人"说话"要坚守自尊……"说话"要看"场合"，同样一个人，同样一句话，但在不同的场合、不同的地点、不同的时间，"说话"的效果大不一样甚至相反，如，国人见面的问候语"吃了吗"，因为一些人不分场合、时间、地点，结果闹出了许多笑话……"说话"要看"时机"，要区分开哪些"话"应该是当面说的，哪些"话"应该是背后说的，哪些"话"是藏在心里永远不说的，所谓"坏话两头瞒，好话两头传"，一般而言,当面说好话而背后说坏话的人是"小人",当面说"坏话"而背后说好话的人是"朋友",所谓"良药苦口利于病,忠言逆耳利于行"。同时,对一个处在顺境时的人要说一些令其清醒的话,对一个处在逆境的人要说一些令其暖心的话……

因此,"说话"要做到一会"读心",二能"动心"。所谓"读心",即要学会揣测听者的心理;所谓"动心",即要能够打动听者的心灵。否则,一味表达自己的想法而不顾别人的感受,即使是面对万千听众,也不过是自言自语、自说自话。要做到这些,一个人就要具备慎微的心理判断、敏捷的思维反应、机智的处世应变、高超的语言组织能力等。

但"会说话"也应该"慎说话",说出去的话,就像泼出去的水,难以收回。一个人如果口无遮拦,得啥说啥,只凭一时痛快了,但必定留下口舌之患。《马前泼水》[①]里朱买臣的"一盆水",应该成为世人的清醒剂。"会说话"还应该"少说话"。俗话说:"贵人多语迟,话少不算病。"语言木讷之人给人踏实的感觉,善于说话之人给人聪明的印象,而世人往往愿意与前者交往,因为这个世界上聪明人太多而"傻子"太少了。正如孔子《论语》曰:"巧言令色鲜矣仁"[②]"君子敏于行,而讷于言"[③]。

"会说话"更应该"会听话"。俗语说:"锣鼓听声,听话听音""会说的不如会听的。""会听话"就是要善于分辨真话假话、实话虚话、大话小话……遇到越会"说话"的人,就越要会听话、听得懂话,否则就可能是鸡同鸭讲、对牛弹琴。同时,也要做到善于"听其言,观其行"。"言与行"永远是相辅相成的,对一个人所言真伪的鉴别,最终来自于对其行为的印证。换句话说,一个人的所说所做是自己素质、能力高低最透彻的显露,因此,对那些"语言上的巨人,行动上的矮子"一定要擅于辨别,否则贻害甚大。

所以,"会说话"既要会"说",更要能"做"。有时甚至"不说"

"随"论

也是一种"说",而"不说之说"或许比"说话"本身更重要、更有力,因为它所蕴含的内涵往往更丰富、更深邃。曾有这样一个故事:有一个人口才极佳,才辩无双。一日,有人找来一个农夫与此人比口才。此人滔滔不绝,口若悬河,妙语连珠,可这位农夫自始至终一言不发。最后,此人无趣而归,甘拜下风。这,也许就是沉默的力量。

【注释】
① 《马前泼水》:京剧和二人转经典曲目。说的是汉朝的朱买臣自幼家境贫寒,但不忘发奋读书。其妻崔氏嫌贫爱富,威逼朱买臣写下休书,后改嫁匠人。崔氏好吃懒做,直弄得匠人家业败尽,崔氏只好流落大街要饭。正赶上朱买臣得中状元,被封太守衣锦还乡。崔氏马前认夫,朱买臣取一盆水泼于马前,说若能把水收回盆内则可相认。崔氏连泥带水也没凑够半盆,最后羞愧自尽。
② "巧言令色鲜矣仁":出自孔子《论语》,意思是:花言巧语,一副讨好人的脸色,这样的人是很少有仁德的。
③ "君子敏于行,而讷于言":出自孔子《论语》,意思是:君子说话要谨慎而行动要敏捷。

论圈子

凡是"圈子",就有1+1>2的能量,当然,这种能量亦有"正能量"与"负能量"之分别,其影响亦是大相径庭的。

世人皆处于这样那样的"圈子"里。如,时尚圈、娱乐圈、文艺圈、体育圈……还有同学圈、朋友圈、战友圈、富人圈……"圈子"是游离于社会、民间、群众组织之外的、独立的、自由的、隐蔽的、松散的"组织"。人们除了利益、权力、爱好等相同、相近、相似之外,所处的社会阶层及个人素质、价值观、能力、性格等也是形成"圈子"的因素。由于"圈子"是自愿、自主、自发组成的,所以,它的凝聚力大、黏合性强,其能量不可小觑。

当然,"圈子"亦有"好"与"坏"之分,如,公益圈子、慈善圈子、志愿者圈子等,它能引领健康向上的社会风尚。还有一些如利益圈子、权力圈子、人情圈子等,这些以小团体的私利为取向的"圈子",则腐蚀了世风、民风。

一般而言,社会上存在一些"圈子"无可厚非,它可以是学术的沙龙,是相携的团队,是情感的交汇,是娱乐的玩伴,是豪饮的知己……但一些人假若唯"圈子"而"圈子",把"圈子"凌驾于其他社会组织之上,则实为可怕。如果这种"圈子"发展到一定程度,成为"组织",而这往往是非法组织;这种"圈子"发展到一定程度,也会成为一个"社会",而这往往是黑社会;这种"圈子"发展到一定程度,还会成为一个"团体",而这往往是非法的政治利益团体。

"随"论

这些"圈子"因利益而聚,也终将因利益而散;因不正当之目的而生,也终将因不正当之目的而亡。

既为"圈子",皆有核心,"圈子"的核心人物影响着"圈子"的性质、特点、走向,决定了这是一个"好圈子"或是一个"坏圈子"……而往往一个人离"圈子"的核心越近,此人的忠诚度会越高,获得的利益也会越多。拿一个政治氛围不好的单位来说,一个人假如不在"圈子"里,好事往往与他不沾边,因为,一旦有了"好事",被优先考虑的往往是"圈子"内的人,而不在"圈子"里的人再努力也没用。但如此的"圈子",也就主动脱离了"圈子"外的人,会使"圈子"外的人产生孤独感、冷落感……如果形成了这样的"圈子",则是把"圈子"外的人拒之门外,即把他们无形中推到了对立面,人家就会想办法去找自己的"圈子"。如此一来,就形成了一种可怕的文化现象,导致世人大多愿意参与到"圈子"里,这样,"圈生圈""圈套圈""圈外圈",终使整个社会形成一个大的"怪圈"。

"圈子"亦有大有小、有松有紧,有的是有形的,有的是无形的。"圈子"大了往往不紧密,它会使"圈子"内的利益诉求混杂无序,终究导致"圈子"不成其为"圈子"。只有"圈子"的半径愈小,"圈子"才会愈紧密。然而,"圈子"小了往往容易脱离大"圈子","小圈子"往往"圈"的是小群体、小团伙。其实,"圈"的恰恰是你自己,即把自己"圈"小了,"圈"成了少数者,脱离了多数者,正所谓"圈小致帮"。就拿"权力圈子"来说,一般是由学党、乡党、朋党等组成,或者由某一系统、某一行业、某一部门权力者而结成,所谓"同好者为党,同利者为党",它所演化成的小党、小帮、小派,成了求权、求荣、求利,满足私心、私利、私欲的工具,凭借它可以飞黄腾达、鸡犬升天,可以藐视公权、任意放纵,可以官官相护、互为庇荫……这样的"权力圈子"具有很大的磁场、气场,如一张庞大的"权力网",如一个巨大的"权力黑洞",它自成体系、无视一切,吞噬着法律、公德……但这样的"圈子"多为得一时之利、一时之势,而最终结局多以悲惨而告终!

孔子曰:"君子矜而不争,群而不党。"①古人曰"为国治事者为官",唐太宗李世民将好官分为"六臣"②,宋代余靖在《武溪集·从政六箴》中曰:"抱公绝私,是为率职。"③说的是为官者应"出以公心、施行公举、谋求公利、畅行公义",而有些为官者热衷于拉"圈子"、结帮派,造成了"公权力"的弱化,使手中的权力服务于小集团、小团体利益,向"私"、向"利"、向"欲"、向"色"倾覆,乃至形成腐败"窝案",溯源其根本就是由"权力圈子"所造成的。

如是:"圈子"之弊之害,以此为甚,亦应以此为戒。对于世人来讲,"圈子"有时是达到目的的直线,有时又是画地为牢的那个圆圈。因此,拉"圈子"、进"圈子"当慎!对世人来讲,或许没有"圈子"才是最高境界的"圈子"。

【注释】
① "君子矜而不争,群而不党":出自孔子《论语·卫灵公篇》,意思是:君子庄重而不与别人争执,合群而不结党营私。
② "六臣":唐太宗李世民结合汉代刘向"六正六邪"之说,将好官的德行分为六类——高瞻远瞩的圣臣、扶善除恶的良臣、进贤不懈的忠臣、明察成败的智臣、廉洁奉公的贞臣、刚正不阿的直臣,以圣明、贤良、忠诚、睿智、贞洁和正直作为官德的六个内容。
③ "抱公绝私,是为率职":出自宋代余靖《武溪集·从政六箴》,意思是:一心为公,不徇私情,就是履行了自己的职责。

"随"论

论报应

世上果真有"报应"吗?抛开一些迷信的因素来看,"报应"不是物质世界的范畴,而是精神世界的产物。也许它不是用科学可以证明的,但它是人们心理的期盼与祈望。

"报应说"大抵是对"善"的倡导与张扬,对"恶"的规劝与告诫,其表达的是对善与恶的态度,更多体现的是道德的意味。如,一个人打了人,结果时间不长也被人打了,可谓之曰"报应";一个人偷了别人的东西,出门的时候把腿摔坏了,可谓之曰"报应"。其实"打人"与"被打"之间、"偷东西"与"摔坏腿"之间并无必然的联系,但人们往往愿意把二者之间联系起来,以劝诫世人要做好事,莫做坏事。

"报应"有"人惩"与"天惩"。"人惩"要有意外性、偶然性,比如上面说的"打人"与"被打",如果你被人打了,然后你找了一伙人,特意去揍他一顿,这一般不能说是"报应",只能说是"报仇"。但是,若他被与你毫不相干的人揍了一顿,别人替你"报仇"了,对他来说,就是"报应"了。"天惩"则有必然性,人们往往执着地相信这种必然,坚信因果不空、报应不爽,坚信"善有善报,恶有恶报;不是不报,时辰未到;时辰一到,一切都报""人恶人怕天不怕,人善人欺天不欺""善恶终有报,天道好轮回;不信抬头看,苍天放过谁",这种"报应",更加印证了"报应说"的神秘。世人常说:"离地三尺有神明""人在做、天在看",让人们感觉到冥冥之中有一双无处不在的眼睛和一双无所不能的大手,始终在监视着你、点拨着你、警示着你、教训着你、清算着你……

"天惩"这种必然性的震慑力，远高于偶然性的"人惩"。"天惩"可以令人产生心理恐惧，反而可以使人在恐惧中去找寻道德的良知，回归人性"善"的本真，从而达到"自戒""自律"的目的。这样看来，"报应说"其实是在"说教"与"制治"之外的又一种"规诫"方式。不论是不是因为真的有一种神秘的力量，导致了"报应"关系的存在，然而，人们却总是愿意用"两个现象"的对接，来满足他们心中的祈望。因为，这种神秘的力量会击穿人内心最脆弱的部分，直抵心底然后控制你！

"报应"是依靠自身力量不能达到的某种期望而祈望上天降临的公平，这也给了很多善良存在和迸发的理由。所以很多人一辈子行善积德，期望着这种善行能得好报，甚至不在自身亦可在儿孙。从这个意义上讲，"报应"是对人性恶的一种约束，是横亘在已知与未知之间的一种无形"契约"。然而，从"报应说"的本质上看，一个人行善与作恶的"报应"不是来自于社会的表彰与惩戒，而是需要借助于"上帝之手"来实现，这也反映出一种对现实的无奈与乏力。

不仅如此，现实的矛盾性也常常将"报应说"置于尴尬的境地。如，相信"报应"的人，讲的是"善有善报，恶有恶报"，但生活中往往也会出现"善有恶报，恶有善报"的情况。比如，按照"报应"的逻辑，好人会一生平安，但事实上许多好人却是一生多劫难；按照"报应"的逻辑，"善必寿长，恶必早亡"，但许多时候却是"好人不长寿，祸害活千年"，于是又有了"来世报""永世报"等祈盼。所以，"报应说"并不能最终解决今世"善与恶"的对立。在现实中，往往作恶之人不相信抑或不愿相信"报应"的惩戒，而恰恰是弱势者才会相信"报应"的存在，因为他无力去抗衡现实的命运，只能把此生的无望寄托于来世的改变。然而，"相信"或"不信""报应"也并非如此肤浅。假若果真如此，世人也难免陷入一种

"随"论

人生的"宿命"。

"报应说"的根据来自于"因果"与"轮回",佛教认为今生种什么样的"因",来生就结什么样的"果"。仔细分析一下,其实"报应说"有着其深刻的道理。古人曰:"多行不义必自毙""天作孽犹可违,自作孽不可活",即折射出深邃的含义。假如一个人心怀恶念,作恶多端,必定与众人为敌,受众人挞伐,终归是会自掘坟墓的。如,一些抢劫、偷盗、诈骗,以及贪污、受贿之徒,总是抱有侥幸心理,图一时之利,逞一时之快,而最终无法逃脱"报应"的惩罚。再有,一个品行恶劣之人,必然是在心理、心态、心性上存在陋病之人,这样的人必然会违背做人做事之常理,也终究会四面碰壁,处处遭遇陷阱……这也即为所谓的"报应"。而一个人只有以良好的人生态度面对一切,才会济世助人、乐善行善,这样的人也必然心态乐观、与世无争,而不争即无祸,也自然可以逢凶化吉、遇难成祥。所以,只有心存"报应"之念,人们做事才能有敬畏、有界限、有底线,反之,则罔顾道德、规则、法制。

然而,"报应说"仅以朴素的"善恶观"来诠释人性之复杂,而抛开了善与恶之间的辩证法,只是简单地把人划分为"善"与"恶",结果导致了其立论的偏颇与局促。其实,在纷繁复杂的现实生活中,人性之复杂绝非单纯的"善"与"恶"能够涵盖的。比如,隋炀帝杨广,弑父弑兄、荒淫无道、骄奢淫逸,是历史上臭名昭著的暴君。但同时,隋炀帝不仅执政之初颇有建树,他还是一位学者、诗人,从任扬州总管到称帝,二十余年没有一天停止过写作,著作范围包括经学、文章、兵法、农桑、地理、医学、占卜、释道等,共有三十一部、七千多卷。尽管隋炀帝最终没能逃脱作恶的"报应",但是,对其的历史评价恐怕也绝非一句"报应"可以了然的。

论极致

　　世界的魅力在于永远没有"极致",人生的精彩在于不停地追求"极致"。

　　"极致"就像数学上的无穷大一样,要多大有多大,它的量值趋向无限,就是指你随便提出一个无论多么大的数,无穷大总是比你指定的数要大,所以无穷大是一个变量,也是一个隐形的变量,亚里士多德称之为潜在无穷大。例如自然数1、2、3、4、5……你永远达不到数的终点。同理,"极致"也是相对的,不是绝对的。假如世界上果真有了"极致"的事物,那么,世界也许就静止了、就停滞了,世上便也就没有了"极致"。

　　那么,对"极致"也就不难理解了,所谓"极致"就是无限接近而又永远无法到达的一种状态,这也是"极致"的相对性所在。虽然"极致"是相对的,但在一定范围内也会有绝对的存在。就像数学上的无穷小,虽然无穷小也是一个隐形的变量,但它有一个终极的趋向,那就是0,0是一个固定值,就像人生的终结,既是一无所有,又是人生的"圆满"。

　　对世人而言,当一个人付出所有的智慧、精力、耐心、劳作等,而达到"最佳"的意境和情趣,"最高"的程度和造诣,即可谓达到了心目中的"极致"。然而,毕竟"极致"不是终极的,它只是在一定时间内、一定条件下存在的,是一个"没有最好,只有更好"的过程。在这样一个过程中,往往越接近终点,难度也随之越大。比如,一个人的考试成绩,从0分到60分时,一般比较容易;而从90分到

"随"论

100分，或许就是5分、1分地提高了，即达到了特别难、非常难的过程……所以，也许人们距离"极致"永远是一步之遥，似乎总是在无限地接近，但又总是令人难以企及。

尽管如此，"极致"仍是人们的一个目标、一个追求、一个梦想。假设世人没有了"极致"之心，世界是否会因此变得委顿与荒芜？人们对"极致"的渴望，是对自我局限性的挑战与超越。人的一生就是在"不可能"中去拼争、去前行，也正是一代一代人在这种挣扎中，把"不可能"变成了"可能"乃至成为"现实"。诚然，人与人对"极致"的标准是不完全一样的，有的人自诩为达到了"极致"的状态，并不意味着这就是"极致"境界，并不等于能够被众人所认可。"极致"是自我或他人的肯定，也不断地被自我或他人否定、突破、超越。"极致"是高山的峰巅，当一个人享受了瞬间至高的快感，就又要面对"向下"的无奈。然而，即便世人知道了"极致"的无望，也全然不会轻易地罢手。

当然，人们追求"极致"切记要把握好"度"，因为"极致"的"极致"也许就是"极致"的反面。一些人动辄对一些事物冠以一个"最"字，殊不知，这恰恰是视野的局限、认知的偏狭。若如此，容易使一个人从"极致"走向"极端"。纵观古今，世上既有"善"的"极致"，亦有"恶"的"极致"，而以"善"为始的事物，往往或许以"恶"为终；而以"恶"为始的事物，也或许以"善"为果，正所谓"至善至恶""大忠大奸"。而往往"大恶"又都是以"大善"为"伪装"，"大奸"往往也皆是以"大忠"为"面具"。如，春秋时期齐桓公的雍人（厨师）易牙"烹子献糜"[①]，进而得到了齐桓公的信任，拟用易牙代替将死的管仲，而管仲认为："人之情非不爱其子也，其子之忍，又将何爱于君！"所以，反对由易牙接任，但齐桓公没有听管仲的遗言。最终，在齐桓公得重病时，易牙作乱，填塞宫门，筑起高墙，导致齐桓公饥饿而死。

论极致

一般而言，追求所谓"极致"之人皆是完美主义者，因为，任何事物达到"高超"的境界，都一定是艺术化与功能化的完美统一。无论是一件作品、一个产品，甚至一个人的人品，都关乎一个"灵"字，一个"妙"字，具备了灵气、灵性，具备了高妙、绝妙，才能脱俗、才能致雅，从而赋予这一事物审美的意象与品味。追求所谓"极致"之人皆是具有忍耐力之人，因为，任何对"最好"乃至"更好"的努力都需要笨功夫、慢功夫、实功夫，要一步一个脚印地去做，日积月累才能实现。那些奢望一蹴而就、一步登天之人，无非是投机取巧者的自我欺骗与痴人说梦而已，即便成一时之功，这中间也难免蕴藏着巨大的隐患，正所谓"天上如果掉馅饼，地下必然有陷阱"……

所以，一个人追求所谓的"极致"绝不能刻意与讨巧，更无需自欺与卖弄。其实，"极致"的本质就是"中庸"，"极致"的终极就是"适度"，正应了那句话：文章做到极处，别无他奇，只是恰好；人品做到极处，别无他异，只是本然。

【注释】

① "烹子献糜"：一次齐桓公对易牙说："寡人尝遍天下美味，唯独未食人肉，倒为憾事。"桓公本是无心的戏言，而易牙却把这话牢记在心，好博得桓公的欢心。国君何等尊贵，绝不能食用死囚、平民之肉。后来他选用了自己4岁儿子的肉。桓公在一次午膳上，喝到一小金鼎鲜嫩无比、从未尝过的肉汤，便问易牙："此系何肉？"易牙哭着说是自己儿子的肉，为祈国君身体安泰无虞，杀子以献主公。齐桓公被易牙杀子为自己食的行为所感动，认为易牙爱他胜过亲骨肉，从此宠信易牙。

"随"论

论信任

"信"的根本在于"任",也就是"托付",可以是"事"的托付,可以是"情"的托付,可以是"物"的托付,可以是"名"的托付,甚至是生命的托付。

然而,"信"与"任"又是一种对立统一的关系,如,对一个人而言,对其"信"的"峰值"是在婴幼儿时期,因为婴幼儿犹如一张白纸,人们对婴幼儿的"信"是无任何条件的。然而,"信"在峰值时,"任"却在波谷,可"信"而不可"任",人们无法对婴幼儿给予任何的托付。又如,往往对一个人的"信任"不应在起点,如果第一次"托付"即给予全部的"信任",这是一种"轻信""盲信"。但又不能在终点,那样又如何在选择之前去进行"托付"?

从具体来看,"信任"往往是有条件的,甚至是不对等的。也许每个人都希望得到别人的信任,而自己却总是戴着怀疑的眼镜看待别人。对双方而言,有时你信任别人,别人却不一定信任你;有时别人信任你,你却不一定信任他。另外,人与人之间往往秉持着"不可不信,也不可全信"的态度,"信任"可以是某一件事儿,某一个时间,某一个方面,或是在某一个特定条件下,但往往不可能是全部。

这种"信任"与"不信任"的矛盾关系,有时会令原本值得"信任"的一方产生"被信任危机",因为至少在这一方看来,被考验是一种煎熬,被质疑是一种伤害。既然你这么不信任我,即便我辜负了你,也不会感到内疚和不安。这种"信任"本身的矛盾性,致使"信任"永远处于动态之中,始终存在着变数,而这又有悖于"信任"的概念，可称之为"不信任"。由此，世人之间的"信任"与"不信任"确乎是难以把握的命题。

那么，人们究竟应该如何理解"信任"呢？其实，"信任"是基于对一个人以往评价的积累，亦是被"信任"者本人以往所作所为的结果。这里，可以用两个公式来说明：100-1=0，1=100。就是说，前"99"事都令人信任了，但"1"件事令人失去了信任，则信任值就等于"0"；假如"1"件事令人信任了，也许后"100"件事都令人信任。当然，这两个公式是动态的、互换的，勾勒出了"信任"与"不信任"之间运动的曲线……

一般而言，一个人若想获取他人的"信任"，至少要具备两个条件：一是道德层面的，即不能失信于人；二是能力层面的，即能够做到或做好，一要"可信"，二要"可为"，这是获得"信任"的必备条件，更是做人做事的重要根基。现实中，有时一方的"信任"会让另一方变得更加值得"信任"。在此类人看来，"信任"关乎人品、关乎尊严，既然你信得过我，我一定不会负你。据传春秋时期，伍子胥父兄被楚平王杀害，在逃离楚国投奔吴国的路上，得到一位少女救助。出于自身安全，伍子胥要求少女为他的行踪保密。少女觉得人格受辱，于是抱起石头投水自尽。伍子胥见状，羞愤不已。他咬破手指，在石上血书："十年之后，千金报德！"后来，伍子胥领兵攻入楚国，特地在江边用黄金塑少女像以做纪念。

那么，一个人又如何才能去"信任"别人呢？这也需要具备两个条件：一是别人的"被信"，即别人要具备"被信"的条件；二是本人的"自信"，即对自己识人、判断、选择的认定。

一般而言，"信任"多在同阶层内的人、同价值观的人、同道德层面的人之间产生，如，农民与农民之间，小偷与小偷之间，哥们儿与哥们儿之间，等等。然而，即便如此，由"信任"到"背信"所产生的悲剧亦不在少数。朋友与朋友之间，同事与同事之间，同行与

"随"论

同行之间，亲人与亲人之间，又有多少人在利用对方的"信任"瞒天过海、暗度陈仓、借刀杀人……纵观古今，又有多少明君、名臣被所谓的"信任"所害，如，有的忠臣因为盲目"信任"帝王，而发生了多少"鸟尽弓藏，兔死狗烹"的悲剧；而有的帝王因为被奸臣所蒙骗，轻易托付"信任"而导致江山易主的后果，甚至有的帝王被儿子、兄弟、妃子所骗而给予"信任"，结果上演了多少宫廷政变……

所以，"信任"一旦臣服于叵测的居心，将危害甚大。世人千万不可利用他人的"信任"，更不能透支他人的"信任"。孔子《论语》曰"人无信不立，不知其可也。"所谓"立"，即如《左传》载春秋鲁国大夫叔孙豹所称"立德""立功""立言"，乃人生"三不朽"也[①]。可见，一个人的"信"何其重要，获取他人的"信任"又何其崇高。

"信任"是人与人之间最大程度的认可与最高程度的评价。然而，人与人之间的"信任"始终会面临种种考验，如，金钱、美色、私欲、名利、权势等。虽然，"信任"是人与人之间的一种道德契约，而绝不附着于其他。假如搭配上任何一种利益的给予或承诺，来换取自己对他人、他人对自己的"信任"，都是"不可信任""不被信任"的表现与佐证。

然而，一个人面临着各种诱惑，而能做到坚守"信任"、维系契约又是极难的。如，有的人在小事上可以做到，在大事上就做不到了；有的人有时候能做到，有时候又做不到了；有的人在诱惑小的时候能做到，在诱惑足以令其动心的时候就做不到了……一个人获得别人的"信任"，不仅是做人的成功，更是做人的境界。它会令人产生满足感、成就感，从一个人的"信任"到众人的"信任"，从一件事的"信任"到所有事的"信任"，从小事的"信任"到大事的"信任"，日积月累，积沙成塔，会逐渐走向成功的境地。

假如一个人失去别人的"信任"，所产生的"信任"危机会演变成人际关系的危机。人们不敢托付于你，不会托付于你，说话背着你、做事防着你，慢慢使你走向边缘化，而跌入失败的泥潭。况且，"信任"与"不信任"会产生传播效应，而"不信任"的效应要比"信任"的效应传播得更快、更广，更难以改变，因为，一件事的"失信"可以令十个人对你"不信任"，而若想重新获得十个人的"信任"，也许你要去做十件事乃至更多……

　　"信"不可随之，"任"不可疑之。信任一切与怀疑一切皆是错误的，得乎其中方为正道。当一个人面对"信任"与"怀疑"而必须做出选择时，那么，毋宁选择"信任"，即便有时候这种选择也许是错误的，正如苏轼在《刑赏忠厚之至论》中所曰："赏疑从予，所以广恩也；罚疑从去，所以慎刑也。"② 当然，也有的人天生就疑心过重，不信任别人，这大多是由于自我保护心重，或者受到过类似的伤害，抑或是受家庭环境影响缺乏安全感……无论如何，如果一个人对一切皆抱持"怀疑"的态度，只能证明对自己的"不信任"。因为，"信任"他人首先要"信任"自己，如果一个人对自己都"不信任"，就绝不会去"信任"一切，而结果就可能失去一切。

【注释】
① "三不朽"：春秋时鲁国大夫叔孙豹称"立德""立功""立言"为"三不朽"。"立德"即树立高尚的道德，"立功"即为国为民建立功绩，"立言"即提出具有真知灼见的言论。据说，中国历史上能够做到"三不朽"的只有两个半，分别是孔子、王阳明和曾国藩（半个）。
② "赏疑从予，所以广恩也；罚疑从去，所以慎刑也"：出自苏轼《刑赏忠厚之至论》，意思是：在进行赏赐时，如果拿不准的话，应该给予；而在是否对一个人进行惩罚时，如果下不了决心，则应该免去。

"随"论

论机遇

　　世人皆渴求"机遇"的垂青,但"机遇"既是必然的,亦是偶然的,所以,它总是令人难以捉摸。

　　世上有许多种"机遇",有些"机遇"是客观的造化,如,有的人生在官宦、富商家,所以,晋升提职、出国留学等的"机遇"光顾他的概率可能会更大些;有些"机遇"是时势所造就,如,有的人适逢战乱而从"底层"脱颖而出,成为一代王侯将相;有些"机遇"是主动的创造,常言道:"机会总是给有准备的人",说的就是一个人日积月累,厚积薄发,终于凭借看似偶然的"机遇"而走向成功,也就是所谓的"寒门亦能出贵子";有些"机遇"或许是上苍的恩赐,是可遇不可求的,如,买彩票中大奖,实乃人生难求,是不以人的意志为转移的。

　　"机遇"往往是善于伪装的,像街道上擦肩而过的路人,像夜空中转瞬即逝的流星,像大海里飘忽不定的浪花,难以辨别、难以捕捉。它往往不会提前暗示你,更不会以真面目示人,令你难以分辨与把握。所以,或许当你看到"机遇"真容的时候,它已经"名花有主",你只能望洋兴叹了。"机遇"亦是随着时间的推移、条件的变化而变化的,此时看这个"机遇"是好的,而彼时看这个"机遇"可能就是坏的,如,有的人凭借"机遇"攀附上了某权贵,然而一旦该权贵倾覆,曾经的好"机遇"即变成了坏"机遇"。

　　对待"机遇"既需要耐心等待,又需要能够抓住,更需要善于利用,正如谚语曰:"有机不可失,无机不乱抓""机不可失,时不再来"。也如古人所曰:"圣人不能为时,时至亦不可失也。"[①] "机遇"不会厚待此人，也不会薄待彼人。面临同样的"机遇"，有人成就斐然，有人一事无成，其根本就是看人们是否善抓"机遇"、善用"机遇"，所谓"万物皆有时，时来不可失"，亦如汉代桓宽在《盐铁论》中所曰："见机不遂者陨功。"②

抓住"机遇"的关键在于能否看见"机遇"、辨识"机遇"并有足够的力量驾驭它。因此，如果有人错过"机遇"，大多不是由于"机遇"没有到来，而是因为当"机遇"到来时，没有抓到它，或是抓到后没有驾驭好。然而，许多不善于抓"机遇"而错失"机遇"的人，往往抱怨自己没有"机遇"，别人没给"机遇"，这恰恰是一种"无力""无能""无奈"的借口与托词，这种人即使与"机遇"摩肩接踵甚至撞个满怀，也注定与之失之交臂。

然而，比"错失"机遇更可怕的是"错看"机遇、"错抓"机遇。因为，抓不住"机遇"至多无事，抓对了"机遇"能成事，而抓错了"机遇"则败事，且可能一败涂地。可见，"机遇"是存在风险的，甚至风险越大"机遇"越大，大到一场战争，小到一次赌博，莫不如此。再如，逆境、危机、挑战也可能是一种"机遇"，而要把逆境、危机、挑战变为"机遇"，就既要做好的打算，也要做坏的准备，而最终能否成功，则要看一个人的能力、胆识、心态、修为，乃至思维方式、处世态度……

那么，对于"机遇"，人们除了等待、看见、抓住它之外，还能够做些什么呢？英国哲学家培根曾说："创造的机会比他得到的机会要多。"其实，"创造的机会"无非是为"机遇"的到来做准备，或者是睿智地看到了"机遇"的端倪、苗头，抑或是发现了"机遇"即将到来的可能性、或然性，而未雨绸缪、蓄势待发、伺机而动，正如《易经》曰："君子藏器于身，待时而动"③。

那么，世人又该如何处理别人的"机遇"与自己的关系呢？如，对待一个内定的晋升名额，有的人善于通过"运作"，把原本是别

"随"论

  人的"机遇"变为自己的。对待此种"机遇",是随遇而安地"看",还是顺遂服从地"等",甚至是想法设法地"争",对此,因人不同,因事不同,决定着每个人的态度与做法的不同。但从根本上看,一个人绝不能脱离团队而存在,也就是说要走得快,就一个人走;要走得远,就要一群人走。所以,一个人只有成全团队的"机遇",才能使自己获得成功的"机遇";只有成全团队中其他人的"机遇",或许才可以为自己赢得"机遇",正所谓"皮之不存,毛将焉附""一荣俱荣,一损俱损"。

  那么,假如一个人毕其一生之力,而仍与"机遇"无缘呢?若此,一般只有两种可能:或者你是一个冥顽不化的"庸人",任凭众多"机遇"就在身边而浑然不觉,只能空留对人生的一声嗟叹;或者你是一个亘古一遇的"天才",选择了一条经天之路,需要一世的磨难方可成就惊天伟业。即如孔子的一生,颠沛流离,抑郁不得志。车辚辚,马萧萧,栖栖惶惶奔波于列国的黄尘古道,"累累如丧家之犬"。但是,孔子死后却被尊为"万世师表",其儒家思想一统中国两千余年,他被英国《人民年鉴手册》列为"世界十大思想家"之首。如孔子这般"人物"所印证的道理是:"无缘也是缘,无门也是门。"所谓"磨难"本身何尝不是常人难以渴求的旷世"机遇"呢?!

  或许,仍有人会追问:"机遇"到底是谁的?答案是:它不是有钱人的,它不是有权人的,而是有心人的!

【注释】
① "圣人不能为时,时至亦不可失也":出自《三国志·吴书》,意思是:圣人无法创造适合其实施主张的时机(指社会环境或自然环境),而一旦这种时机到来就必须紧紧抓住,不可使这难得的机会失去。
② "见机不遂者陨功":出自汉代桓宽《盐铁论》,意思是:不去抓住机会就会丧失事功。
③ "君子藏器于身,待时而动":出自《易经》,意思是:君子有卓越的才能、超群的技艺,不到处炫耀,而是在必要的时刻把才能或技艺施展出来。

论小人

何谓"小人"?"小"在何处?唐朝李德裕《小人论》中说:"世所谓小人者,便辟巧佞,翻覆难信,此小人常态,不足惧也;以怨报德,此其甚者也;背本忘义,抑又次之……"说的是,"小人"的常态是逢迎谄媚、巧言善辩,不可置信,甚至你对他好,他反而会害你,置道义于不顾……

与"小人"相对的是"君子"。《论语》曰:"君子和而不同,小人同而不和。""君子坦荡荡,小人长戚戚",宋朝欧阳修《朋党论》曰:"君子论是非,小人计利害。"说的都是"君子"与"小人"的区别。"小人"处处显现的是"唯我性""唯利性""唯恶性",处处透露出的是一个"小"字,小聪明、小算计、小伎俩、小把戏、小动作……表现为:反复无常、褊狭阴狠、挑拨离间、搬弄是非、背信弃义、落井下石、以怨报德……

"小人"一般具有"三大特征",其一是具有"两面性":"小人"们往往戴着"好人"的面具,当面一套、背后一套,说的一套、做的一套,见人说人话,见鬼说鬼话,表面上百般示好、曲意逢迎,私底下阴暗扭曲、手段下作,极尽迷惑性、隐蔽性、欺骗性;其二是具有"反复性":"小人"们无信用、无信义,他们"无道""无德""无度",没有原则、没有底线,机巧善变、出尔反尔,常常玩弄"道义"于股掌之间;其三是具有"无理性":"小人"们做一切伤人害人之事,毫无明确的规律性、目的性,甚至对与己无关、无涉之人之事,对毫无利益关系的人与事,也掺和、搅局、鼓捣、生事,一副唯恐天

"随"论

下不乱的丑恶嘴脸。

那么,如何对待"小人"呢?亦有"四不可":其一不可与其结交。"小人"极端自私、自负,谁也不能比他好,即便是亲人、是朋友,"小人"也会因羡生恨、因妒生仇,然后,不择手段地算计你、陷害你。其二不可对其施恩。你给予多了,他认为是你蔑视;你给予少了,他认为你在鄙视。无论你给予多少,只要旁人施以蝇头小利,"小人"便被收买,随即倒戈、叛卖,翻脸无情。其三不可令其得势。因为"小人"会得势忘本、得势忘形、得势忘恩、得势忘法……其四不可与其交恶。"小人"之心难以揣度,对"小人"不可得罪,因为他会睚眦必报,让你永无宁日。即便是他自己犯的错误,也会转嫁到你的头上,心存芥蒂,伺机下手。

"小人"与恶人、歹人、奸人、凶人、浑人既有相同之处,也不尽相同。历史上被认作"小人"的,有些并非真正的"小人",如,秦朝"立胡亥、杀扶苏"的赵高,乃恶人;唐朝"口有蜜、腹有剑"的李林甫,乃歹人;宋朝"投金国、杀忠良"的秦桧,乃奸人;春秋"弑国君、诛异己"的庆父,乃凶人;三国"勇无谋、人少义"的吕布,乃浑人。

南北朝时期的鲍邈之,才是真正的"小人"。他是著名的《昭明文选》的作者太子萧统身边的太监。在太子母亲病故后做"生忌",即已经故去之人的诞辰纪念日。太子让他值宿,不料他却与宫女鬼混,正巧被太子撞见。此罪不杀也要严惩,而以宽厚著称的太子并未治罪于他。谁知鲍邈之反而怀恨在心,借皇帝身体染恙,遂密告太子请道士作法,"埋蜡鹅"诅咒皇帝,意欲夺权篡位。太子受此之冤,又无法辩解,气急交加,蒙冤死去。

如鲍邈之此辈"小人",只见其"小",何以为"人"!

论妥协

妥协一词似乎人人都懂，用不着深究，但其实不然。"妥协"的内涵和底蕴比它的字面含义要丰富得多，而懂得它和善用它更不是每一个人都能够做到的……

"妥协"是策略、是智慧、是艺术，它有时是主动的，有时是被迫的，有时又是无奈的……一个人一生要做出许多"妥协"，与世界、与社会、与对手、与他人、与家人，甚至与自己。大多数时候，"妥协"更像是汽车的"减震器"，在伸缩之间化解了直接的碰撞，卸掉了相互的冲击……一个不懂得"妥协"、不善于"妥协"的人，不是一个成熟的人，不是一个圆融的人，也不是一个能够成事的人。

一个人为什么需要做出"妥协"呢？因为一切事物的起点与目标之间往往不是直线，因为面对同一块"利益蛋糕"谁也不能独占，而"妥协"是双方或各方达成一种平衡的结果。一个组织、个人做出"妥协"主要取决于"四种状况"，其一，取决于"实力"的强弱，各方谁先做出"妥协"，往往由各方的实力所决定，其结果是谁强谁主动，谁弱谁让步，也可能是各方势均力敌，共同做出妥协和让步。其二，取决于"大局"的走势，有时博弈的目标居于次要矛盾，假若互不妥协，将会影响到共同的利益，不利于解决主要矛盾，此时各方需要互相让步。其三，取决于"策略"的不同，处于强势的

"随"论

一方往往也会采取"妥协",之所以这样做,有时是一时之计,有时是长久之策,有时是缓兵之计,为了积攒实力;有时是以退为进,为了赢得更好的机会和更大优势。其四,取决于"时机"的把握,有时一方做出"妥协",是由于在此阶段有比冲突更重要的事情,或者此时处在一个重要的关节点,而不得不对其他人和事做出退让。

无论如何,"妥协"是在各方总体处于均势状态下,或者一方的优势不足以压倒其他各方的条件下产生的。所谓"世上没有对与错,世上只有强与弱",假设一方足以压倒遏制其他各方即无需"妥协"。所以,与"妥协"相对的是"强硬","强硬"是一种坚持、一种执拗、一种顽固,做到"强硬"需要勇气,需要实力,而做出"妥协"需要智慧,需要回旋。"妥协"是让步、是迂回,但绝不是放弃、不是投降。学会"妥协"、善于"妥协",可以使人距离期望的目标更近,因为,"妥协"是让一只脚后退,而另一只脚依然保持着向前的姿势。

从大的方面来说,一般在政治领域、军事领域、商务领域中需要"妥协"。美国前总统尼克松曾说:"政治是一门妥协的艺术。"因为许多政治派别的执政主张、利益诉求各不相同,只有求同存异寻求双方都能接受的平衡点,才能达成共识。甚至历史上的一些帝王为了剪除臣子的势力,在条件不成熟的情况下也经常做出"妥协",如,汉武帝一度与田蚡妥协被迫杀窦婴、唐太宗一度与元载妥协被迫杀李少良、清康熙一度与鳌拜妥协被迫杀苏克萨哈……此类典故屡见不鲜,俯拾皆是。尽管如此,但"妥协"绝非无边界、无底线的,一个国家、一个集团、一个组织乃至一个人,在根本利益上,在大是大非上,在原则立场上,是绝对不能够"妥协"的,一般能够做出"妥协"让步,放弃的往往是局部利益、暂时利益、眼前利益……

　　从小的方面来说，对一个普通人而言，要想在纷繁复杂的社会上求得生存，就必须在坚持原则的基础上懂得"妥协"的道理。"妥协"是人生的"曲线"，而人生的曲线往往在其弯曲之处，更包含着深邃、智慧和成熟。虽然，生活中不能事事"妥协"，但对普通百姓来说，面对的大多是纷繁杂乱的生活琐事，大可不必互不相让、相持不下，弄得面红耳赤、怒发冲冠，甚至诉诸拳脚。和不如你的人争执，无论输赢，其实你获得的都是一种失败。一个真正自信的人，一定是一个善于"妥协"的人。面对与外界、与他人、与家人的争执与矛盾，可以选择沉默、忍让、回避、低调……尽管"妥协"难免是一种无奈，一种从权，但一味地强硬与冲撞只能是两败俱伤，正所谓"冲动是魔鬼"。

　　其实，不妥协的人也未必不懂"妥协"之道、"妥协"之妙。有的是不敢妥协，缺乏勇气和度量，生怕自己一松劲，对手就直压过来，最后自己翻身不得，吃了哑巴亏；有的是不会妥协，这往往是固执的性格决定的，爱钻牛角尖，一旦用上劲就收不回来了；还有的就是根本不想妥协，一开始就打定主意要"死磕"到底，宁肯两败俱伤，也要拼个你死我活，这类人在"硬碰硬"之前，就已看透结果，但别无选择，只能用全力一拼来"赌"一次输赢。所以，不善于"妥协"的人是不善于"变通"的人，不善于舍卒保车的人，而这样的人很难在事业上有所成就。

　　如果说，政治上的"妥协"是一种策略，那么，生活中的"妥协"则是一种包容——相传在康熙年间，文华殿大学士、礼部尚书张英在京为官，在安徽桐城的家人因建房与邻居发生了争执。张英家人自然不会妥协，于是飞书京城，希望张英利用职权出面"摆平"。张

"随"论

英看完家书后却淡淡一笑,提笔回复:"千里修书只为墙,让他三尺又何妨;万里长城今犹在,不见当年秦始皇。"家人看后甚感羞愧,便退让了三尺宅基地,邻居也深受感动,亦退让三尺,遂成"六尺巷"[①]而传至今。这种"妥协",是人生的一种境界,无疑是值得人们称道的。

【注释】
① "六尺巷":位于安徽桐城,今安徽省桐城市的西南一隅,在市区西环城路的宰相府内。六尺巷,东起西后街巷,西抵百子堂。巷南为宰相府,巷北为叶氏宅,全长100米、宽2米,均由鹅卵石铺就。

论秘密

世人对"秘密"皆有探知的欲望,但往往"知密"越多风险越大,甚至有的人为此而丢掉了性命……

一般而言,所谓"秘密",其功用不过有二。一为"防人",即保护一个国家、组织、集团乃至个人的利益与安全不受伤害和侵害。二为"害人",如大到对一个国家的战争,小到对一个人的迫害,皆要"密谋"之后,才能达到出其不意、一招制敌的目的。

"秘密"分为许多种,有的是"大事""要事",如,国家的"秘密"是保护主权不受侵犯,企业的"秘密"是使商业利益不受损失,因此,掌握"大秘密"的人一般也是高层次的人。有的是"祸事""丑事",如,盗窃者的"秘密"是担心罪恶被发现,害人者的"秘密"是为达到害人之目的,撒谎者的"秘密"是避免谎言被戳穿,偷情者的"秘密"是保护私情不被曝光……当然,"好人"有时也有"秘密"、"好事"也会成为"秘密"。"好人"的"秘密"是不图回报,"好事"成为"秘密",是因为如果"好事"提早泄露,也许会变为"坏事"。另外,还有一种"秘密"对公众是公开的,但是只瞒着一个人或当事人,比如,有的人身患绝症,自己并不知道;有的孩子因病因祸离世,父母却不知道……

凡属"秘密",绝大部分情况是知之者必极少,可以是一个人"秘"而不宣,也可以是少数人的"知"而不露。于世人来讲,"保密"才能"知密","泄密"则少"知密",这是一种辩证的关系。如,一个人越能够保守"秘密",才越有可能知道更多的"秘密"。而有的人以掌握"秘密"为荣,甚至由于虚荣心作怪,随意说出自己

"随"论

知道的"秘密",结果会导致人们防备你泄密,你所能够知道的"秘密"也就越来越少。另外,人们往往会把"秘密"告诉最亲的人、最近的朋友,而"泄密"也最容易从最亲的人、最好的朋友开始,因此,即便是对最亲、最近的人,一些"秘密"也不应该告知他,这亦是一个"保密"与"泄密"的误区……当然,世人还是要尽量远离一些不该知道的"秘密"为好,因为"秘密"会给人带来祸端,有的人为了发现"秘密",千方百计地用金钱、用色相、用人脉等来获取,甚至不择手段去偷、去找、去挖……结果丢掉性命。

"秘密"牵涉到的是声誉、是财富、是利益,甚至是生命……保守"秘密"谓之"藏",失窃"秘密"谓之"泄"。保守好"秘密",即能成功;反之,泄露"秘密"则会失败,正如韩非子曰:"事以密成,语以泄败",正所谓"谋事不密,将起祸端;谋事不密,又将不成。"然而,无论"藏"也好,"泄"也罢,从"秘密"的功用上看,世上终究没有永恒的"秘密"。所谓"秘行之事"也终究是要见天日,要大白于天下的。如果"秘密"永远是"秘密",那么,"秘密"对一般人来讲也就无所谓存在的价值和意义了。如,对历史上那些永远无法破解的"秘密",也只有专门的学者或爱好者去不停地研究与推测而已,大多数普通人对其是不大感兴趣的。

任何人都有"秘密",因为拥有"秘密"是一种权利,掌权如官员、有钱如商人、普通如大众,对任何一个人来讲,谁都有权拥有"秘密",而外人大多对这种个人的"秘密"是不想窥视或不以为然的。但是,亦如古语所云:"若想人不知,除非己莫为""天网恢恢,疏而不漏""头上三尺有神明""言不过六耳""纸包不住火",这都是在告诫人们,无论是谁,对"秘密"之权切不可乱用、滥用。假如以"秘密"为面具、为掩盖,使"秘密"成为阴谋、成为陷阱、成为圈套,私下里去干一些违法违规、不可告人的勾当,那样,对世界、对社会、对他人的伤害会更大、更深,自己也终究逃脱不掉谴责和惩罚。

论尊严

一个人拥有"尊严"是一种权利，而捍卫"尊严"是一种人格。

一个人若想获得"尊严"主要取决于两个方面，一个是"被人尊重"，一个是"自尊自重"。正如著名教育家陶行知所言："要人敬者，必先自敬。"意大利哲学家皮科·德拉·米兰多拉所著《论人的尊严》指出：人的尊严……可以通过道德自律、不断进取而实现自己的完善。

"尊严"亦即人的"尊重需求"，是美国心理学家马斯洛提出的人的"五种需求"之一。当然，"尊严"更是人的基本权利之一。从"基本权利"这个角度看，一个人的"尊严"与地位、与身份、与权力、与职业、与财富无关。一个人可能拥有一切，但不一定拥有尊严；一个人可以没有一切，但一定不可以没有尊严。然而，如果从"社会形态"的角度看，"尊严"又与地位、与身份、与权力、与职业、与财富有关。一个人在社会所处的地位不同、阶层不同，对"尊严"内涵的理解、心理的诉求也往往不同，甚至相差甚远。比如，"一个馒头""一碗泡面""一枚硬币"……对一个富翁和对一个乞丐来说，其意味着的"尊严"价值是大不相同的。也许这些在富翁的眼里与"尊严"无关，但在乞丐的眼里这些恰恰关乎"尊严"。

"尊严"是人格、是风骨、是气节……是人之所以为"人"的自我体认。因为，任何具有正常心智的人，都渴望自己的价值、主体地位被他人、被社会所认可尊重。所以，一个有尊严的社会，肯定是

"随"论

一个尊重人权、尊重自由、尊重个性的社会。同时，随着社会背景、发展时代的变化，"尊严"的内涵也随之发生变化，比如，一个被压迫、蹂躏、剥削的民族的"尊严"，与一个拥有主权、自由、平等的民族的"尊严"是绝不相同的，前者的"尊严"表现为抗争与自立，后者的"尊严"表现为富足与自强。虽然，任何民族、任何时代，人人都希望获得尊严、获得尊重，但是，每个阶层、每个人追求"尊严"的方式、途径、手段也是因人而异的，比如，职业军人的"尊严"是勇敢战斗、知识分子的"尊严"是捍卫真理、商人巨贾的"尊严"是诚信不欺……另外，男人、女人、大人、小孩，甚至黑帮、劫匪、暴徒等也各有其所追求的"尊严"。

"尊严"不仅随时而变，随人而异，"尊严"自身也在发生变化。世间有"一时"的"尊严"，也有"一世"的"尊严"。有的人为了"一时"的"尊严"，而失去了"一世"的"尊严"；也有的人为了"一世"的"尊严"，而放弃了"一时"的"尊严"。所以，人们对待"尊严"存在两种态度，一曰"过则成患"，过度地看重"尊严"，往往导致斤斤计较，钻牛角尖，反而会在他人的内心失去"尊严"；二曰"不及则失"，如果太不把"尊严"当回事儿，别人同样也不会把你的"尊严"当回事儿，结果，你将会成为任人随意捉弄的"玩偶"。

所以，一个人保持与维护"尊严"绝非易事，甚至需要付出极大的代价，包括金钱、自由、地位、权力、亲情、爱情……乃至生命。《左传》记述哀公十五年（公元479年）卫国内乱，孔子的学生子路被人砍断了系冠的缨，他说："君子死，冠不免。"于是放下武器"结缨"，致使被对方杀死。子路为捍卫脱落的"冠缨"而不惜身亡，在当今好多人眼里应属于迂腐、迂执。其实，子路捍卫的是"人"的尊严，而这恰恰是世界上最伟大、最崇高的"捍卫"。

任何人都拥有获得"尊严"的权利，在"尊严"面前，人人都是平等的，任何人的"尊严"皆不容侵犯、蹂躏和践踏。"尊严"不是商品、不是筹码，它不能买卖，亦不能交换。一个人对"尊严"的放弃，必然导致其人格的"失足""陷落"。可是，现实中又有多少人，他们仅仅为了私欲、私利、私情而放弃了做人的"尊严"。他们有的贪婪攫取、有的腐化堕落、有的阳奉阴违、有的叛友求荣、有的狗苟蝇营……这些人把"活得体面"当作"活的尊严"，这是对"尊严"的一种亵渎和扭曲。

《晏子春秋》里记载了著名的"二桃杀三士"①的故事，这里，且不去评价晏子"用谋杀士"的是非，也遑论"三士"骄横跋扈的曲直，只道"三士"最终弃桃自刎，这就是古人"士"的尊严。"三士"之死，使其生命陡然高贵了许多许多……时至今日，也许仍会上演"二桃杀三士"的故事，但令人悲哀的是，"三士"或许会自相残杀而死……历史上的"三士"是被"尊严"而杀，今天的"三士"则可能会被"利益"而杀！

【注释】
① "二桃杀三士"：出自《晏子春秋·谏（下）》，春秋时齐景公将两个桃子赐给公孙接、田开疆、古冶子论功而食，三人弃桃自杀。这则成语故事表现出的是三位勇士的"君子之风"。晏子本想利用三人恃才傲物的弱点，让彼此相互争功，离间人心，从而削弱他们的政治威胁，并没有想到他们会舍生取义，有如此君子风度。他们三人开始时比较骄傲，都看重自己的事功。是古冶子的一番话让另外二人感到了羞耻，当他们觉得自己做错事情时，宁愿用生命去弥补耻辱，这是一种很高贵的精神。所以他们自刎之后，无论是晏子还是君王，都有悲切之意。

"随"论

论知足

知足是一个人们常常说起的话题，但是一个人口头说说"知足"容易，内心真正感到"知足"却很难。所以，"知足"来自心底的满足，而绝非口头的掩饰，但世人常常用口头的"知足"来掩盖内心的"不知足"……

"不知足"到了一定程度则会变成"贪心"。所以，"知足"是对欲望的超脱，"贪心"是对欲望的放纵。"知足"与"不知足"之间存在一个"比"的过程，而由于"比"的方式不同、"比"的对象不同、"比"的标准不同、"比"的内涵不同等，致使"知足"与"不知足"二者总是处于相互转化中。对世人而言，"知足"是动态的，"不知足"是常态的。面对人生、家庭、生活的美好，乃至权力、地位、金钱、名声……人皆向往之、仰慕之、梦想之、追求之，这种欲望无边无境、无休无止，正因如此，人人、时时、事事，都可以从"知足"到"不知足"，你"知足"不等于我"知足"，今天"知足"不等于明天"知足"，这件事"知足"不等于所有事"知足"。"不知足"可以成为向上进步的云梯，也可以变成让人滑落悬崖的苔藓。也即如《道德经》曰"名与身孰亲？身与货孰多？得与亡孰病？甚爱必大费，多藏必厚亡。故知足不辱，知止不殆，可以长久。"[①]

当然，"知足"与"不知足"都有其积极的一面，也有其消极的一面。"知足"可以使人得到内心世界的满足与平衡，心存幸福感、快乐感、闲适感，但它也会使人安于现状，不思进取，停滞不前。"不知足"可以使一个人不懈追求事业的成功，在实现自我价值的同时,也为本社会、本阶层、本团队及家庭等带来益处,但它也会使人永远处于焦灼不满,甚至达不到目的而消极失落的状态。

世间无论多么贫困卑贱的人,都可以有"知足"的快乐,无论多么高贵富有的人,都会有"不知足"的烦恼。因此,"知足"不会因人的地位、身份、财富、荣誉、知识、成就等而获得,也不会因一个人身处"低位"而失去。所以,"知足"并非与"获得"成正比,也许"获得"的越多,"不知足"越多,更有甚者是因为得到了,反而更"不知足",愈加变本加厉,贪欲无度。许多这类的官员、富商、名流、显贵们,因为无节制的贪婪而锒铛入狱,身陷囹圄。对这类人而言,这时候只要能过得上普通百姓生活,即便布衣粗食也会默然"知足"了。

所以,"知足"不是外物赋予的,也不是他人赐予的,而是对物欲的超脱,是对人生的释然,是内心世界的修养,是人生价值的升华。古人曰:家有黄金万两,食不过一日三餐;家有广厦千间,卧不过一榻之地。曾有个形象的比喻,说得非常透彻,意思是:人一出生攥着手而来,是为了得到;离开人世时撒开手而去,终将一切皆无。

佛教中,"贪""嗔"与"痴"并称为"三毒"[②],只有用"戒、定、慧"之法才能去除。古人曰:"人心不足蛇吞象",又曰"知足常乐",就是告诉世人要有一种健康向上的人生观、物欲观、幸福观,永远保持一种自然、达观、淡然的心态。因为,世上的事物永远是相对的,绝对的得到是不可能的,而"知足"即自我对人生的修炼、修为、修缮。也许一切并不会令人全然"满足",但要学会从心底感知"知足"之快乐、之恬然、之静美,所谓"人生待足何时足,未老得闲始是闲"。学会"知足"不是迫于人生的无奈,更非掩耳盗铃,欺世盗名,而是对自身有益,对健康有益,对家人有益,对社会有益的明智之举。

学会"知足"的前提是找回自我、找准定位、找到归宿,面对

"随"论

人生，叩问内心：你想要怎么活？你适合怎么活？你选择怎么活？你终将怎么活？然后，放下一切物欲的负累，向幸福快乐出发！

【注释】
① "名与身孰亲？身与货孰多？得与亡孰病？甚爱必大费，多藏必厚亡。故知足不辱，知止不殆，可以长久"：出自《道德经》，意思是：名誉与生命，那一个更亲切？生命与财产，哪一个更贵重？获得名利与失去生命，哪一个更有害？因此，过分吝惜必定招致更多的破费，丰厚的贮藏就会招致惨重的损失。所以，知道满足就不会遭受屈辱；知道适可而止就不会遇到险情，这样才可以保持长久。
② "三毒"：贪，是对于喜好的过分偏执；嗔，是对于讨厌的过分偏执；痴，是根本不明事情的实相而做出贪或者嗔的反应。治疗"三毒"的方法是戒、定、慧。戒，是道德的、有规范的、无害他人的生活标准，对治过分的贪心；定，是对于内心的专注和耐心的培养，可以对治过分的暴躁和没有耐心引起的嗔恨；慧，是对于生命以及宇宙实相的如实了知，从而对治愚痴。

论人情

人非草木,孰能无情,有人群的地方便有"人情"。"人情"是内在的,而"人情关系"则是外在的。

人与人之间的关系构成了社会关系,"人情"是人与人之间的"润滑剂",有了"人情",人与人之间才能多一分温暖,多一分依靠。如,与父母之间是养育情,一个人"身体发肤受之父母",一粥一饭喂养长大,此情乃恩情;与兄弟之间是手足情,兄弟姊妹乃一奶同胞,砸断骨头连着筋,此情乃亲情;与夫妻之间是恩爱情,二人从陌不相识到同衾共枕,耳鬓厮磨,相濡以沫,此情乃真情;与战友之间是生死情,来自不同地域的两个人,一起携手并肩,同生死、共患难,此情乃挚情……此外,还有邻里情、同学情、老乡情、朋友情等。况且,"人情"也是可以沿袭、传承的,上一辈或上几辈的交往交情,可以一直延续下来,所谓"祖一辈,父一辈,子一辈"。

诚然,"人情"也是分阶级、分阶层的,人的地位、身份、贫富、背景、教养、经历等不同,所处的社会关系层面亦不同。所以,一个阶层有一个阶层的"人情"关系,高官有高官的"人情"关系、富商有富商的"人情"关系、名人有名人的"人情"关系、百姓有百姓的"人情"关系……同时,"人情"和人与人交往的深浅、感情的远近、付出的多少也有关系,有的"人情"可能是一顿饭,有的"人情"可能是一幅画,有的"人情"可能是一句话,有的"人情"可能是一条命……

《礼记·曲礼上》曰:"往而不来,非礼也;来而不往,亦非礼也。"由"人情社会"产生了"人情文化",而"人情文化"有利亦有

"随"论

弊,具有其"两面性",一曰"良性互动",一曰"非良性互动"。所谓"良性互动",即"人情"可以形成一个社会的亲和力、凝聚力、向心力,人与人之间以感情做维系、做铺垫,社会上人们之间互帮互助,友爱相处,家庭里亲人之间相敬如宾,和睦美满,通过"人情"可以消弭许多社会、家庭的矛盾。所谓"非良性互动",是指若一味地讲"人情",容易导致一切以"人情"为导向、为标准,认识人好办事,感情深不较真,看病、买票、提职、调转等都要托关系、找熟人、靠交情,一些人手中的权力成为"人情"的筹码,而偿还此类"人情"也需要用权力给予回报。这样,就形成了以情代"制"、以情代"理"、以情代"法"的潜规则,而置法规制度于形同虚设。如此,"人情文化"就会变味,就会偏失,就会扭曲,就会庸俗。

然而,于国人来说,对"法治"是较为淡漠的,而对"人情"是极为信奉的,由此形成了中国"重人情""轻法治"的社会特征。所以,在中国存在根深蒂固的"人情文化",概括为"十大人之常情",即好誉而恶毁;正直难亲,谄谀易合;由俭入奢易,由奢入俭难;趋利避害;念父母,顾妻儿;落叶归根、游子思乡;好生恶死,好安恶病;恻隐之心;礼尚往来;爱屋及乌,憎人及胥。所谓"十大人之常情",实乃良莠混杂、好坏参半。如,有的人"好誉而恶毁",喜欢听好话,不愿意听批评;有的信奉"正直难亲,谄谀易合",疏远正直的人,对阿谀奉承的人却给予重用;有的"爱屋及乌,憎人及胥",对喜爱的人全盘认可,对反感的人否定一切……这中间一些庸俗的、恶俗的"人之常情",不是引导人们如何正确地处理"人情"关系,而是体现了一种人性之弱的、腐朽的"人情"标准,从而使正常的人际关系蒙尘纳垢……所以,对待"人情"应该以德相牵、以法为规,走出传统的"人情"社会,走进现代的法治国家。

追根溯源,中国"人情文化"的弊流出自何处呢?这里,举两个例子即可窥端倪。如,《论语》中叶公对孔子曰:"吾党有直躬者,其父攘羊,而子证之。"孔子曰:"吾党之直者异于是:父为子隐,子为父隐,直在其中矣。"[①]孔子的回答道出了儒家的一个基本原则——世无曲直,断事唯亲。再如,《后汉书·卓茂传》里记载的所谓"律设大法,礼顺人情"的典故②,也实乃为官场的贿赂腐败给予开脱与辩护。由此可见,"人情文化"的丑陋源自儒家思想中的糟粕,由古及今,世人也可领悟中国"人情文化"的遗毒与弊端。

无论如何,一个社会、一个组织、一个团队、一个家庭,人与人之间仍然要用情感来维护、来融洽。因此,构成了父子之交、夫妻之交、男女之交、兄弟之交、同学之交、职场之交、贫富之交、患难之交、情人之交、恩人之交……当然,人际交往也要把握好一定的原则,也就是要掌握好"跟谁交""怎么交""靠什么交""交到什么程度"等尺度,做到"以利相交"不伤及他人、"以情相交"不僭越权力、"以义相交"不触碰法律……让社会上人与人之间充溢着温暖的"人情味",而万万不可使"人情"变味……

【注释】

① 叶公对孔子曰:"吾党有直躬者,其父攘羊,而子证之。"孔子曰:"吾党之直者异于是:父为子隐,子为父隐,直在其中矣":出自《论语》,意思是,叶公告诉孔子说:"我的家乡有个正直的人,他的父亲偷了人家的羊,他告发了父亲。"孔子说:"我家乡的正直的人和你讲的正直人不一样:父亲为儿子隐瞒,儿子为父亲隐瞒。正直就在其中了。"孔子认为"父为子隐,子为父隐"就是具有了"直"的品格。孔子把正直的道德纳入"孝"与"慈"的范畴之中,一切都要服从"礼"的规定,这在今天是应予扬弃的。

② "律设大法,礼顺人情":出自《后汉书·卓茂传》,典故内容是:卓茂担任密县县令时,有人曾告一亭长接受他的米肉,卓茂屏退左右问那人:"是亭长找你要的?还是你有事托付他而给的?还是因为恩情而赠送给他的呢?"那人说:"我私下听说贤明的君主,使百姓不惧怕官吏,官吏不向百姓索取。而今我害怕他,所以送他米酒,亭长既然最终接受了,所以我来告他。"卓茂说:"你是鄙陋的人啊。大凡人之所以比禽兽尊贵,是因为人们讲求仁爱,懂得互相敬重。现在乡邻间尚且表达馈赠之礼,这是人们之所以相互亲近的原因,更何况官吏与百姓之间呢?官吏只是不能乘势求取馈赠罢了。你能脱离这个世界吗?亭长平素就是个好官,过年时送些米肉,这是礼节。"那人说:"假如这样的话,法律为什么禁止那样做呢?"卓茂笑着说:"律条的设定要合乎大的准则,礼制的理顺要合乎人间真情。而今我用礼教导你,你必定没有怨恨;用法律来惩治你,和处置自己的手足有什么不同呢?"于是那人接受了卓茂的训诫,亭长也很感激他的德惠。

"随"论

论诚信

当社会上每个人仅仅用"诚信"去评判别人时,恰恰证明这个社会已经远离了"诚信"……因为"诚信"只有从自我做起才无处不在。

北宋周敦颐在《周子全书》写道:"诚信,五常之本,百行之源也。""言无反覆、诚实不欺,以真诚之心,行信义之事"谓之"诚信",乃须臾不可缺失的做人做事之根本。

"立信"乃"诚信"之始、之首,只有"诚"方有"信",正如孟子曰:"诚者,天之道也;诚之者,人之道也。"隋朝王通在《中说·周公》中曰:"推之以诚,则不言而信。"[①]一个人"立信"很难,难就难在"立信"不是靠一句话、一件事,而是要经过反复检验,才能立得住、立得牢,假如失去一次"诚信",则将前功尽弃,一切需要从头再来,甚至会失去从头再来的机会。"守信"乃"诚信"之根、之本,"守信"即做到言必行、行必果,中国古代有"齐桓公不背曹沫之盟,晋文公不贪伐原之利,魏文侯不弃虞人之期,秦孝公不废徙木之赏"[②]的故事,可见"守信"之重要。而"失信"则是对"诚信"的违拗与背离,"失信"一般是因利、因名、因情、因色、因权、因命……"失信"也许是一句话、一件事,但"无信"之名要背负一辈子。人一旦"失信",往往越"失"越多、越"失"越快,甚至呈几何倍数加速……而往往一个人越无"诚信",越爱标榜自己讲"信誉",这类人在小利小事上容易做到"诚信",而在大利大事上就做不到了……

失去"诚信"伤害的既是他人，受害的更是自己。做人不可自欺，亦不可欺人。古人曰：若想人不知，除非己莫为。"自欺"者天知，"欺人"者他知。可见，"戒欺"是诚信的重要准则之一。《礼记·大学》曰："所谓诚其意者，毋自欺也。"宋代陆九渊也说："慎独即不自欺。"因而，一个人不说假话、不办假事，才可谓"诚信"。如果撒了一次谎，造了一次假，之后所做的每件事、说的每句话都要被质疑、被审视，正如俗语所言："上等之人，口说为凭；中等之人，立据为凭；下等之人，一无所凭。"

然而，小到个人，大到国家，为什么仍充斥着诸多与"诚信"相抵触的失信、背信的人和事呢？说到底，为权者、为商者、为民者所有的"奸伪"行为，终究逃不过"私利"二字。为权者之"私利"为"贪占"、为商者之"私利"为"谋财"、为民者之"私利"为"巧取"。然而，凡牟私利者，皆贻祸泱泱。一个人若"失信"于他人，不仅会失去他人的信任，而且会失去做人的尊严，正如孔子曰："人而无信，不知其可也。"[3]汉朝韩婴在《韩诗外传》中曰："与人以实，虽疏必密；与人以虚，虽戚必疏。"[4]所以，"戒欺"的根本在于"戒私""戒虚"。

对个人如此，对国家亦然，"诚信"可立国，"失信"则亡国。一个国家、一个民族如果罔顾诚信、欺诈横行、奸伪遍地，那么，必将如《管子·禁藏》所言"吏多私智者其法乱，民多私利者其国贫。"[5]尤其对一个国家来讲，如果"失信"的成本太低，"背信"的惩戒太少，导致假、冒、伪、劣横行，食品安全、药物安全等事件屡禁不止，尤其一旦遇有事故，一些部门、企业则"捂""躲""拖""骗"，更有一些媒体利用虚假广告，堂而皇之，明目张胆地为虎作伥……导致"诚信"欲立难立，屡破屡失，而这将使一个社会进入害人终害己的"互害生态链"，如，虽然造假贩假的自己不用，生产含毒食品的自己不吃，建"豆腐渣"楼房的自己不住……但造假的人总得吃

"随"论

东西,生产含毒食品的总得住房子,盖楼房的人总得买日用品……结果是,处在这个链条中的每个人都难逃伤害和被伤害。你觉得你占了便宜,我觉得我占了便宜,最后谁也占不了便宜。这样下去,最终必然会导致社会价值体系的崩溃。反观世界,一些国家对"诚信"的教化与管控建立起了一套完善的体系,由国家以法律指导公民的行为,守约为正义之源,无契约即无正义,有约而不遵行即为不义,"有约必践""有罪必罚",乃至"罚"到倾家荡产,锒铛入狱。

当然,于世人而言,"见利莫能勿就,见害莫能勿避"⑥乃"凡人之情","故善者围之以害,牵之以利。"⑦对以非"诚信"的手段谋取私利者必须施之以"害"。这就需要在教化的基础上,加以制度乃至法律的约束。总之,"诚信"应当成为一个民族的"民品",一个人的"人格"。即如同仁堂的理念所言,"修和无人见,心存有天知",此乃"诚信"之要义。只有这样,才会让世间兴"诚信"之风、秉"诚信"之举、倡"诚信"之言、立"诚信"之德。

【注释】

① "推之以诚,则不言而信":出自《中说·周公》,意思是:只要能够推心置腹,以诚相待,不用言说也会相互信任。
② "齐桓公不背曹沫之盟,晋文公不贪伐原之利,魏文侯不弃虞人之期,秦孝公不废徙木之赏":出自宋代司马光《资治通鉴·卷二》。

"齐桓公不背曹沫之盟":事见《史记·刺客列传》,当时曹沫担任鲁国将军,与齐国作战,打了三次败仗。鲁庄公因害怕而献遂邑的土地与齐国讲和,但仍以曹沫为将军。后来齐桓公与鲁国在柯地会盟,齐桓公与鲁庄公已经在坛上盟誓,曹沫突然手持匕首劫持了齐桓公,齐桓公左右的人一下都愣住了。齐桓公问:"你想干什么?"曹沫说:"齐国强大,鲁国弱小,但你们大国欺负鲁国也太过分了,鲁国的城池都被你们攻打得快倒塌了,你看着办吧。"无奈之下,齐桓公便答应归还侵占的鲁国土地。曹沫听后便扔下匕首,走下盟约的高台,回到自己的位置上,脸色不变,言谈如故。齐桓公脱离了危险,勃然而怒,想毁约。这时,管仲就急忙出主意说:"不能这样,贪图小利而逞一时之快,在诸侯面前不讲信义,就会失去天下的援助,不如把土地还给他们。"最后,齐桓公便将侵夺鲁国的土地还给了鲁国。曹沫三次战败而失去的土地又都回到了鲁国。

"晋文公不贪伐原之利":出自《左传·僖公二十三年》。晋公子重耳因蒙难而流亡他乡,当时很多诸侯国不接纳他。到了楚国后,楚国热情地招待了他。在招待他时,楚国国君问他:"如果你以后做了晋国国君,将如何报答我?"重耳说:"珍珠美玉,你都不缺。我不会有更稀罕的东西送给你,不过托你洪福,以后我如果做了晋国国君,假若我们在战场上相遇,我便以退避三舍(一舍三十里)作为回报!"后来,重耳果然作了国君,成了晋文公。五年之后,也就是僖公二十八年(公元前632年),晋文公果然与楚国在战场上相遇,晋文公确实实现了自己的诺言,退避近百里以报楚国招待之恩。

"魏文侯不弃虞人之期":事见《资治通鉴》周威烈王二十三年(公元前403年)。魏文侯与群臣饮酒,兴致盎然,而此时天下起了雨,魏文侯想起了他与虞人(山林管理者)相约当日要打猎,于是,他便"命驾将适野"。左右大臣惊诧道:"大家喝得正起劲,而又下着大雨,君侯又要去哪里?"魏文侯说:"我与虞人约好了今天打猎,虽然下雨不能打猎了,岂可因为自己喝得高兴就不去跟人家说一声呢?"于是便亲自前往。

"秦孝公不废徙木之赏":秦孝公采用商鞅的建议实施变法,法令已经制定,但还未公布。但他担心老百姓不信,便在国都咸阳集市立起一根数丈高的大木杆,说谁能把它扛到北门去,便给他十金。老百姓觉得奇怪,也没有人敢去搬运。商鞅又下令说:"能扛过去的人给五十金。"于是有一个人便将此木挪到了北门,商鞅立即便给了他五十金。此后,商鞅才颁布了变法的法令。

③ "人而无信,不知其可也":出自《论语·为政》:"子曰:人而无信,不知其可也。"意思是:一个人不讲信用,真不知道怎么能行。

④ "与人以实,虽疏必密;与人以虚,虽戚必疏":出自《韩诗外传》,意思是:待人真诚,即使(之间本来)疏远也一定会变得亲密;待人虚伪,即使(之间本来)是亲戚也一定会变得疏远。

⑤ "吏多私智者其法乱,民多私利者其国贫":出自《管子·禁藏》,意思是:官吏表现个人智慧的人多,其法度混乱;人民图谋私利的人多,国家陷于贫穷。

⑥ "见利莫能勿就,见害莫能勿避":出自《管子·禁藏》,意思是:见利没有不追求的,见害没有不想躲避的。

⑦ "故善者圉之以害,牵之以利":出自《管子·禁藏》,意思是:所以,善治国者要用"害"来约束人们,用"利"来引导人们。

"随"论

论角色

世上的"角色"分为两种，一种是"戏剧角色"，一种是"社会角色"。这里，主要说的是人们的"社会角色"，因为世人皆生活在不同的"社会角色"之中。

在社会生活中，一个人往往具有多重"角色"，如，于父母而言，你的"角色"是子女；于子女而言，你的"角色"是父母。于上级而言，你的"角色"是下属；于下级而言，你的"角色"是上级。于国家而言，你的"角色"是公民；于企业而言，你的"角色"是员工……人的"角色"亦是不停转换的，如，你可能是一个商人，但走进商场消费时你就是顾客；你可能是一个教师，但接受培训时你就是学生；你可能是一个演员，但走进影院观看演出时你就是观众……虽然"商人""教师""演员"是你长期的"角色"，但在彼时彼地你又是临时的"角色"，而一个人是否能够快速转换"角色"，适时、适度、适地、适人、适事地扮演好"角色"是不容易的。

"戏剧角色"需要演员扮演，而且，要做一个真正的好演员难乎其难。那么，世人若想成功地"扮演"好不同的"社会角色"，亦是难上加难。一个人在社会生活的大舞台上，既没有现成的"剧本"，也没有预知的"情节"，更没有反复的"彩排"，一切逻辑推演、矛盾冲突、成功失败、喜怒哀乐等都是"现场直播"。这里没有模拟的演出，只有严酷的真实，你的"台词"不可修复，你的命运无可更替，你的行为不可剪辑……你的人生永远不会有"后期制作"，你"扮演"的就是你自己，你的"角色"只有你自己决定，你的命运只有靠自己掌握。除此之外，一个人要想找到适合自己的舞台也很难，有的人时运不济，虽有一腔抱负，空有一身才艺，"十八般武艺样样精通"，却由于难以找到施展才华的舞台而抱憾终生……

诚然，只要站在社会这个大舞台上，每一个人皆想成为"主角"，甚至有的人只注重自己的"演出"，而很少顾及别人的感受，去抢别人的"镜头"，结果引起了众人的反感。其实，世上本无"主角"与"配角"之分，只有"好演员"与"差演员"之别。无论一个人在社会上是"主角"或"配角"，在你的人生中、家庭里你都是"主角"。即便在社会上你是"配角"，也要尽力扮演好自己的"角色"，千万不要越位、错位。而往往越去抢"主角"的人，越摆脱不了"配角"的地位，甚至会成为被人诟病的"反面角色"。而对"观众"来讲，会演的不如会看的，一场不放松的演出无异于"摆拍"。当然，也有的人在本该当"主角"时出现失位、空位，结果发生了"角色"缺失，导致"不到位"，不仅压不住"台面"，而且还"砸了场子"；还有的人虽然拥有了一个很好的"角色"，却功力不济总也"入不了戏"，结果辜负了命运的厚爱……

现实生活中，还有一些人为了"扮演"好自己的"角色"，把"社会舞台"当作"戏剧舞台"，不知上演了多少人间悲喜剧乃至闹剧。如，有的人极力掩藏自己的真实面目，而设法戴上不同的"面具"，以各种各样的"脸谱"面对世界、面对他人，甚或是面对自己。有的人表面上坦坦荡荡，而心底里男盗女娼；有的人在台上正襟危坐，而在台下猥琐下作；有的人满嘴仁义道德，而做人蝇营狗苟；有的人场面上长袖善舞，而私下里小肚鸡肠……也有一些人，他们为了获得一个令人艳羡的"好角色"，不惜巴结奉承、卖乖讨好、丧尽人格；还有一些人，他们为了自己的"角色"更"完美"，不惜铤而走险、贪赃枉法、触碰法律，这些人在不同的"角色"中，挣扎、扭曲、分裂、崩溃。

"随"论

于世人而言，扮演好自己的"角色"确乎极难，甚至有时你扮演的两个角色本身就有冲突，"自古忠孝难两全"就是对"忠臣"与"孝子"两个角色无法兼顾的感叹。其实，面对不同的"社会角色"，世人大可不必紧张兮兮。人们的"角色"既是被动赋予的，如作为儿女、为人父母等，对这类"角色"，人们除了尽心竭力地去做好，基本上别无选择。但是有一些"角色"却不是一成不变的，是可以通过自己的努力，来实现这种"角色"转化的。

其实，人生本来就是一场"本色演出"，切莫为"角色"而自寻负累。一个好演员最忌讳的就是一个"假"字，世人在人生的舞台上又何尝不是如此？无论人们在社会生活中"扮演"怎样的"角色"，一定要切记——"角色"的识别码，不是形式上的标签，而是一种人生的担当。你担起了什么，你就是什么"角色"；你担得越重，"角色"就越大；什么时候能担起，什么时候就进入了"角色"。你，就是你自己！你，一定要做好你自己！要学会抛弃"角色"的"脸谱"，让身心裕如，让灵魂自由，因为，人生的舞台上没有观众，为你喝彩的只有你自己！

论金钱

金钱不仅是价值的符号,也是衡量世人欲望的砝码……

世间许多人诟病"金钱"的流毒与贻害,可世人却又难抵"金钱"的诱惑,而陷落于"金钱不是万能的,没有金钱是万万不能的"这一"魔咒",正所谓"钱有二戈伤尽古今人品,穷则一穴埋没多少英雄"。

"金钱"的诱惑来自于它无所不能的"魔力"。"金钱"可以买豪宅、买名车、买珠宝、买美色,买名声、买权力、买地位、买性命、买良心……"金钱"似乎可以买世上的一切东西。正因为"金钱"具有的"魔力",所以有人为了一味地追逐"金钱",而失身、失权、失名,乃至失德、失节、失命……为了"金钱",演绎出无数个、无数种的人间悲剧。从这个角度讲,"金钱乃万恶之源",是"杀人不见血的刀"。

"金钱"又是无辜的。它的无辜在于其本身只是一个交换工具而已,而世人在享用它的同时,又把一切骂名和脏水泼到它的身上。

究其根源,人们获得"金钱"的多少往往是不均衡的,似乎是"金钱"带来了世间的不平等、不公平。如,有的人因为权势重而获得了"金钱",有的人因为地位高而获得了"金钱",有的人因为家庭好而获得了"金钱"……尤其是一些官二代、富二代、星二代,即便是不学无术,游手好闲,也照样能过着常人难以企及的奢华生活。而一些身处底层的平民百姓,仅仅为了赚取养家糊口的"小钱

"随"论

儿",有的要风吹日晒土里刨食,有的要起早贪黑去摆地摊,有的要不顾人格去伸手乞讨,有的要躲躲藏藏去贩卖假货……这一切的一切,人的三六九等、高低贵贱似乎都是"金钱"所造成的,"金钱"成为区分穷人与富人最直接、最重要的标志。一个人有了"金钱"就有了一切,一个人没有"金钱"就与一切无缘,所谓"钱离开人,废纸一张;人离开钱,废物一个"。所以,世人对"金钱"的诅咒,一般不取决于道德的高尚,而来自于对他人占有的嫉恨,就像一个你所觊觎的美女嫁给了他人,你的恼羞成怒大多来自于嫉妒一样。

"金钱"的"原罪"在于它既是财富的象征,而又不完全是财富本身。因此,当一个人拥有"金钱",使其极大地满足自己的欲望之时,你会疯狂地"爱"上它;当一个人因"金钱"匮乏,致使自己的欲望无法满足之时,你会恶毒地"恨"透它。而一个人的欲望往往是永远无法满足的,人的本性会导致自己把欲望无法满足的缘由转嫁到"金钱"身上,进而对"金钱"又爱又恨,爱恨交加……

"金钱"是蠢人的主人,智者的奴隶。英国杰出的戏剧家亨利·菲尔丁曾说:"如果你把金钱当成上帝,它便会像魔鬼一样折磨你。"然而,事实上并非拜金者甘愿把"金钱"当成上帝,而是在他们眼里"金钱"如同上帝一般主宰着整个世界。他们的喜怒哀乐、爱恨情仇,富贵与贫贱、成功与失败、幸福与穷困……皆由"金钱"这一"魔棒"操控。

古人云:"天下熙熙皆为利来,天下攘攘皆为利往。"而"金钱"把人们逐利的本性无边际地放大,贪婪、狡诈、算计、伪善、掠夺……狼奔豕突,肆意横流。但是,也正如挪威伟大戏剧家易卜生所说:"金钱可以是许多东西的外壳,却不是里面的果实。它能带来食物,却带不来胃口;能带来药品,却带不来健康;能带来相识,却带不来友谊;能带来仆人,却带不来忠心;能带来享受,却带不来幸福和宁静。"因此,"金钱"也并非世上所有人的"宠儿",那些智者，也就是有高尚信仰的人，有理想抱负的人，有修养品德的人，有远大目标的人，往往善于驾驭"金钱"，利用"金钱"，把"金钱"用在"刀刃"上，做正事、走正道，甚至对"金钱"是不爱的，是不屑的，因为，心灵的高贵，生命的高贵往往是"金钱"无法衡量的。

"金钱"本身没有高尚与邪恶之分，它可以是爱心的天使，亦可以是罪恶的工具，决定其本质的关键在于人性的守望。然而，一般而言，人的"需求"皆是要由"欲望"来表达，而与"金钱"对"欲望"产生的满足感相比，孔子所谓"君子爱财，取之有道"的道德劝诫往往力不从心。因为，欲望是永无止境的，潜藏在人性中的"贪婪"一旦失去了控制，就永远无法满足。所以，切不可让人们的"贪婪"泛滥成灾，"金钱"也无需去背负本该属于人类自身的丑陋。

"随"论

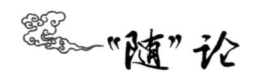

论口碑

口碑虽看似无形，而实则有形，正可谓"口碑如水"，所以，"口碑"能"捧人"，亦能"杀人"！

"口碑"泛指众人的议论，大众的口头传说。"口碑"最早出自《五灯会元》，"劝君不用镌顽石，路上行人口似碑。""刻碑"为歌功颂德，故后人以"口碑"喻指众人的口头赞扬。现今，"口碑"多指大众的评价，如，世人常说的"金杯银杯不如老百姓的口碑"。

古人曰："君子万年，口碑载路。"[①] "口碑"之所以重要，皆因"口碑"虽出自于"口"，然发自于"心"也。其实，口口相传的评价，往往比写在书里、画在纸中、贴在墙上更真实，也更有力量。好"口碑"代表一种褒奖和认可，坏"口碑"表达一种批评和挞伐，皆能给人带来实实在在的影响。所谓"赢得好口碑要做一辈子，形成坏口碑也就一下子"。当然，一个人"口碑"的好与坏，表面上是别人说的，根本上却是自己做的。

"口碑"代表的不仅是民意，更表达了民声。俗语说："人在做，天在看"，这个"天"是谁，就是大众，就是他人。无论任何人居何心、做何事、处何位……凭你明修栈道、暗度陈仓也好，凭你瞒天过海、偷梁换柱也罢，在大众眼里绝没有盲区、没有死角。"口碑"往往不是"口号"，也未必是"呼喊"，它是发自于大众口中的、众人心领神会的"口头文化"，它可以是一句俚语，可以是一段民谣，可以是一声怨言，可以是一个牢骚……但是，也就是这看似极为普通的议论与"传说"，即能印证一句民间俗语："唾沫也能淹死人。"

"口碑"既是当下的,更是历史的。"口碑"作为一种"口头文化",不仅能够口口相传,而且可以代代相传,并逐渐渗透到民间文化甚至主流文化中去,比如,商纣王的"酒池肉林"、周幽王的"烽火戏诸侯",更不要说曹操的"白脸奸相"形象一直被烙印在中国的戏剧舞台上。由此,也可以看出,基于"口碑"源自大众性、自发性"创作",一定会赋予许多想象、虚构的成分,难免导致以偏概全、以"讹"传"讹"的现象。但是,历史的真实是学术,传说的真实是文化,而文化的力量往往总是大于学术的力量,因为,文化永远是大众化的,而学术一般是"小众化"的。

也许,一个人的"口碑"是什么,你将会给后人留下什么样的"口碑",这些并非问题的实质,关键是人们要知道"口碑"代表着什么。所以,对一个人来讲,应该把众人的"口碑"当作一个"杀毒软件",坚持每天"搜索扫描",及时修补人生的"漏洞",好让自己的"主机"顺畅运行,避免"死机"。

【注释】
① "君子万年,口碑载路":出自明朝赵震元《为李公师祭袁石寓(袁可立子)宪副》,是其为睢州乡贤袁枢(袁可立子)所作的三篇祭文之一。

"随"论

论酒局

所谓"酒局",既要有"酒",又要有"局",所谓"无酒不成局",喝的是"酒",做的是"局"。而"酒"者,是媒介、是借口、是手段,是堂而皇之的交往符号;而"局"者,才是根本、是内涵、是目的,是彼此心照不宣的功利存在。

凡称为"酒局"者,皆存在为什么做"局"、做什么样的"局"、怎么样做"局"的问题。所谓为什么做"局",就是说"酒局"皆是有功利性、目的性的,如,家庭之事的"酒局"大多是表达谢意、收钱敛财;商人摆设的"酒局"大多是扩大人脉、获取商机;官场设置的"酒局"大多是迎来送往、互相提携;朋友应酬的"酒局"大多是拉近关系、加深感情;还有一些"酒局"则是为了办事、平事、成事……所谓做什么样的"局",就是在何处摆"局",是饭店还是酒吧,是家里还是单位等;摆什么样的"局",是中餐还是西餐,是炒菜还是火锅等;摆多大的"局",是几个人小酌还是十几人或更多人狂饮,是一顿还是半夜后再摆两顿、三顿,是酒后唱歌、洗澡、按摩,还是玩牌、打球……所谓怎么做"局",就是怎么选地方、怎么去请人、请什么样的人;由谁请、怎么请、何时请;怎么陪、谁来陪;怎么买单、谁来买单,等等,都颇费思量,需要精心设计。当然,最终决定为什么做"局"、做什么样的"局"、怎么去做"局"的,也要因人而定、因职而定、因时而定、因事而定……往往有些人参加"酒局"也是有"讲究"的,如,跟下级不喝,跟上级喝;跟穷人不喝,跟富人喝;跟用不着的人不喝,跟用得着的人喝……

论酒局

"酒局"既为"局",也离不开"酒"。"喝酒"虽然是形式,但也要有模有样地去"喝"。在酒桌上,有主宾、副宾,还有主陪、副陪;有"打一圈儿"的喝法,也有"一对一"的互敬;既有全桌每个人的提议,又要把握好主次分明的尺度。酒席上,来宾的身份决定了座次,容不得稍有僭越。再有,喝酒就是要喝出气氛,如果酒桌上出现冷场,那是"做东"人的失败,也是受邀者的失礼。所以,适逢"酒局"必定开怀畅饮,极尽喧闹之势,即便是有人不胜酒力,也必须要喝到酣畅淋漓,甚至醉态百出。

由"酒局"也形成了许多"酒文化",古人饮酒演绎出了"酒令",雅者如"射覆""行令",俗者如"猜拳""击鼓传花"。早些年,社会上也曾流行过一阵喝酒猜拳的习俗。而当今,"酒文化"则表现在一些民谣里,如,"东风吹,战鼓擂,今天喝酒谁怕谁;宁让胃上烂个洞,不让感情裂条缝""能喝一两喝二两,这样朋友最豪爽;能喝二两喝五两,这样同志应培养;能喝半斤喝一斤,这样哥们最贴心;能喝一斤喝一桶,考虑提拔当副总"……

当然,喝酒可以增进感情,所谓"酒越喝越厚,钱越赌越薄",少喝一点对身体也有益处。元朝以前,饮的多为米酒。元朝以后,随着蒸馏法传入中国,遂有烧酒盛行。据《本草纲目》记载:烧酒,又名"火酒,阿拉吉酒,气味辛、甘,大热,有大毒",可以"主治消冷积寒气,燥湿痰,开郁结,止水泻"。古人饮酒主张"花开半开,酒饮微醉",并且很有一套讲究:"法饮宜舒,放饮宜雅,病饮宜小,愁饮宜醉;春饮宜庭,夏饮宜郊,秋饮宜舟,冬饮宜室,夜饮宜月"[1]。然而,浅尝小酌可以怡情,狂饮滥啜则定乱心。"酗酒""醉酒"不仅伤胃、伤肝、伤肾,也伤他人、伤风化,一个人醉酒后,酒精作用于神经,令人高度亢奋,所谓"风流茶说合,酒是色媒人","酒色一气","色"亦是能助酒兴的。同时,酒亦能壮胆,所谓"酒壮怂人胆"……凡此种种,结果"酒后失言"者有之,"酒后失态"者有之,

"随"论

"酒后失德"者有之,"酒后失和"者亦有之……俗语曰"酒品如人品",说到底,从"酒德"也可以看出一个人的"品德",诸葛亮在《知人》中就提出了"识人七法",其中就有"醉之以酒而观其性"的识人标准。

既然"酗酒""醉酒"贻害无穷,那么,人为什么喜好喝酒,且乐此不疲呢?因为"酒"的功效被人赋予其太多的内涵:一个人高兴之时喝酒是愉悦快乐,烦恼之时喝酒是借酒浇愁;紧张之时喝酒是缓解压力,放松之时喝酒是享受惬意;过节之时喝酒是团聚幸福,应酬之时喝酒是情势所需……然而,长期酗酒、醉酒会产生酒精依赖,一旦有了"心瘾"就更加难以戒掉了。日本人对喝酒也颇有研究,记得有一本《饮酒心理学》认为:人们对酒都有一个追求酩酊的感觉,而每个人对酩酊的感觉又不尽相同,表现也不尽相同,有的是大醉,有的是微醉;有的是胡言乱语,有的是痛哭流涕……所以,喝酒也是一种心理、身体等的需要。为此,人们也摸索出了许多解酒的方法,诸如,服药解酒、催吐解酒、喝汤解酒、蜂蜜解酒、白菜解酒、荸荠解酒……而最好的解酒方法就是"戒酒","戒酒"就要远离"酒局"。然而,对一些身不由己的"酒局",怎一个"拒"字能够推脱。如,有的"酒局"你请我没有答应,他请我却答应了,而这恰恰又是同一个"酒局",此时此刻将会面对怎样的误解与尴尬啊!

也许看看古代人、外国人如何饮酒,能给今天的人们一些启发吧。在唐宋时代,"酒局"与"饭局"是分开的。"酒局"不必佳肴佐酒,饮酒时只有几粒盐,最好是水精盐,类似于腌咸菜的颗粒盐。宋代翰林学士钱明逸待客,必先问:"是喝酒,还是吃筵席?"吃筵席时,客人不限,筵席上也有酒,边喝酒边吃菜。而"饮酒"即来客三五人,酒数斗,每人瓷盏一只,清盐几粒。来客席地而坐,以盐就酒,不劝酒、不谈天,各饮各的,不必说一句话。即便是当今外国的

"酒文化"也与国人大相径庭,如法国人饮酒,每个人只倒半杯酒,浅酌慢啜,喝的是一份享受、一份安逸……

宋代有个关于饮酒的故事:钱塘风雅人士慎伯筠,秋夜待月于钱塘江沙洲上,身边摆一个大酒樽和一只杯子,对月独饮,意兴飘逸,吟啸自若。另一位风雅人士顾子敦正巧也来了,从怀中取出一只杯子,取过酒樽酌酒。慎伯筠不问,顾子敦也不答。月下对酌,两人始终不交一言。他们什么也没说,却已把一切说尽。酒喝光了,两人各自散去。

今天,遥想千年前两个消失在月光下的背影,令人回味不尽那一抹飘逸、一抹淡定的古风……

【注释】
① "法饮宜舒,放饮宜雅,病饮宜小,愁饮宜醉;春饮宜庭,夏饮宜郊,秋饮宜舟,冬饮宜室,夜饮宜月":出自明代陈继儒《小窗幽记》,一名《醉古堂剑扫》,意思是:按照一般的饮食规律来说,饮酒的时候应该慢慢饮用,豪放的饮酒应该优雅一点,如果生病了还要喝酒一定要量少并且注意节制,忧愁的时候喝酒应该一醉方休;春天的时候饮酒最好的地方是郊外,夏天适宜在敞开宽大的庭中饮酒,秋天要是想饮酒,地点应该选择在船上,冬天喝酒适宜在温暖的房间里,夜间喝酒应该在柔和的月光下。

"随"论

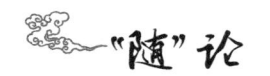

论命运

一个人把人生完全交付"命运"是愚蠢的,而一个人极尽一生之力与"命运"抗争亦是痛苦的。

"命运"既是分开的,又是合一的,分开是"命"和"运",合在一起是"命运",更多的是指其中的"运"。"命"即生命,是定数;"运"即经历,是变数。"命运"是人对自我未来不可把握的一种定义,是对自我生命过去、现在、将来的一种认识。

古希腊伟大的哲学家柏拉图曾提出过一个著名的哲学命题:"我是谁?从哪来?到哪去?"这既是对生命本身的叩问,也是对自我命运的探寻。人类对"命运"的认知不外乎两种:一为"可知",二为"不可知"。所谓"可知",在哲学上称为"宿命论";所谓"不可知",在哲学上称为"虚无论"。

在中国古代,儒家的天命观、佛家的因果论、道家的命定论等,基本上认为"命运"是存在的。如,孔子曰:"不知命,无以为君子也"[1]"君子居易以俟命,小人行险以徼幸"[2]。甚至东汉时期杰出的无神论者王充在《论衡·命禄》中也说:"凡人遇偶及遭累害,皆由命也,有死生寿夭之命,亦有贵贱贫富之命。"还说:"贵贱在命,不在智慧。"这类思想认为"命运"由天或神注定,可以用术数、天象、占卜、学佛等方式改变"命运"。

人为什么要如此关注"命运"呢?又为何要预测穷究"命运"呢?因为,世界上每一个人"先天"的"命"——人生起点皆不同,而"后天"的"运"——人生轨迹亦不同。所以,"命运"既有既定性,也有可变性;既有必然性,也有偶然性。有的"命运"是可遇不可求的,如,有的人瞬间获得"头彩",一夜之间坐拥几千万、几个亿的身家;有的"命运"是不可预见的,如,有的人在参加高考的途中,偶发车祸,结果失去了高考的机会……人生有官命、财命、色命等,而有的人一生好运、恒运、旺运,顺风顺水,有的人一生厄运、劫运、背运,如梦如魇……

那么,到底什么决定"命运"呢?清朝皇帝乾隆曰:"争不过天,算不过命,巧不过运。"唐末名士罗隐在《筹笔驿》中写道:"时来天地皆同力,运去英雄不自由。"[③]而对于人世间芸芸众生来说,"命由天定,运为己造",说的是不同出身、不同家庭、不同背景的人"命"是不同的,如,有的人生来就在官宦家、富商家,他的"命"怎能与降生在普通百姓家、贫民家孩子的"命"一样呢?然而,一个人的性格、习惯、学识等的区别,也会使人们的"运"有所区别。所以,虽然人的"命"不可以改变,但是人生的"运"可以选择。"运"就像一条不断延伸的线,这条线连接着无数条分支线,当一个人选择了一条线时,就注定了人生这段"运"的好坏;当走入另一个人生阶段,再次面对若干条线时,如何选择又将使人生之"运"随之改变。

当然,"命运"亦有"大命运"与"小命运"之说。对一个集体、团体、家族来说,国家的命运、民族的命运、政党的命运即"大命运",集体的命运、团体的命运、家族的命运即"小命运";对一个个体来说,集体的命运、团体的命运、家族的命运即"大命运",个体的命运即"小命运"。"大命运"决定"小命运","小命运"归于"大命运"。"小命运"无时无刻不受时代的影响,致使不同时代人的"命运"也不同。比如,一个人降生在乱世,不可避免地要饱受战乱、杀戮、饥饿、瘟疫的侵袭,又有何能力去改变自己悲戚的"命运"?再如,清代科场流传一句谚语:"一命二运三风水,四积阴功

"随"论

五读书",一个人生活在腐败猖獗的朝代,同样无法改变自己能否科考及第的"命运"。

世人对"命运"不可不"信",亦不可太"信",当然,这里的"信"绝非"迷信",它是指对"命运"的一种认知与把握。如若"不信",则导致看不清客观现状,缺乏敬畏之心,一味盲目蛮干,往往得不偿失,反而为"命"所累。如若"太信",则容易把人生全然交付给"命",无所作为,无所事事,只待天意眷顾,致使人生悄然而逝。所以,"命"是失败者的借口,"运"是成功者的谦辞。无论"命运"好也罢、坏也罢,生命本身是公平的、平等的,因为它对于每个人只有一次,那么,就好好珍惜生命,善待自我,即便有失落、有遗憾,只要尽己力而为之就好。

【注释】

① "不知命,无以为君子也":出自孔子《论语·尧曰》,原文为:子曰:"不知命,无以为君子也;不知礼,无以立也;不知言,无以知人也。"意思是:孔子说:"不懂得命运,就没有办法当君子;不知道礼制,就没有办法在社会立足;不能洞察语言,就没有办法判断人。"

② "君子居易以俟命,小人行险以徼幸":出自《中庸·十四章》,意思是:君子安心地处在平易的地位,等候天命的到来,小人却是冒险去妄求非分的利益。

③ "时来天地皆同力,运去英雄不自由":出自唐末名士罗隐《筹笔驿》,全文为:抛掷南阳为主忧,北征东讨尽良筹。时来天地皆同力,运去英雄不自由。千里山河轻孺子,两朝冠剑恨谯周。惟余岩下多情水,犹解年年傍驿流。这两句的意思是指赤壁之战时,孙权、刘备两家的兵力联合起来也不能与曹操大军相比。只是倚靠了长江之险,曹操北方的军队不习水战,又靠东风用火攻来烧毁曹军的战船取胜,这是利用天时地利来获胜,所以说"天地皆同力"。时运不济,像李商隐诗里说的"关张无命欲何如?"关羽、张飞都早死了,不能帮助诸葛亮北伐,英雄也不由自主。所谓谋事在人,成事在天。机不可失,时不再来。万事皆求"天时地利人和",若不能慧眼识辨,它就会瞬间消失。

论气场

一个人到底有没有"气场"呢?虽然看不见,摸不着,但人们却无法否定它的存在。如,有的人不动声色,却是不怒自威,让人感觉凛然不可侵犯;而有的人凶神恶煞,处处压着别人,却只让人心生厌恶——这就是"气场"带来的正、负能量……

"气场"是梵语的音译,指在人体周边环绕的能量场,也就是一个人的"磁场"。虽然,"气场"是看不见的,但这种力量却是巨大的。美国心灵励志大师皮克·菲尔博士在《气场》一书中认为:一个人最大的价值来源于他在某一方面收获的存在感,他对别人的影响力,以及他对自己人生的掌控力,并在此中体现出来的让人无法抵挡的魅力。

"气场"与"气质"有异有同。"气质"是一个人相对稳定的个性特征、风格以及气度。而"气场"则是人们凭感觉对一个人形成的印象。它既是个人内在的修为,也是他人外在的认同;既是个性化的风格,也是社会化的价值。一个人有生命存在就有"气场",其所反映的是一个人的"内在",是由气质、能力、品德、素养等特质所构成的,它是别人"学不来"的,也是自己"掩不住"的。但是,由于每个人的"能量"大小不同,因此,每个人"气场"的强弱亦不同。何谓"能量"呢?这种能量既来自于对自身的"自信力",也来自于对外物的"掌控力"。因此,一个有"气质"的人不一定有强大的"气场",一个普通人的"气场"来自于内在的"气质",而一个成功者的"气场"既来自于内在的"气质",也来自于外在的社会"认

"随"论

同"。

"气场"能显示出一个人的整体心灵状态，能显示出一个人的社会存在感。每个阶层、每个领域、每个行业的人皆有属于自己的"气场"，如，法官有法官的气场，他们的气场大多表现为"威严"；医生有医生的气场，他们的气场大多表现为"冷静"；军人有军人的气场，他们的气场大多表现为"勇猛"；屠夫有屠夫的气场，他们的气场大多表现为"煞气"……当然，由于每个人的"心性"不同、"心情"不同、"心态"不同，"气场"也就不同。所谓"心性"不同，即有的人心高气傲、盛气凌人，有的人温润如玉、儒雅淡然，有的人猥琐卑微、谨小慎微。所谓"心情"不同，即一个人在心情舒畅时则"气场"足，在心情黯然时则"气场"弱；在心情浮躁时则"气场"乱，在心情平和时则"气场"稳。所谓"心态"不同，即有的人心态阳光、乐观豁达，有的人心态平和、与世无争，有的人心态灰暗、悲观伤感。"气场"与人们的年龄也有较大关联，比如，青年人意气风发，朝气蓬勃，其"气场"一般很足；而老年人身体衰弱，生命委顿，其"气场"一般较弱。然而，若换一个角度来看，一些有阅历、有底蕴、有修养的老年人，其"气场"会更大、更强，这来自于一种积淀，一种深厚，一种不怒自威、凛然不侵的内在强大。

一个人所形成的"气场"因人而异，因人的本性善恶而异，因人的地位高低而异，因人的成功与否而异。虽然，一个人"气场"的大小与这个人"气场"的善恶无关，一个好人可以有强大的"气场"，同样，一个恶人也会有强大的"气场"。不过，这种"恶"的"气场"会令人心生寒意，退避三舍。而一个强大的"正气场"，能够令人如沐春风，敬意油然。"气场"既可表现为一个人的感染力、吸引力，也可表现为一个人的影响力、号召力。如，"气场"与一个人的经历、阅历、资历相关甚大，一个纵横捭阖的伟人，一个久经沙场的将军，其"气场"必定是强大的。再如，"气场"与一个人的修为、学识、成就亦有关，一个道德高尚的人，一个博学深厚的人，一个事业成功的人，其"气场"一定比一般人的"气场"要大得多。又如，"气场"也与一个人的地位、权力、身份是分不开的，一个人的身份地位越高，权力资源越大，人脉关系越广，这个人的"气场"必然随之越强，所谓的"官架子"其实也是一种"气场"。

　　有时，一个人"气场"的大小、强弱皆在于"心"的运用。所以，"气场"所反映的一般是一个人的"精、气、神"，这来自于一个人的信仰、学识、修为、历练、胆魄、胸怀、品位等。一个人的"气场"并不是与生俱来的，也不是一朝一夕形成的，而是需要长久积淀、厚积薄发的。一个人一旦具有了强大的"气场"，无论身在何处、身处何事，他必然卓然而立、气势如虹，对周围的人形成无形的、巨大的"磁力场"，令人屏息凝气、仰止叹服，令人如影随形、甘为扈从……

　　当然，对于一个人而言，还是要拥有"正气场"为好、为善。如，有的人"气场"内敛、沉静，往往容易被别人接受与尊重；而有的人的"气场"过度张扬、狂妄，往往招致别人的厌恶与反感。另外，还有的人"气场"威严、有的人"气场"亲和，有的霸气、有的儒雅，有的桀骜、有的凛然……无论如何，"气场"可以是吸引他人、感召他人、影响他人的"磁场"，但世人绝不可让"气场"变为去压抑他人、伤害他人、吞噬他人的"黑洞"！

"随"论

论平衡

从字面上看,"平衡"是一个物理概念,谓衡器两端承受的重量相等。最早提出"平衡"概念的《汉书·律历志》曰:"准正,则平衡而钧权矣。"[1]而今天人们挂在口头上所谓的"平衡",更多的是指心态上的感受,反映出人们对于"得"与"失"的态度及认知。

"平衡"分为四种:我该得到的得到了——我平衡;你该得到的得到了——你平衡;我不该得到的没得到——你平衡;你不该得到的没得到——我平衡。同理,"不平衡"亦有四种:我不该失去的失去了——我不平衡;你该失去的没失去——我不平衡;我不该得到的得到了——你不平衡;你不该得到的得到了——我不平衡。

人们面对人生中的诸多境遇,皆有"平衡"抑或"不平衡"的心态,比如,财富多寡、住房好坏、子女升学……比如,工作分配、职务调整、岗位变化……甚至福祸临至、生老病死、家庭变故等。

"平衡"或"不平衡"的心态,从主观上看离不开一个"比"字,与他人比、与自己比;与过往比、与当下比;与好的比、与差的比;与有的比、与无的比;与富的比、与穷的比;与生的比、与死的比……这个"比"字犹如一把水平尺,犹如一个坐标点,向上"比",与好的"比",越比越不平衡,一比就比出了羡慕、嫉妒、恨;向下比,与差的比,就比出了平衡,比出了知足常乐,比出了"此生足矣"。

"平衡"或"不平衡"的心态,从客观上看离不开一个"利"字,有了"利",就有了"得"与"失"的计较,就有了"我"与"他"的纠结,就有了"公"与"私"的拿捏,就有了"多"与"少"的算计……由"利"生"欲",由"欲"逐"利",利欲往复,无穷无尽。写不尽内心的烦恼,道不尽人生的负累。

"平衡"永远是动态的、短暂的,有"不易"的平衡,也有"不已"的平衡,也就是说,有不变的平衡,也有不停止的平衡。所以,"平衡"既是"不变"的,也是"变"的。"不平衡"则是恒态的、长久的。对一个人来讲,大多总是处在"不平衡"状态下,在"不平衡"中追求"平衡",在暂时的"平衡"中产生新的"不平衡",进而,把时间、空间无限拉长……而对一个大系统来讲,也许总体是"平衡"的,但局部是"不平衡"的,反之亦然。由此形成了在"不平衡"中寻求"平衡",在"平衡"中产生新的"不平衡"的互相转化、循环往复……

世界是平的。"得"与"失"也是辩证的,是两极相通的,所谓"得亦是失,失亦是得"。同一件事情,角度不同看法不同。有人认为它"平衡",就有人认为它"不平衡"。有人认为它"不平衡",就有人认为它"平衡"。当你"平衡"的时候,是他人的"不平衡"换来的;当你"不平衡"的时候,他人正在享受"平衡"的满足。面对"平衡"与"不平衡",每个人要跳出"患得患失"的心理怪圈,学会理解体让、学会谦忍包容、学会换位思考、学会成全他人,用健康乐观的心态去调适人生平衡的"砝码"……所谓"得志时重在清醒,失意时重在平衡"是也。

【注释】
① 《汉书·律历志》:《汉书》"十志"之一,是从《史记》"八书"发展而来的。《史记》是礼、乐、律、历、天官、封禅、河渠、平准八书。《汉书》是律历、礼乐、刑法、食货、郊祀、天文、五行、地理、沟洫、艺文十志。《汉书》"十志"的特点是"详赡",内容十分丰富,学术价值极高。《汉书·律历志》是结合音律和历数叙述它们计算方法的篇章,主要叙述音律、度量衡、汉代历法及其与农业和日常生活的关系等内容。
"准正,则平衡而钧权矣"出自《汉书·律历志(上)》,准:水平,也指水准器;衡:平也;钧:同"均"。

"随"论

论聪明

有人说:"聪明是一种天赋,善良是一种选择",而对世人而言,选择往往比天赋更重要。

"聪明"乃聪敏有智慧之意,而"聪明"亦有"真聪明"与"假聪明"、"大聪明"与"小聪明"之分别。"真聪明""大聪明"谓之"智慧",古人曰:"大智若愚,大巧若拙"即为此意。"假聪明""小聪明"谓之"狡黠",一般是与"善良"相悖的。

当然,世人都想成为一个聪明人,也都想被别人称为聪明人。小时候,谁家孩子学习好,谁家孩子会说话,谁家孩子有眼色……会被大人称为"聪明";长大了,谁在社会上吃得开,谁在单位混得好,谁有本事赚得多……会被别人称为"聪明"。做一个聪明人是会被别人所羡慕、所佩服,因为,聪明人反应快、接受快、主意多、办法多,俗话说"聪明人好办事",聪明人一点就透,不磨叽;聪明人少走弯路,不受累;聪明人能占便宜,不吃亏;聪明人心思机巧,不上当……然而,也正因为聪明人的聪明,人们与聪明人接触往往要多琢磨、多权衡、多判断,尤其与比自己聪明的人相处,人们大多是敬而远之的,内心里多留一个心眼儿。

所以,无论对别人也好,对自己也罢,一定要区分开"真聪明"与"假聪明"、"大聪明"与"小聪明"的利弊。看过《红楼梦》的都知道,书里有一句关于王熙凤的判词"机关算尽太聪明,反误了卿卿性命"。看看凤姐的人生,真的是乖巧机灵,擅于应变,心思缜密,杀伐果决。当然,大家都知道,她后来也没逃过悲剧的结局。

这个故事告诉人们,"聪明"要适度而为、"聪明"要有德向善,切不要去耍"聪明",卖弄"聪明",也就是说,世人要做到"真聪明""大聪明",要远离"假聪明""小聪明"。

其实,所谓的"小聪明"亦是"聪明"人的一种,他们的智商都是非常高的,思维方法也是很独特的。如果倾心于某一个领域,或者能做出他人难以企及的成就。但是,这只是人们的一厢情愿而已。因为,"小聪明"的人是不屑于把太多的精力和过人的智商用到"正事儿"上的。因其自诩的"聪明",他们不屑与普通人为伍;因其自诩的"聪明",他们要把自我置于众人之上;因其自诩的"聪明",他们一定要用自认为高明的手段去掌控他人;因其自诩的"聪明",他们在做这些事情的时候,永远以为任何人都看不出来……然而,他们经常会忘记:在同一个地方跌倒两次的人毕竟只是少数。

之所以称这种人为"小聪明",因为他们总是把心思用在"小"上,如,买东西为了省钱,占点小便宜;干活为了偷懒,动点小心眼;逛公园为了逃票,耍点小把戏;为了讨别人欢心,送点小礼物;为了得到领导赏识,打点小报告;处对象为了加深感情,玩点小伎俩;谁要是得罪了他,背后给你搞点小动作……但不幸的是,这种"小聪明"往往令人越陷越深,从对一件事到对所有事,从对一个人到对所有人,他们以"小聪明"为乐、以"小聪明"为荣、以"小聪明"为瘾,把别人的包容当做愚蠢,把别人的轻蔑当做无知,把别人的不予计较当做看不出来,其实说穿了,真正的"傻子"就是自己……

不可否认的是,"小聪明"也真的有聪明之处,他们善于投机取巧,善于察言观色,善于斤斤计较,善于博人欢颜,善于曲意逢迎……他们并非没有"原则",他们唯一的原则就是"保护好自己",除此之外,什么事情都是可以放弃的。可是,他们在"保护"好自己的同时,失去的又恰恰是自己,包括人格、品质、信赖、道

"随"论

义……抑或是生命。

同时,"小聪明"往往让所谓的"聪明"蒙蔽了很多,因了"聪明",不会再去深入地探究事物的本源;因了"聪明",不会去尊重他人的"思想";因了"聪明",不会去省察自身的失误;因了"聪明",不会去听取他人的诤言;也正是因了"聪明",更难以活出一个真正自我的生命和人格。在我们身边常常有这样的人,不管什么事一看就会、一听就懂,就不再去深究了,而是四处卖弄显摆,结果是浅尝辄止,啥也学不深、学不透;有的人遇到棘手的难事,不去认真琢磨缘由与规律,而是找窍门、走捷径、图省事,结果只顾眼前,后患无穷;有的人处人处世不走心,不真诚,一肚子鬼点子、鬼主意,总想占便宜不吃亏,结果谁也处不好、谁也交不深……这类人处处透出来的是"假",时时表现出的是"虚",事事显露出的是"狂",掌权的愿意"弄权",做事的愿意"整景",对谁也瞧不上,觉得谁也不如他……

其实,做一个"笨人"真的很好,因为不如别人"聪明",所以总是谦恭、低调、卑微地去拷问自我,汲取他人优点,寻求本源。也许正是这样的扪心自问,这样的刨根问底,使"笨人"省却了"聪明"所带来的"路径依赖",一不留神就直奔主题,接近了做人的本真……所以,于世人而言,"小聪明"可能得势快、获利快,但往往不持久、不稳定,只能得到一时之势、眼前之势,些许小利。而所谓的"笨人"或许才是"真聪明""大聪明",这种"聪明"往往能收获长久之功、道德之义、为人之德、真理之本。如此,一个人若能做到"聪明而不狡猾,忠厚而不愚蠢",那便是极好!

论面子

适度的"面子"是尊严,过度的"面子"是虚荣!古往今来,因为"面子"上演了多少人间悲喜剧!

中国人的"面子"情结历史悠久,盛名天下。古人非常重视"脸",如明朝皇帝上朝前一定要在脸和脖子上扑粉。再如,古代在犯人脸上刺字,谓之"黥",是极尽羞辱的刑罚。由对"脸面"的看重引申为对"面子"的看重,形成了影响久远的"面子文化"。从帝王将相到平民百姓,似乎有"面子"才有尊严,有"面子"才被认可,有"面子"才不丢派、不掉价。明代赵南星所撰的《笑赞》里讲了这样一个笑话:有一个人耻于说家里穷,穿着单衣走访朋友,朋友问他:"如此天寒,如何单衣?"此人回答:"我有热病。"朋友知他是诈,留至天晚,送他在凉亭内宿歇。当晚,此人冻急了随即逃走。又一日相遇,朋友问前日留宿,如何不肯次日再会,此人答:"我怕日出天热,趁着早凉就走了。"虽然这仅仅是一则笑话,但也淋漓尽致地反映出中国人根深蒂固的"面子"心态。

由于"面子"心态,也就形成了"面子"社会、"面子"文化,衍生出关乎"面子"的人间百态。官场、商场、职场、情场,甚至赌场、球场、酒场,人与人之间相处都讲"面子"、要给"面子"。不给别人"面子"就无法处世,自己没有"面子"就无法立足。"面子"体现一个人的身份、地位、财富、人脉、能力、本事……所以,事事都讲"面子"、人人都爱"面子"、处处都要"面子"。即便没有"面子"也要装"面子",如,过去由于生活贫穷,人们常年吃不起肉,于是,一些人就在出门前用猪皮抹嘴,看上去好像刚吃过肉一样。还有如

"随"论

民间流行的"穷家富路""人没鞋、穷半截"等俗语，也大抵是"面子"心理的真实写照。

由于讲"面子"，社会上一些风气也由此而来。什么排场风、攀比风、从众风、拜金风、奢靡风……凡事你办我也要办、你有我也要有、你行我也要行、你吃我也要吃……排场大、人脉广、权势高、花费多，就有"面子"。"面子"成了一种衡量标准，引申出了"有面子"与"没面子"、"真面子"与"装面子"、"要面子"与"给面子"等乱象，不一而足，遗祸甚广。老上海青帮老大杜月笙曾经感叹说："人生有'三碗面'最难吃——人面、情面、场面。"也有人把门面、场面、情面归结为新"三碗面"。所谓"撑门面"就是，撑住"门面"才立得住脚，撑不住也要硬撑、死撑。所谓"摆场面"就是讲排场、比阔气、花大钱、吃大餐、送大礼。所谓"给情面"就是讲人情，只要牵扯一个"情"字，就要给足"面子"。总之，有了这"三碗面"，做人才有了"脸面"、有了"体面"，否则，就是"没面子""丢面子"。

追溯一下，中国人的"面子"概念是1944年由中国人类学家胡先缙介绍到西方国家，之后美国学者戈夫曼对"面子"进行了系统的研究，1987年提出了"面子保全论"，即"面子理论"。西方有人将"面子"定义为"每一个社会成员意欲为自己挣得的一种在公众中的个人形象"。

但不可忽视的是，"面子"一般具有两面性："面子"能帮人，既能帮你树立自信，也能令你赢得别人的尊重；"面子"亦能杀人，既能杀别人，也能杀自己。"面子"很小也很大，它可以小到如一顿饭、一句话，甚至一个眼神……但因为小"面子"而惹大祸端的比比皆是，甚至因为"面子"可以引发国家、民族之间的战争……说到底，"面子"文化就是"面具"文化，这会使人与人之间变得虚假，更会使整个社会变得浮华。其实，一个人若把"面子"当回事儿，"面子"就是天大的事儿；你若不把"面子"当回事儿，"面子"就什么也不是……

论忠诚

忠诚乃君子的符号，"背叛"乃小人的标签。尽管大多数人都想做君子，而不想做小人，但世上自始至终能做到忠诚无二的又有几人呢？

既为"忠诚"，就要做到"一贯"，"人我一贯""知行一贯""天人一贯"，而反复无常不为"一贯"，也不为"忠"。"忠诚"皆赖于"信"，亦成于"信"。所谓"受人之托，忠人之事"，无"信"则不会有"忠心"，更不会有"诚举"，正如古人所言"言必信，行必果，诺必诚"。检验一个人是否"忠诚"，关键不在平时平日，不在顺风顺水之时，而是在面临重大变故、重大考验之时。

与"忠诚"相反的是"背叛"，有的人为了金钱而出卖亲朋，有的人为了苟活而叛变组织，有的人为了美色而离弃家人，有的人为了升官而失节……此皆为"小人"卑劣之行径。"忠诚"与"贞洁"一样，于世人来讲只有一次。一个背弃"忠诚"的人，绝不分你是一次还是两次、三次，"背叛"一次即为"不忠"，也再不会得到别人的信任。而一个"信任"体系崩陷的人，是无法立足于世、取信于人的，最终其下场往往亦是不妙的。而一个坚守"忠诚"的人，是一个从一而终、不离不弃的人，他不会为眼前利益所动摇、所放弃，即便为了"忠诚"而失去了金钱、权力、地位、生命等，但是，他仍然会获得别人内心的尊重，乃至赢得对手的由衷敬佩。

那么，如何做到一如既往地忠诚无二呢？一般来讲，一个人的"背叛"是趋利的、有代价的，令一个人"背叛"是需要成本的。有人

"随"论

曾说："一个人无所谓'忠诚'，'忠诚'只是因为令其背叛的筹码太低。"然而，真正的"忠诚"应该是无利益驱使的，所以施以"恩惠"很难令人保持"忠诚"，小恩小惠收买到的"忠诚"，也必将因小恩小惠而失去；"威严"也很难令人保持"忠诚"，慑于威严和压力，人们可能会被降服，但内心很难折服。一个内心没有约束的身体，往往并不那么十分"靠谱"，或许，"威严"与"恩惠"相比，前者更能让人保持"忠诚"。而从总体上看，也许"恩威并重"更为可靠，令一个人坚守"忠诚"，要使其又敬又怕，进而令其把"忠诚"看得高于一切，如果做到了"忠诚"会得到许多，反之所付出的代价会很大。这不仅是权术，还是艺术。

当然，从根本上看，长久的"忠"关键是要建立在共同的"精神信仰"基础之上，正如孔子在《论语·里仁》中曰："君子喻于义，小人喻于利。""义"即为君子之"信仰"。再有，令一个人做到"忠诚"的前提是崇拜，崇拜越彻底乃至到迷信的程度，就越可靠、越可信。所以，任何"忠诚"皆有"愚"的含义，无"愚"则无"忠"，甚至是"忠诚度"最高的"忠"，因为，"愚"是无条件的，是死心塌地、义无反顾的"忠"。当然，如果一个人迂腐到冥顽不化，不能明辨是非，认死理儿、死较真儿，可谓之为"愚而不忠"或"又愚又忠"。从中国古代来看，大臣是否"忠"，往往取决于君王是不是"明君"，正如宋代司马光《资治通鉴》曰："君明臣直，君恶闻其过，则忠化为佞；君乐闻其言，则佞化为忠。"意思是说：帝王圣明则大臣正直，帝王若是昏君，忠臣亦可变为佞臣……

"忠诚"的表现亦是多种多样的。它一则是要他人对自己"忠诚"，一则是自己要对他人"忠诚"。但现实的情况是，一些人往往愿意站在自己的角度，非常在意别人是否对自己"忠诚"，而自己是否对他人"忠诚"则另当别论了。可见，从人性的角度看，真正做到双向的、对等的"忠诚"确实是极难的。同时，有的是"忠诚"于

"人"的，对自己所"忠诚"之人，对方说的什么话都听，交付的什么事都干；有的是"忠诚"于"事"的，不管顶头上司是谁，无论对我好不好，该怎么干还怎么干，过去怎么干现在还怎么干。还有一些人"忠诚"于别人而背叛了自己，这类人最终往往会失去自我；也有一些人"忠诚"于自己而背叛了别人，这方面典型的代表当属"宁可我负天下人，不让天下人负我"的曹操。这类人往往能够成事，但也往往背负着世人的骂名。更有甚者还有一些"假忠""虚忠"之人，如有的人"外忠内奸"，为了达到一己之目的，表面极尽迎合奉承之事，背地里却对你指责谩骂，心怀不满，伺机背叛出卖；还有"时忠时奸"之人，当你处于顺境时，对你忠心耿耿，百依百顺；一旦你背时落魄，便改弦易辙，见风使舵，甚至落井下石……

　　因为一个人"忠诚"的对象不同，所以"忠诚"的内涵亦不同。对国家的"忠诚"表现为"舍我"，对父母的"忠诚"表现为"孝顺"，对团队的"忠诚"表现为"担当"，对朋友的"忠诚"表现为"义气"，对爱人的"忠诚"表现为"不弃"，对信仰的"忠诚"表现为"取义"……乃至对事业、对职业、对承诺、对誓言……都必须坚守"忠诚"。如，古人对"君王"的"忠"，《三国演义》吴国名将徐盛曰："食君之禄，忠君之事，何惧哉！"这里的"禄"并非是得到君主好处的意思，而是君主给予了重用、认可，所以为人臣者要做到"士为知己者死"。再如，古人对"朋友"的"忠"，三国时期，关羽为保护刘备妻小，忍辱负重"投降"曹操。曹操想方设法收服关羽，而关羽不为所动，最后挂印封金，过五关斩六将，仍归刘备。又如，古人对"爱情"的"忠"，《后汉书·宋弘传》载：时帝姊湖阳公主新寡，帝与共论朝臣，微观其意。主曰："宋公威容德器，群臣莫及。"帝曰："方且图之。"后弘被引见，帝令主坐屏风后，因谓弘曰："谚言贵易交，富易妻，人情乎？"弘曰："臣闻贫贱之知不可忘，糟糠之妻不下堂。"帝顾谓主曰："事不谐矣。"尤其是如屈原、岳飞等

"随"论

对国家、对民族的"忠",文天祥大义凛然,拒绝蒙古贵族的威逼利诱,最后为南宋尽忠,一篇《过零丁洋》流传千古……乃至清末著名国学大师王国维投湖自尽,以表达自己对一种文化的"忠"等。

司马光在《训俭示康》中曰:"君子以为忠。"《荀子》曰:"忠诚盛於内,贲於外,行於四海。"[2] "忠诚"是一种品格、一种德行,它表面上是对他人、对外物的,其实,"忠诚"本质上是对自己、对内心的,是对自我价值体系与道德存在的一种捍卫与坚守。当下,一些人觉得自己用一生去追求的"忠诚",实际上是一种被曲解了的人性——这全然是对"忠诚"的谬见和误读。

【注释】

① "忠诚盛於内,贲於外,行於四海":意思是内心如果有炽盛的忠诚,就会在自己的言行举止中表现出来,所有人都可以看到。"贲"在这句中读 bì,意为装饰,修饰。

论嫉妒

看不得别人好——这是人们对"嫉妒"的一种俗称。"嫉妒"是人们内心深处的东西，它既是一种很普遍、很常见的心态，亦是一种很消极、很扭曲的心理。

那么，究竟何谓"嫉妒"呢？其害又在何处呢？"嫉妒"一般是指人们为竞争一定的权益，包括权力、地位、事业、财富、婚姻、生活、子女、才艺等，对相应的幸运者或潜在的幸运者怀有的一种冷漠、贬低、排斥、甚至是敌视的心理状态。一个人由"嫉妒"可以产生焦虑、恐惧、悲哀、猜疑、羞耻、自咎、消沉、憎恶、敌意、怨恨、报复等不良情绪。所以，对世人来讲，自己应该自觉拟制它的生长，而当面对别人的"嫉妒"时，要坦然对之——走自己的路，任他说去吧！

东汉著名文学家王逸说："害贤为嫉,害色为妒。"这里的"害"不是损害、伤害的意思，而是与方言"害口""害喜"有些类似。"嫉妒"的对象范围很广，包括荣誉、地位、成就、财产、威望、才能、相貌、身材等，甚至一句话、一件衣服、一个动作，一次考试、一次竞赛，或者一项发明、一件作品……"嫉妒"一般容易发生在女人、儿童身上。据研究表明，女人的嫉妒心之所以重于男人，是由于受到一夫多妻制的影响。由此，可以看出，"嫉妒"大多发生在弱者身上，因其不如人，所以产生"弱民心态"，不能正视现实，无法正视自己，从而产生虚荣、逆反、怨恨、报复心理。当然，"嫉妒"有时也发生在强者身上，他们多为心胸狭窄，目光短浅之人，容不得别人

"随"论

同自己并驾齐驱，同台出彩，所谓"一山容不得二虎"，哪怕是为了一点面子、一个荣誉、一次机会……也会在嫉妒心的驱使下去算计、去争夺、去伤害……

"嫉妒"一方面可以成为保护自我的"盔甲"，亦可以成为伤及无辜的"毒箭"。大凡嫉妒者，皆把自己的不如意，推卸到别人身上，其思维逻辑是：正因为你好了，所以我才不好。这种奇怪的逻辑，使嫉妒者从来不去反省自己、矫正自己、提升自己，反而把愤懑、怨恨都试图发泄到他人身上。抱有嫉妒之心的人，自己不去做事，又看不得别人做事，大家都不做事，才能相安无事。俗语所说的"出头的椽子先烂""枪打出头鸟""木秀于林，风必摧之"，皆为"嫉妒"之心所害。

嫉妒之心人皆有之，只不过因人而异，表现不同而已。一个道德高尚的人，一个心胸宽广的人，一个控制力强的人，其"嫉妒"之心可以"少"到一念之间，"短"到一闪而逝，甚至可以化为向上超越的正能量。所以，每个人成长的过程皆是用"人性之善"来抑制、改变、去除"人性之恶"的过程。所谓"羡慕、嫉妒、恨"，"嫉妒"的前面是"羡慕"，它可以激发人们向上进取，从而拥有别人没有的东西。"嫉妒"的后面是"恨"，它使一个人内心充满怨尤、仇视，而阴暗的心理往往遮蔽了人生的出路。

嫉妒之心害己，而由嫉妒之心产生的嫉妒之行则害人。一个人被他人嫉妒，也许是在不经意间，或是浑然不觉之时。即使意识到了遭人嫉妒，有的人会产生沾沾自喜的优越心理，因为别人对你的嫉妒也是一种认可；有的人会产生岌岌可危的恐慌心理，极力保护好自己以免遭伤害；有的人会产生针锋相对的对抗心理，在行为上对"嫉妒"之人表现得愈加挑衅、愈加不屑……

嫉妒毒流之甚、之恶，在历史上"导演"了许多悲剧，甚至世人耳熟能详的一些名家名人，亦因"嫉妒"之心终日惴惴、身心俱累，甚至心态迷乱、丧心病狂，乃至做出害人之事。唐代著名诗人刘希夷，曾经在《代悲白头翁》一诗中写出过"年年岁岁花相似，岁岁年年人不同"的名句，同代著名诗人宋之问是刘希夷的舅舅，因为嫉妒外甥的才能，想把《代悲白头翁》据为己有，可刘希夷坚决不肯，于是，宋之问随即派人把刘希夷害死了，刘希夷死时不满30岁。

再如，宋朝的沈括是一位百科全书式的科学家，曾经写出了辉映史册的经典巨著《梦溪笔谈》。可就是这位科学巨匠，却因为嫉妒苏东坡的才华，竟把好友苏东坡写给自己的离别诗作为诬告的把柄，检举揭发苏东坡有讥讽朝廷的倾向，终于使苏东坡获罪流放。而沈括后来也因为反复无常，被王安石称为"小人"，致使世人对沈括的人品大加挞伐。

悲哉！"嫉妒"之人之心！

悲哉！为"嫉妒"所害之人！

"随"论

论判断

无"判断"即无是非，无"判断"即无取舍，无"判断"即无方向，无"判断"即无行动……所以，往小了说，"判断"决定成败；往大了说，"判断"决定生死。可见，会不会"判断"与能不能"判断"关乎甚大。

"判断"无时不在、无处不在、无所不在，如，拿一个东西时，会先判断是轻还是重；喝水时会先判断是烫还是不烫，出去办事时会先判断是顺还是不顺……这些大抵都是凭经验、短时间就能完成的，人们不会过于纠结结果的对与错，因为即使错了，也在自己能够承受的范围内。但有一些"判断"则是必须认真考量的，如，一个政治家要对形势、时事、走势、对手等进行判断，以求得在复杂的博弈中成为赢家；一个军事家要对战力、谋略、装备、地形、时机等进行判断，以求得在残酷的战争中获取胜利；一个科学家要对课题、对象、要因、变化等进行判断，以求得在深度的研究中有所创新；一个商人要对市场、优势、产品、消费进行判断，以求得在激烈的竞争中做强做大……乃至一个人的考试、就业、升迁、恋爱、婚姻等皆需准确判断，这些"判断"既有对自己的，也有对他人的，乃至是对双方或多方的，一旦出现差错贻害甚大！

做出正确的判断可以达成预期，可以化险为夷，甚至可以拯救一个国家、民族、个人的命运。反之，则会变优势为劣势，变主动为被动，变顺境为逆境。

那么，做出判断需要哪些能力呢？至少应该有两种：一种是

"判"的能力，即研究、辨别；一种是"断"的能力，即拍板、定事。能"判"不能"断"的人往往很有学识和思想，但勇气与魄力有所不足，优柔寡断，通常会成为"军师""参谋"；而能"断"不善"判"的人则会很危险，他可能武断、独断，会害了自己，又坑了别人。只有既能"判"又能"断"的人，才具有管理者、决策者的能力，但这类人相对来说较少。

判断的方法亦有多种，有的人靠直觉，有的人靠经验，有的人靠理性……事物是错综复杂的，一个事物与其他事物存在复杂的联系，它们之间互为条件、互为因果。事物发展存在千变万化的可能性，一种"联系"的路径究竟是"直接"还是"间接"，一种"表象"所呈现的究竟是"真相"还是"假象"，一种"机会"能带来的究竟是"良机"还是"危机"……这一切，到底如何厘清界定、如何把握走向、如何趋利避害，皆需审慎思考，以达到去粗存精、去伪存真、由此及彼、由表及里。而随着事物重要程度的增加，其复杂程度也随之增加。也许人们从表面上感知到的只是一个或几个事物，但这或许仅仅是"冰山一角"，其底下潜藏着的是盘根错节的庞大存在。

所以，对一些重大的、重要的事情来说，一个人若想做出精确的"判断"是极难的，也是异常残酷的。因为一些重大的、重要的"判断"，背后所牵扯的因素必定更复杂，风险也更多、责任也更大。所以，"判断"之先为"预判"，所谓"凡事预则立，不预则废。"如果时间允许，那么人们对待一个设定的目标，一定要预想出各种可能性、可变性，如，事物会向哪几个方面发展，对手会采取哪几种措施，结果会出现哪几种可能等，并一一做出应对的对策与预案，这样才能抢占"先机"，以保证少出或不出"误判"与"错判"……

"判"是过程，"断"是结论。宋朝李邦献在《省心杂言》中

"随"论

曰:"有断则生,无断则死,大丈夫以断为先"①。而欲先"断"则必先"判","判"即判别、判明,也就是区别、分辨之义。"判"需要集中众人的智慧,对已知的信息反复甄别、分析,乃至对可能的结果进行推导、预设等。而要做出"断"则是少数人乃至一个人的事,因为无论对任何一件事情,一百个人肯定会有一百种方法,"谋事"可用之,"断事"万不可用之,如明朝嘉靖时期吏部尚书宋熏所言:"凡谋事贵采众议,而断之在独。"②

"判"需"多虑","断"忌"多疑"。所谓"当断不断,必受其乱",《商君书·更法》曰:"疑行无成,疑事无功。"③当然,一个人靠直觉判断是鲁莽,靠经验判断是固执,唯有靠理性判断才是科学。然而,任何高明的判断皆存在风险,事情越大,风险越大;事情越急,风险越大。但不"断"则风险更大,所谓"事留变生,后机祸至。"面对风险,一个人需要有过人的胆识与魄力,美国前总统林肯曾说过:做任何事情有百分之百的把握是不可能的,只要有百分之七十的可能就应该去做。尽管这样做会有百分之三十的可能是失败,但一个人"坐等"对一件事情百分之百的把握,那终将一事无成。

【注释】
① "有断则生,无断则死,大丈夫以断为先":意思是善于判断决定生,不善于判断导致死,作为一名大丈夫应该把决断放在首要地位。
② "凡谋事贵采众议,而断之在独":意思是大凡谋划一件事应该多听取大家的意见,但决定是否去做要靠一个人或少数人。
③ "疑行无成,疑事无功":意思是行动有疑虑就不会成功,做事有疑虑就没有效果。

论应酬

应酬与正常的人际"交往"不同，虽然"应酬"与"交往"的表现形式颇类似，如，一起吃吃饭、喝喝酒、打打球、玩玩牌、旅旅游、泡泡澡、喝喝茶、唱唱歌……但人际"交往"源自于"情"，而"应酬"的目的多在于"用"。

有"所用"才有"应酬"，有"所求"才有"应酬"，有"所图"才有"应酬"……"应酬"可以是拜访、可以是宴请、可以是娱乐、可以是购物……而"应酬"的名目也很多，如，有的为了拉关系、有的为了拜码头、有的为了还人情、有的为了找商机、有的为了扩大人脉、有的为了联络感情、有的为了巴结领导、有的为了给人捧场……当然，这中间有主动发起的，也有被动参与的。

"应酬"的关键是要把"场面"做好、做够、做足，在这种"场面"上有主角、有配角，有定事的、有办事的，有陪吃的、有陪玩的，请什么人参加、请哪些人作陪，打什么样的场子、做多少个局子，等等，都是颇有讲究的，容不得疏忽与马虎。

因为有了"应酬"，也就存在许多繁文缛节，其中蕴藏着一些"潜规则"。如，作陪的人要身份略低又不能太低，以显"主客"的尊贵又不失礼；预先了解"主客"的爱好和习惯，以免"场面"上的唐突与被动；场面上不易直接表露求人之意，以防"主客"的被动与尴尬；说话要试图迎合"主客"的话题，以此达到对方的满意与高兴；送礼要找到适宜的时间节点，以免引起众人的猜忌与误解……作为被邀请的"主客"，既要保持矜持的态度，又要给足"主

"随"论

人"面子。言谈举止既要显出身份，又要待人随和，对"主人"要尽量迎合，对陪同的人也不要冷落。同时，要拿捏好"主人"的心思，既要让对方把"意思"表达到位，又不让花费超过对方的心理预期。不要轻易表态、许诺，说话点到为止，适可而止，更不能喝多、喝醉，给人留下话柄、笑柄……

由此，"应酬"场合成为溢美最多、笑脸最多、礼敬最多，乃至虚伪最多、假话最多、做秀最多的场合。"应酬"一般发生在上级下级之间、朋友熟人之间、同学校友之间，也有的是与朋友的朋友之间，战友的战友之间，熟人的熟人之间……"应酬"有主动张罗的，有被动参与的。主动张罗的人皆是预期达到某种目的，而被动参与者往往是迎合的、是无奈的，假若应该"应酬"而不去"应酬"，则一定会造成可以想见的损失。

因此，好多被动的"应酬"是不得不去，不敢不去，不能不去，不好不去。"不得不去"大多是碍于面子，如果不去没法跟朋友交待；"不敢不去"往往是能牵制你的人邀约，不去就会得罪或领导、或上级、或甲方等；"不能不去"也许是双方都熟悉你，场面上缺你不可；"不好不去"一般是你欠过对方人情，关键时候也要帮人家捧捧场……

其实，"应酬"往往不是目的本身，也不完全是一种手段，它是一种礼节性的附加物、陪衬物，犹如一个商品的"包装"，虽然看上去精美，但本身并无任何实用价值。可令人奇怪的是，也正是这层"包装"，反而可以提高商品的价格。然而，"应酬"往往是昙花一现，热闹一时，它浪费的是金钱、时间、身体、精力……一切人或者主动或者被动，都被"应酬"所绑架、所摆布、所消费，去一些自己不情愿去的地方，见一些自己不情愿去见的人，说一些自己不情愿去说的话……

一个人在社会上、在工作中、在生活里，谁也少不了必要或不必要的"应酬"。少量的、必要的"应酬",是人生的调剂,是情感的互通,也是一个人成熟的妥协。然而,"应酬"就像美味中的食盐,少了则淡而无味,多了则咸而有害。

　　假若一个人把"应酬"当作生活不可或缺的"乐趣",去迎合、去陶醉、去寻觅,也许过犹不及,令人担忧。世间不乏一些乐于"应酬"、善于"应酬"之人,在"应酬"场合游刃有余、左右逢源、乐此不疲。也许在他们眼里,"应酬"是社交的平台、是关系的圈子、是人脉的源流。只有在"应酬"场合,他们才能找到自己的存在、自己的定位、自己的价值。为此,他们更容易忽略身边的熟人、亲人、爱人,而去"应酬"那些不熟的人、不亲的人、不爱的人。

　　一个人若想摆脱"应酬"的侵扰,就要做到守得住底线,耐得住寂寞。虽然,这样也许会使你的人际关系简单,社会资源稀少,遇事找不到别人帮,凡事没有人给说话……然而,热衷于"应酬"之人无非是场面朋友、酒肉朋友多,谁又能在"应酬"的虚伪中与你深交、与你深处呢?也许"应酬"可以带来一时的心理满足,可膨胀后的满足永远是一种虚幻,而虚幻不可能带来真诚的朋友、真实的人生……

"随"论

论信仰

信仰不是物欲的"膜拜",而是精神的"仰望",它是人类精神生命的一种自然品质,是一种更高的人生皈依和追求。

那么,何谓"信仰"呢?"信真仰理"即为"信仰",它是精神的高度和生命的活水,是人们心灵的产物,是人类最基本的一种情绪。

一个群体、一个个体有无"信仰",一般受民族基因、文化背景、生存方式的影响至深,比如,宗教信仰、神话信仰、图腾信仰等。然而,把什么作为信仰,也就是信仰什么,却与社会、时代、环境、家庭,乃至经历、教养、知识、贫富等密切关联,比如,哲学信仰、政治信仰、科学信仰等。一个民族有一个民族的信仰,一个阶层有一个阶层的信仰,一个集团有一个集团的信仰,这种信仰所体现的是一个民族、一个阶层、一个集团的价值取向、追求目标、奋斗方向等。

人们的信仰可以是教义、思想、学说、信念等,但它绝不来自于满足人的物欲本能,比如,对权利、地位、金钱、声誉、美色等的痴迷和崇拜,绝不能谓之曰信仰。当然,一个精英的信仰一般来自于理性的选择,而一个穷人的信仰一般来自于生存的直觉。如,知识分子对宗教的信仰往往是一种精神的寄托,而一个贫苦人对宗教的信仰表达的往往是今生的无奈,直至对来世的向往……

虽然,信仰不是"此岸"的存在,而是"彼岸"的寄托。而一个有信仰的人，则是一个可敬的人，同时又是一个可怕的人。因为信仰不是外界的植入，不是被动的嫁接，而是内心的信奉，是精神的"价值"，它可以给人一种巨大的精神力量，令一个人抛却家庭、亲情、爱人，不计生死、地位、财富、荣辱，而毅然去为"信仰"献出一切——这就是信仰的力量。

信仰是人的精神层面最高级的认知活动，是统摄其他一切意识形态的最高意识形态，决定着一个人的思想观念、道德构建、价值判断、情感取向、行为方式等。可以说，信仰是关于一个人生命本质的"哲学"，它告知一个人"为什么活着""应该怎样活着""活着要干什么"，正如法国大作家雨果所说："信仰，是人们所必需的。什么也不信的人不会有幸福。"所以，一个人有无信仰，往往成为人们能否实现自我救赎的分野，如，一个庸碌无为，声色犬马的人往往没有自己的"信仰"，谓之"无信仰"；一个轻易就被"糖衣炮弹"俘获，然后抛弃信仰的人，谓之"假信仰"；一个信誓旦旦高喊信仰，但私下里却唯利是图的人，谓之"伪信仰"……而此类"无信仰""假信仰""伪信仰"之流，大多是缺失思想防线、法律红线、道德底线意识之辈。

对信仰本身而言，其具有神圣性、恒定性、超脱性。所谓"神圣性"，即把信仰的对象作为崇拜的对象；所谓"恒定性"，即把信仰作为一种永久的追求；所谓"超脱性"，即信仰往往是超脱于现实的。正因如此，一个人如果有了信仰，信仰所具有的神圣性将令其陷入狂热，所具有的恒定性将令其难以改变，所具有的超脱性将令其抛却生死。一般而言，从理论上无须对信仰划分"是"与"非"的边界，因为信仰的本质是"非物质化"的存在，它是人们精神层面的价值认知与选择。但信仰本身又有着正能量与负能量之分，诸如现实中一些反人类、反人性、反人道的"邪教信仰"，它缺失了引导人们"信真仰理"的要义，而鼓惑人们抛弃亲情，残害无辜，甚至纵火

"随"论

自焚……实乃可怕、可怜、可恶至极！

对当下社会的普通人来讲，"道德"本应是人们对是非、善恶观的一种潜在的信仰，而由于一些文化的缺失，使道德难以达到信仰的境界。因此，对世人应该多一些信仰的教化，从而使外在的教化变为内在的信仰，以使世人多一些道德的信仰，因为，道德的信仰不仅可以提升道德境界，而且可以塑造道德人格，从而使真、善、美成为人们至高的信奉与追求。

论挫折

一个人的成功大多与"挫折"相伴而行，因为成功的种子就埋藏在"挫折"的土壤里。

虽然"挫折"可以带来失败，但"挫折"又绝不等同于失败。失败是一个人面对"挫折"颓然放弃，而如果勇于面对"挫折"的考验，遇挫不殆，越挫越勇，则会距离目标越来越近，并最终到达成功的彼岸。

对世人而言，在不同的人生阶段，"挫折"给予人们的影响是不一样的。如，少年时遇到"挫折"往往能成为一生的财富，它能促使一个人早熟、抗压，做事稳重，敢于担当，遇事决断，能成大事……中年时遇到"挫折"往往会成为一种障碍，勇敢的人会跨过去，懦弱的人则会被绊倒。尤其是人到中年时面对"挫折"的心态变了，担心能否东山再起，怕从此一蹶不振输不起，又有家庭、儿女的牵绊，往往谨小慎微，胆量越挫越小，棱角越磨越平……老年时遇到"挫折"往往会成为一种遗憾，老年人一般经不起"挫折"，也没有精力、心劲去折腾了，这时的"挫折"往往会将一个老人击垮，甚至是一生的终结……

人生总会有顺境逆境、高潮低谷，所以，"挫折"总是与人们相随相伴，且常常不期而至。如，有的人会遇到失恋、背弃、离异等"感情挫折"。这种"挫折"伤心、伤身、伤情，令人精神恍惚，感觉天塌地陷，甚至痛不欲生，严重的容易导致焦虑症、抑郁症。面对这种"挫折"，人们要学会忘记，切不可沉溺其中而不能自拔，只有

"随"论

抱着"天涯何处无芳草"的心态，才能尽快走出感情的漩涡。有的人在事业上会遇到"挫折"，自我目标没能实现，领导不太赏识，人际关系危机，没涨工资，没机会升职等。这种"挫折"容易令人颓废、自卑、嫉妒。面对这种"挫折"，人们要学会改变，坚信"是金子总能发光"，坚持调整自我去适应环境，改变境遇。甚至可以选择放弃，一些人虽然仕途不顺，往往另辟蹊径成为大学问家、大文学家。有的人在生活中会遇到"挫折"，家庭突遇变故，父母、孩子、家人患病，孩子没考上称心的学校，爱人因种种原因离职，等等。这种"挫折"令人坐卧不安，心灰意冷，睡不好觉，吃不下饭，使人暴躁、易怒、伤人，总想找个出口发泄出去。面对这种"挫折"，人们要学会坦然，记住人生"没有过不去的火焰山"，走过去前面一片天，一切终将好起来……

"挫折"有"大挫折"与"小挫折"之分，"大挫折"容易把人"挫""折"了，彻底把一个人的精神意志打垮；"小挫折"容易把人"挫""油"了，凡事都抱着满不在乎的态度。尽管世人谁也不想遇到"挫折"，但谁也摆脱不了"挫折"。"挫折"磨炼了一些人，也毁掉了一些人。一般而言，一个意志力强、内心很强大、心智模式成熟的人，抗挫折力强。反之，一个意志薄弱、内心脆弱、心理幼稚、耽于幻想的人，抗挫折力弱。其实，既然无法躲避挫折，就要学会如何应对挫折，千万别做被挫折毁掉的人。

而在现实中，面对挫折有的人"懈"，破罐子破摔，一旦倒下就再也爬不起来了；有的人"乱"，东一头西一头，由乱生事、生败；有的人"怨"，怨天怨地，怨人责己，也有的责己轻、责人重，把责任都推到别人身上去……然而，一个聪明的人往往能用积极、乐观、学习的心态面对"挫折"，把战胜"挫折"的过程当做雕琢自己的过程，把"挫折"当做前进的"矫正器"，当做成功的"加速器"，用"挫折"对自己出发的起点、经由的路径、选择的方法等进行一一验证。"挫"去头脑中认知的错误，"挫"去行为上的不良习惯，"折"去身上的枝枝蔓蔓，把"挫折"当做新的起点，轻装出发，专注前行……另外，一个聪明的人不仅能看清自己的"挫折"，也能够看到他人的"挫折"，会把别人的"挫折"当做自己人生的借鉴以争取少走弯路。而不聪明的人既看不清自己的"挫折"，又看不到别人的"挫折"。往往总是在一个地方摔倒两次乃至更多次，或者总是在别人摔倒的地方摔倒，更甚者摔倒了一次就不想再爬起来……

把"挫折"当作"失败"是放弃，把"失败"当作"挫折"是勇气。尽管"挫折"可以迟滞、延缓成功的步履，但"挫折"却可以使人冷静地梳理过往的对与错、是与非、正与偏，从而演绎出有张有弛、有疾有缓的人生节奏。尽管"挫折"可以使人产生失望、痛苦、沮丧、不安等情绪，但这恰恰是一个人成功之时获得愉悦情绪的来源。"挫折"是一个人成长、成功的"一剂苦药"，也是"一剂良药"，是对一个人毅力、耐性、信念的考验和砥砺。英国哲学家休谟曾说："顺境使精力闲散无用，使我们感觉不到自己的力量，但是障碍却唤醒这种力量而加以运用。"

"挫折"可以把人的潜能唤醒乃至激发到极致，而一个人潜在的力量往往是自己也无法预知的……

"随"论

论习惯

世人皆是"习惯"的俘虏,每个人都生活在各种各样的"习惯"之中。"习惯"有好与坏之分,"好习惯"久而久之会养成人生的美德,"坏习惯"日复一日将变成人生的羁绊……

孔子曰:"少年如天性,习惯如自然。"一个人总以某种固定的方式行事,或者总是重复某一动作,便能养成"习惯"。"习惯"分为许多种。有"好习惯"与"坏习惯","好习惯"如学习的习惯、思考的习惯、锻炼的习惯、勤劳的习惯、俭朴的习惯等,"坏习惯"如抽烟的习惯、酗酒的习惯、赌博的习惯、骂人的习惯、懒惰的习惯等。有"大习惯"与"小习惯","大习惯"如决策的习惯、思维的习惯、做事的习惯、交往的习惯等,"小习惯"如走路的习惯、说话的习惯、举止的习惯、穿衣的习惯等。另外,人的品位可以是一种习惯,人的嗜好可以是一种习惯,乃至强迫症、多动症也是一种习惯。

养成一种习惯易,改变一种习惯难,因为,习惯造就的是人的"第二天性"[1],而习惯一旦养成甚至比天性更顽固。世人或多或少皆是习惯的奴隶"[2],它可以使人依赖它、服从它,成为支配人的一种思维、行为、生活定势。

一个人的习惯并非与生俱来,一个人呱呱坠地时是懵懂无知的,随着父母逐渐对他施加影响和干预,促使他养成了这样那样的一些习惯。因此,父母与家人是一个人养成习惯的第一个老师,从第一步的模仿,到第二步的跟从,再到第三步的养成,需要一个逐渐演变的过程,而这些"习惯"是在无意识之间,不知不觉慢慢养成的。当一个人长大后，随着外界影响因素的增多，以及受个人的知识、文化、教养等的影响，一些过去家庭带来的"习惯"或许有所改变。直至结婚之后，随着夫妻之间的相互磨合，一些习惯也互相影响，彼此融合。当然，这中间会养成"好习惯"，也会形成"坏习惯"……

往往一个人良好的习惯体现的是修养、是文化，是内心向上的诉求与愿望所成就的。而造就不良习惯的往往也是自己，人们对不良习惯的依赖，其实就是对自己惰性的依赖。俗话说，"学好三年，学坏三天"，一个人的"坏习惯"比"好习惯"要容易养成，因为"坏习惯"往往产生于惰性、惬意、本我，如，懒惰往往是人的本性，所谓"站着不如坐着，坐着不如躺着""好吃不如饺子，舒服不如倒着"。所以，一个人的"第一天性"也许并不是完美的，它需要良好的习惯来进行改造。而一个人不好的习惯则容易养成，因为一切恶习都是对"第一天性"不加抑制的放纵。当然，也有的习惯是内心世界的暴露，如，有的人在紧张时往往出汗、手抖、腿软等，久而久之，一旦遇到此类场合或情境，就会不自然地发生这种状况……

习惯有的也是受外界"挤压"形成的，比如，一个人多次经历挫折失败，大多容易产生心理障碍，导致产生消极自卑的心理，这种心理被称为"习惯性无助"。有一个故事可以说明这个道理：曾经有一只小象，一生下来就被一根绳子拴在木桩上。刚开始，它多次试图挣脱绳子，结果都无法逃脱。慢慢地小象长成了大象，虽然这时候它已经具备了挣脱绳子的力量，可它仍被绳子牢牢地拴住。其实，它只要再试一试，就能挣脱绳子回到大自然中去。但是，大象仍然以为自己还是一只小象，它从心理上已经失去了挣脱绳子的自信和勇气。

一般而言，世人去突破、改变旧习惯往往是很难很难的，因为，习惯具有一定的惯性，时间越长，惯性越大，久而久之就会成为思

"随"论

维定式，成为下意识。而很多行动一旦受习惯支配，就很少去进行再反思、再矫正，即使是"坏习惯"，自己已经适应，也并不会感觉到有什么不妥。如果一个人一旦惬意地活在不良习惯里，并把这种习惯当做嗜好、癖好，往往就会把自己封闭、固化在习惯的圈子内，从而失去了改变自我、突破自我的欲望与激情，难以僭越、无法超越习惯，这样会永远阻碍你走向成功的道路。哲学家萨格雷说：播种一种行为，收获一种习惯；播种一种习惯，收获一种性格，播种一种性格；收获一种命运！

其实，有些"习惯"是个人的事情，只要无伤大雅，不影响他人、社会等，你的习惯则没有人去干涉。但是一旦超过底线，不良的习惯就必须纠正了。比如说深夜人们都睡觉时，你去练习钢琴、拉小提琴，影响到别人的休息，你的"习惯"则要受到社会一些规范条款的限制，是必须要去改正的。再如，在公共场所大声喧哗、随地吐痰、乱扔杂物等"习惯"，不仅影响了公共秩序、公共卫生，甚至影响到一个国家、一个民族的文明形象，实乃一种俗鄙、一种陋习，每个人更是要从自我做起而努力去戒除。

那么，改变不良习惯的力量在哪里呢？其一来自于超越自我的愿望，当你认识到不良习惯所带来的人生阻碍，才能产生改变它的迫切愿望。如果不去改变这种习惯，你将无法改变未来，这种来自内心的动力会驱使你与过去的自我决裂。其二来自于对环境的适应，当你来到一个新的环境，你的"习惯"与这里的"习惯"不一样了，你就会"不习惯"，但时间长了，"不习惯"就会磨成"新习惯"。或是你的"习惯"与众人的"习惯"格格不入，如果不去改变，你将无法被大家接受，被逼无奈之下你也会去做出改变。其三来自于外界的干预，如果你不改变习惯，你的家庭关系、职场关系、社会关系，乃至你的身体状况将要发生"危机"，此时你只能去做出改变的选择。当然，改变习惯是一个痛苦的过程、渐进的过程、反复的过程,需要极大的决心、意志、毅力才能做到……

除了个人的习惯之外,一个民族、一个地域也存在诸多习惯,称为风俗、习俗等,这是一种群体的文化养成与文化认同,也代表着一个民族、一个地域的文明程度。改变一个人的恶习难,改变一个群体的陋习更难,这不仅是一个人或几个人的事,甚至是一代人或几代人的事!

【注释】
① "第二天性":语出马库斯·图留斯·西塞罗(公元前106年1月3日—公元前43年12月7日),古罗马著名政治家、演说家、雄辩家、法学家和哲学家。出身于古罗马的奴隶主骑士家庭,以善于雄辩而成为罗马政治舞台的显要人物。他曾说:习惯能造就第二天性。
② "习惯的奴隶":语出赛斯·高汀,美国人,新营销教父,互联网界营销专家,当代最有影响力的商业思想家之一,雅虎前副总裁,商业杂志《快公司》专栏作家,全球十大畅销书作者之一。他曾说:习惯,我们每个人或多或少都是它的奴隶。

"随"论

论好人

  尽管世上没有"好人"与"坏人"的绝对界限，但人们总是愿意自诩为"好人"。而往往越是一个"坏人"，越爱标榜自己是一个"好人"。

  那么，何谓"好人"呢？"好人"是但行好事之人。世上有许多类"好人"，有的"好人"扶危济困，有的"好人"见义勇为，有的"好人"本本分分，还有的"好人"与世无争，等等。总之，"好人"是"助人"不"害人"，"利人"不"损人"，"帮人"不"坑人"……一般而言，能够成就"大事"的"好人"至圣至贤，至尊至伟，令人高山仰止，难望其项背。而一个普通的"好人"，一般是老实人、本分人、平凡人，他不去追求人生的大起大落、跌宕浮沉，而只求平安心安，随遇而安、者者谦谦地过日子。

  "好人"往往是一个人心灵和精神的归宿。"好人"之所以是"好人"，因为他心地善良、宽容敦厚、仁慈友爱……之所以如此，其根本在于他的内心抱定了对"道德"的信仰，也注定一生要活在"道德"的条框里。或许他不是不能做一些枉法、害人之事，而是由于他内心不屑或者"不敢"……"好人"会很在意别人的感受，而为了达到他人的满意，满足他人的所求，"好人"乐意把他人不愿承担的自己去承担，这样，他才问心无愧，心安理得。

  一个人遇到困难时会去找"能人"，感到迷惑时会走访"高人"，但无论在什么时候，人们都离不开"好人"。因为"好人"与世无争、与人无争，得饶人处且饶人，也不擅于阳奉阴违地处世、精明巧妙地算计、投其所好地钻营、巧言令色地欺骗、见风使舵地摇摆。"好人"对别人没有威胁、没有挑剔、没有矫情,与"好人"相处令人放心、令人踏实、令人舒服。当然,"好人"往往是可以信赖的朋友,而不一定可以成为依仗的"铁杆"。当你处于逆境时,他可以倾其所能地帮你,而当你违背了他所抱定的做"好人"的原则时,他往往不会对你随声附和……

一般而言,"坏人"是被"好人""惯"出来的,而"好人"是被"坏人""比"出来的。如果一味地对"坏人"姑息、迁就、忍让,"坏人"会肆无忌惮,无所顾忌,只会越来越坏。当然,"好人"也绝非"完人",不可能做到方方面面都"好"。同样,"坏人"有时也能做一些好事,如,有的小偷可能去救助一个落水儿童,有的死刑犯也可能去捐献眼角膜……所以,世上没有纯粹的"好人"与"坏人"的界限,也没有绝对的"好人"与"坏人"的标签。也就是说,其实每一个人既有天使的一面也有魔鬼的一面,就看他约束了哪一面,展现了哪一面。所以,从极端的意义上讲,"好人"与"坏人"是有区别的,而从相对意义上讲,"好人"与"坏人"则没有严格的界限,正如一句话所说:"我不知道我是一个好人偶尔做点坏事,还是一个坏人偶尔做点好事。"

当然,世人大多是愿意自诩为"好人"的,这样会让自己站在道德的高地,以求得内心的安慰。但众人对"好人"的尊重往往只是放在口头上,而在内心多少是有点不以为然的。因为,"好人"在一定意义上是吃苦、吃亏的代名词,所以,人们即便自诩为一个"好人",而在内心的某个角落又往往不甘于做一个"好人"。俗话说"人善被人欺,马善被人骑""好人不长寿,祸害活万年",可见,"好人"不一定有"好报","好人"未必有一个美好的结局,其所付出的代价也是巨大的。

说一个人是"好人",大多是对其道德的评价,而与此人的能

"随"论

力无关。世上有能力强的"好人",也有能力弱的"好人"。有的"好人"有权,有的"好人"无权。有权的"好人"可以做许多好事,有权的"坏人"有时也可以做点好事,当然,他所做的"好事"或许有其不可告人之目的。当然,一个"好人"不一定是"好官"。"好人"做官,过于善良的往往软弱,容易成为"庸官",他们不愿得罪人、不敢得罪人,事事迁就、事事忍让,爱当"老好人",缺乏当机立断的魄力、杀伐果决的铁腕。反过来看,如果过于严苛的人,不仅对自己苛刻,对别人往往更苛刻,可能既是"清官"又是"苛官";如果性格强硬的人,则容易专横跋扈,可能既是"能官"又是"暴官"。然而,做一个好官一定要是好人,他既要具备做人的本质,亦要掌握做事的本领,才能担起"做官"的本义。

  "好人"难做,因为"好人"要在人们视野的边缘坚守自我。"好人"不难做,因为"好人"就是万千人中最普通的一个。世人对"好人"的评价往往与"立场"有关,这个人评价你是好人,不等于别人也评价你是好人。所以,做一时好人易,做一世好人难,被别人评价为好人则更难。当然,好人也会办坏事,好心也会办坏事,而判断一个好人与一个坏人的标准在于,好人做坏事是无意而为的,坏人无论做好事还是坏事皆是有意而为的……虽然好人也会有这样那样的缺点,如,好人往往愿意和稀泥,爱当和事佬,甚至活得有些窝囊、委顿,但这些不能影响人们对一个好人的评价。正因为世间有许许多多的好人,才给世界的浮华、人心的浮躁带来些许安谧与温暖,那么,就真诚地祝福一声:好人一生平安!

论视野

目之所及为"视线",思之所及为"视野"。往往眼睛是能够看见的,而思想是能够看透的。所以,决定一个人"视野"的远与近、宽与窄、大与小有两个维度,一个是空间的维度,可谓"眼界";一个是思想的维度,可谓"心界"。

由此,"视野"是指从眼睛看到的空间范围,而引申为人的思想或知识领域。《孟子·梁惠王上》曰:"明足以察秋毫之末,而不见舆薪",意思是一个人的眼力只能看到一根毫毛的末梢,而看不到一车的柴草,说的就是"视线"的狭窄。"一叶障目,不见泰山""只见树木,不见森林",说的也是"视线"的局限。

而"视野"不同于"视线","视线"是用"眼"看,是目之所观、目之所及、目之所至;"视野"则是用"心"观,是观人所未观、见人所未见、察人所未察。"视野"与"视角"亦不同,一个维度是视角,众多视角才是视野……视野有平面的维度,如眼界的远与宽,只有远瞩才能筹密,心宽才能志宏;视野也有立体的维度,如思想的高与深,所谓"势高而胆阔,极深而研几";视野还有时空的维度,如时间的长与空间的广,自古阅史才能开智,见多才能识广,正所谓"读万卷书,行万里路"。

一般而言,高度决定视野,视野决定格局,格局决定命运,命运决定未来。也就是说:一个人的视野有多大,人生的天地就有多大,可见视野对人生之重要。

一个人视野的大小,与胸怀、见识、知识、修为等有关,一个只

"随"论

见头顶一块天的井底之蛙，不可能有宏大的视野。视野亦与家庭出身、人生经历，乃至性格、心态、禀赋有关，一个性格多虑、多疑，心态狭窄闭塞，天生木讷迟钝的人，也很难有远阔的"视野"。所以，眼界来自境界，境界决定视野。眼界大的人视野才大，眼界大者其成就必大，眼界窄者其作为也必小。有眼界之人善于抓大放小、举重若轻，他们不拘泥、不计较于小事、琐事、凡事，有的是"风物长宜放眼量"的大度。而眼界小的人视野必小，他们总是画地为牢，作茧自缚，眼睛里只看到自己那点儿事，终日纠缠于沽名钓誉、鸡鸣狗盗之事，结果用一己的患得患失遮蔽了视野。同样，一个人若心性懵懂，难免会固执地相信所见到的一切皆是真实，最终一定会处处碰壁。也有的人看一切似真似幻、似真还假，也往往容易迷失了方向，也许就此沉沦在自己所迷失的世界里。

视野既是眼睛、眼界所感知的，更是思想、心灵所认知的。所以，视野的长度最终要靠思想的深度来决定。一个人只有打开思想这扇门，打开心灵这扇窗，视野才会从小到大、由近及远，逐渐超越目力所及，达致无穷，步入看远、看透、看淡的人生境界。所谓"看远"，就是看万物、穷千里，不为眼前小利斤斤计较，不为眼前小事而牵牵绊绊，这是"独上高楼,望尽天涯路"，揽万物于胸的胸襟与气魄……所谓"看透"，就是透过表面现象，看到事情的本质，可以看到别人看不到的风景，做到别人做不到的大事，这是洞若观火的智慧与悟性……所谓"看淡"，就是凡事超然物外，将功名利禄置之度外，这是"宠辱不惊，闲看庭前花开花落；去留无意，漫随天外云卷云舒"，超然物外的大顿悟、大境界……很多人之所以愿意去登高望远，就是因为只有身在高处、眼在远处，琐琐碎碎的小情绪才会随风荡去，而扑进眼帘的是苍茫大地的辽阔，心里鼓荡的是"谁主沉浮"的豪情，这也就是人们在"视野"中汲取到的力量。

记得宋代禅宗大师青原行思曾提出参禅的三重境界：参禅之

初，看山是山，看水是水；禅有悟时，看山不是山，看水不是水；禅中彻悟，看山仍然是山，看水仍然是水。其实，当人们把山看透，把水看透，就会消弭山和水的外在表象和特征。由此，对世界的认识更深入、更抽象，因而也就更本质、更内在。在你的视野中，世界一体、万物相通，上苍造化、无分高下。

相信，只要人们有大地一样的胸怀，眼中就会垒起一座座高山；有大海一样的胸怀，眼中就会流淌一条条江河……这，就是心胸的宽广，亦即"视野"的博大。

"随"论

论经典

经典泛指社会科学、自然科学、文化艺术等各个方面形成的传世之作,主要包括著作、学说、艺术、建筑、装饰、服装等,乃至政治中的"经典"博弈、战争中的"经典"战例、经商中的"经典"案例,还有"经典"爱情、"经典"比赛、"经典"美食,等等。

古往今来,人类所创造的"经典"可谓汗牛充栋,当然,创造"经典"的人有个体,也有群体。如,个人的著作、学说等,群体的雕塑、歌舞、建筑等;有知名的,有无名的,如,著名作家、画家、设计师等,无名的有莫高窟、龙门石窟、佚名诗作等;有经意的,有无意的,如,曹雪芹"批阅十载,增删五次"的《红楼梦》乃为"经意"之作;王羲之的许多书法名篇皆是信手拈来,乃为"无意"之笔。

那么,衡量是否"经典"的标准到底是什么呢?这主要体现在五个方面:一为时间性,即称为经典的事物一定要经得起时间的检验,经久不衰、历久弥新。二为空间性,即在一定地域、范围内传播广泛、影响巨大。三为原创性,即是自主创造、不可复制的,具有划时代意义或成为一个时期的杰出代表。四为先驱性,即为领先时代、标新立异的,能够成为引领一个时代潮流的典范。五为象征性,即能够成为一个国家或民族语言和思想的文化象征符号。

与经典相对的是时尚、时髦。一种学说、一首歌曲、一件服装、一个设计、一种生活方式等,都可以成为当下流行的时尚或时髦,而这种流行的东西由于缺乏时间的检验和沉淀,即便将来或许可能成为经典，但当下亦不能称之为经典。况且，有些所谓的时尚、时髦，往往是浮华的、浅薄的，亦是迎合的、媚俗的，因而必然是短命的、即逝的。只有依靠时间与实践，以去其浮华，抽取精粹，方能积淀醇厚，日久留香，成就经典。可见，也许反倒是一些在当时名不见经传、不被看好的事物，随着时间的流逝其价值日渐凸显，逐渐受到后人的追崇，而位居经典之列。如许多画家，生前默默无闻，死后却身价倍增，作品流传百世，诸如法国画家米勒、梵高，中国明朝画家徐渭，等等。因此，相对于时尚、时髦的当下效应，经典应该在一个更长的时间维度中衡量和存活。

而时下，"经典"的说法太过宽泛、太过随意。人们经常会用"经典"来形容一些事情，比如，夸赞一个创意"太经典了"，要说的可能是灵感的绝妙；说拍照时"剪刀手"的姿势"太经典了"，要说的可能是姿势的流行与常见；评价一款手机"太经典了"，可能仅源于对过往旧物的留念……这些，对于真正的"经典"而言，大多并非故意的不敬或是有意的僭越，所以人们对其并不过分地挑剔和反感，这也反映出现实社会的宽容与时代文化的包容。

即便如此，客观地看，当下又有多少自诩的"经典"仍难逃滥竽充数之嫌，或可称之为"伪经典"。"伪经典"包括"人造经典""篡改经典""泛滥经典"。所谓"人造经典"，即靠权势、金钱、名气等人为地滥竽充数，忝居"经典"；所谓"篡改经典"，即将一些"经典"拿来随意解构，将一些"经典"拿来抄袭"克隆"；所谓"泛滥经典"，即把任何流行性的东西都称为"经典"，一些东西动辄即被冠以"经典"的标签，这种"泛经典"的行为必定带来"伪经典"的盛行。

当然，"经典"可以是精致的，亦可是粗粝的；可以是完美的，亦可是残缺的；可以是华丽的，亦可是朴拙的；可以是婉约的，亦可是豪放的。然大凡"经典"之作，都必须具有内在生命力的张扬，这是"经典"之为"经典"的要义所在。所以,"经典"不是哗众取宠的炒作,不是喧嚣一时的聒噪,不是谄媚低俗的迎合,更不是目无一切的狂悖。"经典"是用历史的温度来慰藉当下的心灵,而一些貌似炫美的所谓"经典",不过是文化的"小摆设",无非是打着"经典"的幌子欺世盗名而已。

"经典"是时代的产物,所浓缩的是时代的精神,所蕴含的是时代的价值,因而"经典"是不可超越的,是不可复制的,也是不可取代的。所以,人们对待"经典"应该抱有发自内心的敬畏之心,尊重"经典"、崇尚"经典"、呵护"经典",从而更好地发掘"经典"所蕴含的精神价值,彰显"经典"所具有的文化意义,鼓励人们汲取前人的成果,继续去创造具有时代内涵与文化特色的"经典"之作。

论处世

处世，"处"的不仅是"世"，而且是"人"，这个"人"是他人，亦是自己。

人生在世，时时刻刻要与外界、与他人打交道，这就是世人所谓的"处世"。人生在世，持躬理事，待人接物，无一不是处世问题。不但入世人宜讲求处世之道，即便出世人，只要一日未脱离此一现实世间，便一日须与人相处，与事相处，与物相处，如此便亦不可一日不讲求处世之道。

"处世"是一门哲学、一门学问、一门艺术、一门功夫。一般而言，人们的"处世"态度取决于"处世"的原则，而一个人的"处世"态度取决于世界观、人生观、价值观。你看这个世界是"方"的还是"圆"的，你想得到的是"黑"的还是"白"的，你认为自己所做的是"对"的还是"错"的，这一切决定着你在"处世"上如何去做出选择与取舍。

有一副对联所谓："人多仁少择仁处人，世长事短看事处世"。在现实中，受社会文化诸多方面的影响，人们处世的原则、态度大相径庭。就拿与人相处来看，有的以道德为依据，物以类聚，人以群分，"鱼找鱼、虾找虾"，好人找好人，坏人找坏人；有的以利益为标准，能得到好处的就跟你处，得不到就不跟你处；有的以爱好为基础，能玩到一起的就处，玩不到一起的就不处；有的以性情为纽带，投脾气的就当朋友，不投脾气的就不处；有的以势力为依靠，谁当官跟谁处，谁官大跟谁处；有的以"宗族"为根基，讲究"父一辈、子

"随"论

一辈",讲究亲戚关系、裙带关系;有的以"自我"为中心,"顺我者昌,逆我者亡",拉圈子、搞帮派……

有什么样的处世原则、态度,也就有什么样的处世方法。有的人处世以不损人、少利己为原则,与世无争,难得糊涂,让一步天高地远,退一步海阔天空,追求的是处世谦让,处人和善,害人之心不可有,防人之心不可无,贪婪之心不可多,善良之心不可少。这类人会得到人们的喜欢和赞扬,是人们心目中愿意交往、值得交往的理想对象,可以称其为"忠厚"。也有的人处世只在乎"势"的大小,而不关注"世"与"时"的变化,在与人相处、与事相处上,讲求察言观色,顺势而动,"为人处世厚脸皮,投其所好得人心""见佛才烧香、看人下菜碟"等,可以称其为"奸猾"。然而,往往这种"看势"才处世之人,或许能达到一些目的,但从长远看,则是短视的、短暂的,因为"有势"早晚也会有"失势"的一天……还有一种人介于两者之间,这类人极为聪明,在不同时期、不同环境下,处世态度与方法会完全不同。隋末唐初,就有这么一个奇特的人物叫裴矩。他先谄媚逢迎于隋炀帝杨广,出了不少祸国殃民的坏主意,是一个大佞臣;而降唐后,却变成了忠直良臣,成为唐太宗李世民的重要谏臣。裴矩收获的是两代帝王的赏识与欢心。

另外,在别人"顺境"或"逆境"时与之相处的方法也不同。有的人在别人顺境时与之交好,逆境时则怕累及自己而断交;有的人在别人顺境时锦上添花,在别人逆境时则雪中送炭,这种人往往会收获到真正的朋友与友谊。而一个人在别人顺境时你得罪了他,在此人顺境时相对容易消除怨恨,但假如此人后来陷入了逆境,你的这种"得罪"将无法挽回……反之亦然,一个人在逆境时得罪了你,你在顺境时可以消除怨恨,而你在逆境时被人得罪,这种"怨恨"将很难消除。

所以,一个人处世的原则、态度、方法不同,你所得到的形象、口碑、人缘、认同等也就不同。当然,处世也要讲究艺术。一般来看,处世是有规律的,只有掌握规律、顺应规律,才能使处世臻于化境。为什么有的人讨人喜,有的人讨人嫌呢?这就是"处世"艺术高下的分别。一般来看,一个人随和、低调,凡事"圆融""圆通"乃至"圆滑",善于揣测对方的内心,能够迎合别人的想法,不做抢风头的事,不说太过头的话,"自己活也让别人活",不计较利益得失,不在乎此长彼短,得帮人时则帮人,得饶人处且饶人,别人才能愿意与你相处。反之,一个人愚钝、木讷,眼里没活儿,嘴里没话儿,不会见风使舵,顺水推舟;或者个性太强,眼里揉不得沙子;或者过于情绪化,遇事容易偏激狭隘,拿不起、放不下,牢骚大,抱怨多,则别人对你躲之犹恐不及。

无论如何,世人要学会把握好处世的辩证关系,尽管有的人处世耿直,也许容易得罪人,但他反倒能获得真朋友。而有的人处世圆滑,看似谁也不得罪,但往往交不到真朋友。所以,世人切不可把处世当做一门庸俗的学问,一门媚俗的艺术,更不能当做一种上位的手段。于世人而言,只要人生的功利减省一分,人生的境界便超脱一分。中国古人对与世、与时、与人、与事相处是十分看重的,这或许能给今人一些有益的启发:古人与世相处,讲求处治世宜方,处乱世宜圆,处叔季(将乱)之世,宜方圆并用。与时相处,讲求利得之时,让一分是福;适功名之际,退一步便安;当清明之世,严一着为是;适动乱之世,藏一着为高。与人相处,讲求贪德而让名,好道而让利,辞完而处缺。与事相处,讲求不为环境所扰、不为俗物所染、不为私欲所绊。这样,才能做到逍遥自在,怡然自得,淡然自安,人生的境界自能超旷高远,空灵迥异,飘逸出尘。

人云:要以出世的精神,做入世的事情。也就是说,人生"处世"只有"修己治心",方能"齐家治国",正所谓"人本是人,不必刻意去做人;世本是世,无须精心去处世"。

"随"论

论圆满

人生的"圆满"其实没有"圆满"的定论，或许，把"圆满"当做一种美好的祝愿与祝福似乎更为妥当。

"圆满"原为佛教用语，谓佛事完毕，所谓"功德圆满"。道家也用"圆满"一词，喻道化之大，包容天人。通俗地说，"圆满"是没有缺陷、漏洞，完美无缺的意思，一般是指一件事的过程或一个人的一生，也是对一件事或一个人"终点完美"的一种期待与评价。如，一个人只有退休时才可以做出事业是否"圆满"的结论，一个人只有临终时才能给出人生是否"圆满"的回答。

那么，何谓人生的"圆满"呢？一个人的人生是否"圆满"，既取决于自己，也来自于他人。一个人自己认为"圆满"不等于他人认为"圆满"，他人认为"圆满"不等于自己认为"圆满"。所以，"圆满"的概念是无限的，一个人只有永远接近"圆满"，而永远无法达到"圆满"，也就是说，任何事、任何人岂有"圆满"之境？如，有的人把事业大成看作"圆满"，有的人把财源滚滚看作"圆满"……但这种"圆满"，往往一边是缺憾，一边是辛酸。有的人事业成功是要以牺牲家庭幸福为代价的，有的人财源滚滚是要以付出健康长寿为筹码的。即便你盼望万事顺遂，可人生又怎能免除磕磕绊绊、起起落落呢？如，有的人少年坎坷，中年顺利，晚年幸福；有的人少年富足，中年落魄，晚年悲苦……纵观一个人的一生，也许此时此刻是顺遂的，而彼时彼刻又是挫折的，谁又能把一切美好尽揽无余？也许，有人会说：一个人一生父慈子孝，家庭美满，事业大成，健康长寿,财源滚滚,可谓之曰"圆满"。然而,于现实而言,这样的"圆满"仅仅是理想化的憧憬与描绘,绝非所有人能够企及的,这样的"圆满"只能是海市蜃楼,是人生的虚妄。

既然人生的"圆满"终将没有"圆满"的答案,也许人生最大的"圆满"恰恰是不圆满呢?"圆满"是静态的,而"人生"是动态的。假定一个人一出生便已了然此生"圆满"的轨迹,一个人只需按图索骥、坐享其成便可终其一生,这样的人生又该是何等的索然无味,正所谓"圆满的人生即平庸的人生",谁又能把这样的人生称为"圆满"呢?假定一个人一生颠簸劳苦,历尽磨难,最终成就了灿烂的人生,这样的人生丰富多彩,跌宕起伏,也许有的人称之为"圆满",但其所经历的艰难又令其失去了多少幸福的品咂呢?

世人皆向往一生的"圆满",也永远在"圆满"与"不圆满"中奋斗着、努力着、挣扎着,甚至有的人为了追求"圆满"而纠结着、扭曲着、矫情着,想尽一切办法给自己贴上"圆满"的标签……然而,即便一个人在一时一事上趋近"圆满"又会怎样呢?一个追求"圆满"之人大多是完美主义者,做任何事情皆讲究至善至美,甚至达到无休无止的程度。此时,你内心的欲望会更加膨胀起来:官再大一点吧,钱再多赚一点吧,股市再涨一点吧,名声再好一点吧……如果这一切遂愿了,仍会如此循环下去;如果始终未尽己意,则希望越多,失望越大。

既如此,那么又该如何理解人生的圆满呢?所谓"圆",人的生命来自于自然,最终又回归于自然,这便是人生的一个"圆"。人生从起点到终点经历着一个漫长的过程,且不论这一过程是否令人满意、是否留有遗憾,只要作为生命的"这一个",在追求自我价值的印证中,去努力充盈了、蓬勃了、张扬了,而不论结果是成是败,是喜是悲,这就是人生的"满"。

其实,"人"字就像一个圆规,"人生"就像一个"圆圈",生命

"随"论

的轨迹循环往复、此来彼往，一个人所得、所爱，所恨、所怨的一切，终归要离弃、成为过往，令人们在"不圆满"中希冀着"圆满"，在对"圆满"的渴望中隐忍着"不圆满"，这些希求与失落熙来攘去，演绎着生命的精彩与无奈。这，也许就是对人生"圆满"的"圆满"回答。

或许，"不圆满"才是人生的"圆满"；或许，"圆满"是人生最大的"不圆满"！

论娱乐

娱乐可以令人身心愉悦，但过度的"娱乐"容易令人散、令人软、令人懈，乃至令人远离人生的意义……

"娱乐"就是快乐有趣的活动。"娱"字在古代又通"悟"，领悟的"悟"，"娱"是领悟之后的情绪；"乐"在甲骨文中的意思是成熟的麦子。所以，"娱乐"是领悟之后的感受和成熟之后的喜悦。

唐代文豪韩愈的《进学解》曰："业精于勤，荒于嬉；行成于思，毁于随。"可见，嘻嘻哈哈、随随便便难免误人误事。当然，人们在劳作之余缓解疲惫神经的时候，当人们在久别重逢流淌挚爱情感的时候，当人们在战胜困难释放内心喜悦的时候，"娱乐"可以让快乐伴随，让心情飞翔。

"娱乐"的定义虽然来源于人类，但"娱乐"却是包括人在内一切动物最自然的习性，狗有狗趣，猫有猫萌，乃本性使然。就人类而言，"娱乐"是追求快乐最直接的方式。但受不同文化传统、地域特点、生活方式、民俗习惯等影响，人们"娱乐"的方式也是不尽相同的，甚至有着巨大的差异。其一，因国家不同而不同，中国人的娱乐方式是舞狮子、赛龙舟、打麻将等，西方国家一般是斗牛、狂欢、嘻哈等。其二，因地域不同而不同，拿中国来说，东西南北各有不同的娱乐方式，如，南方的听评弹，北方的扭秧歌，乃至一省一市一地一区皆有不同。其三，因民族不同而不同，各个民族皆有其独特的娱乐方式，如，蒙古族的"那达慕"，藏族的"锅庄舞"，布依族、土家族、仡佬族、苗族等的"花灯戏"，等等。

"随"论

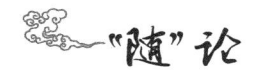

　　同时，娱乐方式也会因年龄不同而不同，老年人喜欢"静"的，如，听戏、打牌、下棋等；中年人喜欢"动"的，如，唱歌、登山、旅游等；年轻人喜欢"闹"的，如，打游戏、玩轮滑、坐过山车等。娱乐方式亦会因文化层次不同而不同，如，高雅的有弹琴、写诗、摄影、绘画等，通俗的有唱卡拉OK、打麻将、看电影、跳广场舞等，甚至还有违法的，如泡小姐、吸毒品、聚众赌博等。

　　大凡娱乐皆需要消耗一定的时间、体力、精力，也要投入一定的金钱、设备、材料等。所以，娱乐是一种多成本的消费，需要付出不同的代价。但是，因为娱乐本身是令人快乐的，往往令人乐此不疲、乐不思蜀，所谓"欢愉嫌时短，寂寞恨时长"。长此以往，耽于玩乐，它会使人意志消沉，难以自拔。古往今来，玩物丧志者有之，乐极生悲者有之。

　　当下，依托电视、网络等传播渠道和平台，娱乐呈现出成为主流文化与大众文化的趋势，"泛娱乐化""娱乐精神""娱乐文化"成为时尚的词汇，成为许多人追崇备至的"先锋流派"。在一些所谓"娱乐先锋"眼里，无论生活、人生，学术、文学，网络、报刊，电影、电视，名人、百姓……都需要"娱乐精神"。他们的口号是："娱乐别人，娱乐自己，娱乐为王，娱乐至死"，一味地恶搞、八卦、弄怪、戏谑……

　　这种"娱乐精神"来源于20世纪50年代初兴起于西方的后现代主义，它给西方的文学、戏剧、舞蹈、绘画、雕塑和建筑带来了深刻的影响，20世纪80年代开始盛行于西方学术领域。这种学术思潮，对人类生活的所有领域，都发出了质疑和挑战。它的理论特质是世俗、媚情、独立、特行、稚嫩、直觉、同理和自残，它的流行理念是"你快乐所以我快乐""马马虎虎，快乐人生""我存在我行动"等。

　　虽然，娱乐往往可以令人自我补偿、自我满足、自我快慰，但正如有评论说"一个民族不能靠娱乐滋养精神""全民娱乐是一种假'嗨'！"其实，所谓的"娱乐精神"所掩盖的主要是一种无奈，一种生活不能承受之重的无奈，一种现实无法逃避之难的无奈，一种人生失去把握之苦的无奈……对大众来说，"娱乐精神"又何尝不是"娱乐鸦片"，它或许可以给无奈的人们带来短暂的迷幻，但在虚妄、虚伪、虚假的热闹之下，难掩的是无法自拔的"精神沦陷"。更何况，一些娱乐大师、喜剧大师的内心往往也是痛苦的呢？如，美国喜剧大师卓别林一生被抑郁症所困扰；因"憨豆"形象走红全球的英国喜剧演员罗温·艾金森也曾患抑郁症；2014年8月11日，好莱坞著名喜剧明星罗宾·威廉姆斯因患抑郁症在家中自杀身亡，享年63岁……

娱乐的直接结果是快乐，但人类不仅有感官的快乐，更有精神的快乐、灵魂的快乐。而仅靠感官刺激往往并不能给人带来内心的快乐，就如同毒品给人带来的迷幻一样，短暂的快乐之后也许会令人更加失落。因此，娱乐要适度：在时间上要有"度"，不能不计时间成本，沉迷于娱乐不能自拔；在道德上要有"度"，要认知和遵循"低俗不是通俗，欲望不代表希望，单纯感官娱乐不等于精神快乐"的真义与真谛，远离娱乐文化、快餐文化、碎片文化、嘻哈文化。也许，在娱乐的行为与其本义距离越来越远的时候，就是人们该回归到现实的时候了，无论是被迫的，还是主动的，迎接人们的都将是在直面现实的勇敢中洗礼蒙尘的灵魂。

"随"论

论知耻

所谓"耻",就是被人们所不齿的言论或行为。"知耻"是中国文化最具恒久价值的理念之一。春秋时期,管仲提出立国有"四维",即礼、义、廉、耻;孟子曰:"人不可以无耻。无耻之耻,无耻矣。"[①]古代的先哲圣贤,历来都把"知耻"视为"立人之大节""治世之大端",孔子曰"行己有耻"[②]"有耻且格"[③]。

"知耻"方能"知勇"。《礼记·中庸》曰:"好学近乎知,力行近乎仁,知耻近乎勇"。可见,"知耻"是极难的,需要直面自己的勇气、需要矫正自我的勇敢。在古人看来,一个人做到"知耻",大之可以治国平天下,小之可以修身齐家,"知耻"乃衡量是非、曲直、忠奸的一个重要标尺。对今人而言,"战胜自己才是真正的强者",而只有"知耻"才能找到自己的缺点、发现自己的丑陋,这也是战胜自我的基础与前提。假如一个人不敢"知耻"、不善"知耻",对自己的"耻事""丑事"总是捂着、躲着、藏着,难以启"耻"、羞于启"耻",甚至以"耻"为荣、以"耻"为乐、以"耻"获利……终将无耻之尤,而使自己变成无耻之徒。

"知耻"方能"知畏"。宋代朱熹说:"君子之心,常怀敬畏。"孔子曰:"君子有三畏,畏天命,畏大人,畏圣人之言。"纵观古今,凡是有信仰的民族,凡是有信仰的个人,都具有敬畏的心理。因为,只有"知耻",人心才有天道法理,才有道德标准,才知道什么是对,什么是错;什么该做,什么不该做;什么敢做,什么不敢做,也才能心有所畏,行有所循。"心有所畏"做人才会有"底蕴","行有所循"做事才能有"底线"。"畏"的不是"树叶掉了怕砸着脑袋"，"畏"的应该是"道"、是"法"、是"德"、是"人心"。否则，一个人信奉流氓文化、强盗逻辑，把权力当做高于一切的"法宝"，把金钱当做打通一切的"法门"，"天老大，他老二"，总觉得没有摆不平的事，没有消不了的祸，这样的人什么也不怕，这样的人什么事情都干得出来，最终必将招致人怒、众怒，乃至法怒、天怒……

"知耻"方能"知止"。宋代朱熹说："耻便是羞恶之心，人有耻，则能有所不为。"明代顾炎武说："不耻则无所不为。"传统的道德常常使人具有"知耻"的行为，而只有"知耻"，一个人才知道不应该干什么。人性的欲望是无止境的，世间的诱惑亦是无止境的，当一个人被欲望与诱惑牵着鼻子走，最终往往会由"不知耻"到"不知止"。所以，对世人来讲，"知止"不是不能做、不能要，而是"知可为而不为"；不是知道自己能"拿得起"什么，而是知道自己能"放得下"什么，从根本上懂得该"止"于何事、"止"于何时、"止"于何处，包括在权力、名声、财富、情色，乃至享乐、兴趣、痛苦、烦恼等方方面面。

"知耻"是极具中国特质的传统文化，与西方"原罪"文化不同，"知耻"要靠自我救赎，"原罪"要靠上帝拯救；"知耻"是自我的反省、内心的批判，"原罪"是祖先的遗产、宿命的无奈。因此，"知耻"要改善自我，"原罪"要控制自我。

"知耻"的价值指向是道德，是尊严、气节、大义、傲骨、操守、是非……由此产生了中国式的道德体系。

"原罪"的价值指向是法治，是管理、约束、控制、监督、处罚、善恶……由此产生了西方式的法治架构。

翻看《史记》，司马迁为何对西楚霸王情有独钟，项羽虽非帝王，但仍以《项羽本纪》记之呢？因为，项羽虽败于高祖，自刎于乌江，但他骨子里的"知耻"精神却响绝千古。"籍与江东父兄八千人

"随"论

渡江而西,今无一人还……有何面目见之?"后来,刘邦当上了皇帝,"知耻"文化一度陷落,"流氓"文化大行其道,且两千多年来渐行渐远,形成了中华民族道德天空两条独特、对峙的弧线……

【注释】
① "人不可以无耻。无耻之耻,无耻矣":出自《孟子·尽心(上)》,意思是:人不能没有羞耻心。把没有羞耻心当做羞耻,那就不会有耻辱了。
② "行己有耻":出自孔子《论语·子路》:"行己有耻,使于四方,不辱君命,可谓士矣。"意思是:一个人行事,凡自己认为可耻的就不去做。
③ "有耻且格":出自孔子《论语·为政》,意思是:人有知耻之心,则能自我检点而归于正道。

论成功

世界上人人都渴望"成功",但每个人对"成功"的理解往往不尽相同,甚至相差甚远……

严格地说,"成功"不同于"成事",也有别于"成名"。"成事"是为"成功"的积淀和累加,"成名"是对"成功"的附着和馈赠。一个人的"成功"包括许多,诸如事业的成功、婚姻的成功、学业的成功、做人的成功……

那么,何谓一个人的"成功"呢?一般而言,不同的人对"成功"有不同的诉求:其一,由于身份不同,追求成功的内容不同,一个乞丐的成功是讨得面包,一个军人的成功是打赢战争,一个商人的成功是抓住商机。其二,由于起点不同,追求成功的标准不同,一个"穷二代"期望的成功也许只是找一份工作,而一个"富二代"追求的成功也许是创造更多的财富。所以,也许你所期望的成功终点,恰恰是别人追求成功的起点。其三,由于心态不同,追求"成功"的目标不同,有的人把仕途、财富、地位作为成功的标尺,也有人把健康、快乐、超脱作为成功的定位。所以,人们不应该用同一标准的成功把人分为三六九等,如同不能用肤色、教养、财富等把人分为三六九等一样。一个伟人、一个名人、一个商人可以是成功的,同样,一个百姓、一个职员、一个士兵也可以是成功的。从这个意义上看,"成功"是要"成就自我",一个人只需追求自我设定之"成功",而无须太过计较地位、名分之高下,正如拉尔夫·福特说:"成功,是内心的造就。"

"随"论

对世人而言，一个人若想获得"成功"，取决于诸多因素。大凡"成功"者必须具备一定的先决条件，包括"外在条件"与"内在条件"，所谓"外在条件"，包括社会、时代、环境、家庭、出身等，如，有的人适逢乱世，方能建功立业，成为一代名将；有的人降生在帝王家，最终承继大统，成为一代明君……所谓"内在条件"，包括身体、教养、志向、智商、努力、毅力、耐力等，如，先天性心脏病患者不可能驾驶飞机，双腿残疾患者不可能当赛车手。冯友兰曾说："成功"的要素有三：才、命、力，即天资、命运、努力。学问的成就需要天资的成分大，事功的成就需要命运的成分大，道德的成就需要努力的成分大。

当然，"成功"有时也存在一定的偶然性，如，一个偶然的机会、一个偶然的举动、一个偶然的相遇等也往往会给人们带来意想不到的"成功"。同时，对有的人来说，"成功"取决于缺陷，其前提是你知道自己的缺陷，并以此挑战自己的潜能。而一旦你超越了自己的缺陷，你便同时超越了自己，成功也便会尾随而来。对有的人来说，成功取决于取舍，一个人要认清自己的优势与劣势，努力做到扩大自己的优势，规避自身的劣势，才能走上成功的坦途。当然，有时成功也会给人带来失败，一个人如果在成功面前沾沾自喜，忘乎所以，最终会导致走向失败、走向堕落……

每个人对成功的满足是相对的，而对成功的渴望是绝对的。纵览古今，成功没有巅峰、没有止境、没有绝对。世上没有一个人的成功是不可超越的。因此，对成功的不停追求也许并不能令人幸福、快乐，一个人有了今天的成功，更想获取未来的成功；有了些许的成功，更要获得巨大的成功……最终的成功永远是遥不可及的，永远在人生彼岸。况且，因为成功者所负之名、所担之事、所处之位，往往给人生带来负累。所以，一个人既要享受成功的满足，也要能够承担成功的压力；甚至有时成功并不能给人带来好处，一些为社会、为他人而付出的人，并不能给自己及家人以物质的享受，他们的成功表现为一种奉献。

那么，世人应该如何面对"成功"呢？古人曰"不成功便成仁"，是说干大事的人要执着努力，比如丢了命，虽然没有成功，却也能成就"仁"。其实，对一个普通人来讲，也许无须把自己的"成功"置于这样一种决绝的境地。中国古代有儒、释、道三家学说，"儒家"讲究入世治国、"道家"讲究隐世治身、"佛家"讲究出世治心，世人应该资以借鉴、以效其法，学会以出世的态度做人，以入世的态度做事。

所以，世人不应只为"成功"而"成功"，而应顺应人生之势、把握人生之机，然后造就人生之业……

当然，世人亦不应否定心存"大成功"志向之人，但要知道的是：一个人若想获得"大成功"，则要明白凡"大成功"者必要拥有大智慧、必要肩负大担当、必要经历大磨难……也许这还远远不够。曾有一句经典的歌词是"不经历风雨怎么见彩虹，没有人能随随便便成功"。正如司马迁在《报任安书》[①]中曰："文王拘而演《周易》；仲尼厄而作《春秋》；屈原放逐，乃赋《离骚》；左丘失明，厥有《国语》；孙子膑脚，《兵法》修列；不韦迁蜀，世传《吕览》；韩非囚秦，《说难》、《孤愤》；《诗》三百篇，大抵贤圣发愤之所为作也。"可见，"成功"之路绝非一番坦途，所谓"非常之人，方有非常之功"也。

【注释】
① 《报任安书》：是汉代史学家、文学家司马迁写给其友人任安的一封回信。司马迁以激愤的心情，陈述了自己的不幸遭遇，抒发了内心的痛苦。因为《史记》未完，他决心放下个人荣辱得失，相比"死节"之士，体现出一种进步的生死观。

"随"论

论谎言

谎言即假话。世人皆想听真话，但谁又没说过假话？谁又没被假话欺骗过呢？

"谎言"也即佛家说的"诳语""妄语"，乃佛门"五戒"[①]之一。所谓：未见言见，见言不见，虚伪夸张，藉辞掩饰，皆为"妄语"。"谎言"亦是人类沟通交流的一种方式，不过这是一种欺瞒的、欺骗的、欺诈的方式……

"谎言"一般由四个要素构成，即"说谎者、被骗者，真相、假象"。所谓"谎言"一般都具有欺骗性、诱惑性，甚至煽动性、目的性，它无非是要掩盖、掩饰、掩藏事实真相，从而达到其不愿为人知、不便为人知、不可为人知的目的。虽然"谎言"一定是与事实相脱离、相悖逆的，但"谎言"也需要一部分事实做支撑、做铺垫，这样的"谎言"才能更"圆"、更"真"，也才能达到欺骗、掩盖的目的。

人们一般在"五种"情况下容易说谎。其一，在处于陌生环境时，如，在火车上、在旅途中，人们不愿道出真实的个人信息；其二，在牵涉个人隐私时，如，对家庭收入、银行存款及个人利益、内心情感、身体缺陷等，人们也不愿透露；其三，在涉及组织机密时，如，对国家、组织、企业的政治、军事、科技等核心机密；其四，在面临对手时，如，对官场对手、商场对手、职场对手、情场对手等；其五，在处于弱势状态时，如，来到一个新的单位、对一个拿捏不准的上级、对一个揣摩不透的人、与大多数人的想法不一致时,等等。由此,产生了诸多说谎者的目的,有的是为了政治目的而说谎,有的是为了维系面子而说谎,有的是为了赚取利益而说谎,有的是为了保全声誉而说谎,有的是为了陷害他人而说谎,有的是为了化解矛盾而说谎,有的是为了保守秘密而说谎……

惯于说谎者的心理一般是很强大的,因为,他要承受"真相"与"假象"在内心的纠结,要承受担心"谎言"被揭穿的心理压力,要承受"谎言"一旦败露的信任危机……所以,第一次说谎、偶尔说谎的人,往往是怀揣忐忑,惴惴不安的,大多会脸红心跳,语无伦次,眼神飘移;而经常说谎、惯于说谎的人,则已经养成了"两套思维系统",说谎已经成为一种习惯,"谎言"张口就来,甚至连他自己都没有意识到……而这恰恰是最为可悲的,也是最为可怕的。

与"谎言"对应的是"真相"。那么,"谎言"离真相究竟有多远呢?纳粹党魁戈培尔曾说:"谎言说过一千遍就是真理。"但是,谎言永远是谎言,永远不可能成为真理。有人认为:一个人假如说一句谎言,则要再说N个谎言来"圆谎",这样的"谎言"陷阱,终有露出破绽的一天。正如美国总统林肯所说:"你可以在所有的时间欺骗一部分人,你也可以在一定的时间欺骗所有的人,但你不可能在所有的时间欺骗所有的人。"当然,有时在特定的环境里、特定的条件下,有些"谎言"是暂时不会被揭穿的,因为,有的无须揭穿,有的无法揭穿……而最终揭穿"谎言"的也许是他自己,也许是一个偶然……

世人对"谎言"的兴趣往往远远大于对真相的关注。丘吉尔曾说:"当真理还在穿鞋的时候,谎言已经走遍全城。"这句话形象地说明"谎言"的步伐甚至大于真理的力量。当然,"谎言"亦有"善意的谎言"与"恶意的谎言"之分,"善意的谎言"无须提防,如,家人之间对父母、儿女病情的隐瞒,父母对小孩幼稚问话的善意欺瞒等,而"恶意的谎言"防不胜防。

那么,除去孩童的天真、幼稚、简单之外,人们为什么会被谎言所欺骗呢?其原因有四:其一,被骗者对说谎者的"轻信"心理,一种是亲人、朋友等关系,这种特殊的关系使你不由得不信;一种是不认识、不熟悉的关系,但对方或真或假的地位、职务、身份等使你不能不去信。其二,"听谎""信谎"者一般具有"猎奇"心理,人或许天生就愿意相信谎言,所谓"宁可信其有,不可信其无",宁可相信谎言,也不愿相信真相。其三,是"从众"心理,凡事不分析、不动脑,人云亦云,听风是雨,而使谎言得以口口相传,谎言即变成了蛊惑人心的谣言。其四,是"趋利"心理,有些人为了占小便宜,获得些许小利,蒙蔽心智,自我欺骗,结果被谎言误导视听,令其做出误判,走入撒谎者布的局、设的套、挖的坑。

世人对"谎言"也有不同的应对态度,有的视而不见,抱定"日久见人心,事久自然明"的态度,对"谎言"表现为一种坦然与不屑;有的诉诸法律,以诽谤罪、诬陷罪等将说谎者送上法庭;有的针锋相对,对说谎者用事实予以揭穿,使其彻底败露,令其无地自容;有的陷入恐慌,担心由于一个谎言会引发众人对自己的聚焦,导致揭露出其他的丑恶,造成比谎言更坏的后果;有的心理崩溃,被谎言造成的影响所左右,有口难辩、有理难言,甚至被"谎言"所形成的流言蜚语所杀……

谎言不但"欺人",而且"自欺"。"欺人"的如《史记·秦始皇本纪》记载的"指鹿为马"的典故:赵高欲为乱,恐群臣不听,乃先设验,持鹿献于二世,曰:"马也。"二世笑曰:"丞相误邪?谓鹿为马。"问左右,左右或默,或言马以阿顺赵高。或言鹿者,高因阴中诸言鹿者以法。后群臣皆畏高。"自欺"的如丹麦伟大作家安徒生所著故事《皇帝的新装》:一位奢侈而愚蠢的国王每天只顾着换衣服,最后还愚昧地被骗,什么也没穿就出去游行。由于受国王的威压,没有人敢揭穿谎言,甚至还夸耀那根本不存在的"新装",最后,一个孩子天真的一句话揭穿了谎言,才结束了这场尴尬的闹剧。

【注释】
① 佛门"五戒":五戒者,一、不杀生;二、不偷盗;三、不邪淫;四、不妄语;五、不饮酒。这五戒,是佛门弟子的基本戒,不论"出家""在家"皆应遵守。"不杀生"是"仁","不偷盗"是"义","不邪淫"是"礼","不妄语"是"信","不饮酒"是"智",这是结合中国传统文化而言的。

"随"论

论选择

选择无处不在。一个不懂选择、不善选择、不会选择的人，注定是一个纠结的人，抑或是一个盲目的人……

从一个人的一生来看，除了出生、出身及父母不能自己去选择，因为这是父母代你做的"选择"，其他，如人生道路、生活态度，再到择偶、择业，乃至购房、买车，出行、购物，吃饭、穿衣……皆要面临选择，皆要做出选择。一般而言，在同一时间，对同一件事，既选择了这个，就不能选择那个，你不可能既选择这个又选择那个。

一个人做出怎样的选择，就决定会有怎样的命运。选择之前如同处在人生的十字路口，你能够成为什么样的人、能够成就什么样的事，关键是做出怎样的选择，或对或错、或好或坏、或满意或失望、或得到或失去……而在做出选择之后，就意味着一种新的开始，一切既已不得改变，选择了就要面对、选择了就要接受。特别是对待一些大事，你一旦做出选择，就不能够轻易"洗牌"，如，对信仰的选择、对人生的选择等，假若你对当初的选择进行反悔，一种叫"背叛"，一种叫"失败"。当然，假若对一些小事，诸如买衣服、买汽车、看电影、去旅游……似乎更换一种选择倒也未尝不可。

一个人在做出选择之前是自由的，此时你面对着许多可能性，但有些选择结果是可以预知的，有些选择结果又是无法预知的，这就使得人们的选择永远面对一个错综纷乱的变局。在这种选择面前，人们往往是惴惴不安的，甚至是纠结痛苦的，唯恐一旦做出了错误的选择，就要接受失败的惩罚。纵观世间，虽然人们做出"选择"的目的皆是规避失败的风险，但一个人的失败又往往是从选择开始的，这也许就是选择给予世人的人生宿命。

所以，一个人能够做出正确的选择，就成功了一半。但当你面临诸多的选择之时，也是你面临诸多的放弃之时。即便你选择了"不选择"，这其实也是一种"选择"，即你选择了"不选择"，它说明你放弃了改变现状的一切可能。那么，如何做出正确的选择呢？人们一般面对选择大多是感性的、先验的，当面对N多个"可能指向"，人们往往靠熟知的体验或他人的经验做出直觉的判断，这种非理性的选择，具有很大的偶然性、随意性，容易造成选择上的"路径依赖"。而要做出正确的选择，就要把握好偶然与必然、主观与客观、先验与理性的关系，通过慎之又慎、细之又细的思考、分析、对比、推演、权衡、论证，然后做出理性、客观、正确的判断。

选择分为"目标选择"和"路径选择"。从"目标选择"上看，"选择是一种境界"。面对"是非"要做出"道义"的选择，面对"利益"要做出"取舍"的选择，面对"困难"要做出"进退"的选择，甚至面对"信仰"要做出"生死"的选择，凡此种种选择，体现的是一个人的眼界、胆识、修养、品德，这无疑决定着人生的道路、方向，改变人生的境遇、状态。从"路径选择"上看，选择是一种态度。选择"公义"还是"私利"，选择"向善"还是"向恶"，选择"崇高"还是"猥琐"，选择"忠诚"还是"叛逆"……面对这一切选择，有的人坦然磊落，有的人慷慨忘我，有的人甘赴大义，有的人巧妙算计，有的人踟蹰慌乱，也有的人自我膨胀……不管怎样，一个人总要知道"选择"的标准是什么，或许世上没有好与坏，或许世上只有利与害，但人们在选择之前面对的是"可能"，在选择之后所要接受的是"现实"，路都是自己选的、自己走的，坑都是自己挖的、自己跳的，一切结果皆由选择而来，对任何一种选择，后悔永远改变不了后果，这就是错误的选择所需要付出的必然代价。

"随"论

论规则

世界之内皆有规则，自然界的规则体现的是大自然的力量，动物界的"规则"体现的是强者的意志，而就人类而言，"规则"是指规定出来供大家共同遵守的制度、章程或不成文的规定、规章、规矩等。

无论是政治体制、宗教体制、教育体制还是企业体制等都被"规则"所统御。"规则"分为"元规则""正规则""潜规则"。"元规则"即决定其他一切规则的规则，"正规则"即具有明文规定的规则，"潜规则"即看不见的、约定俗成的，但又不得不遵循的规则。

古语曰："无规矩不成方圆"[①]，一个组织、一个集团、一个企业、一个团队皆离不开规则，即便在社会生活当中，"规则"也是无处不在的，如，在公共场合按序排队、在公共场所禁止吸烟、看电影乘火车按号入座等皆是"规则"。所以，"规则"宽于"法"，严于"教"，它是介于法律与道德之间的一种"规矩"。如果没有规则、规范、规矩的约束，就会陷入混乱、无序的状态。

英国历史学家阿克顿曾经讲过一个"分粥"的故事：有七个人每天分食一锅粥，他们尝试过多种方法。第一种方案：指定一个人负责分粥,可这个人为自己分的粥最多。第二种方案：大家轮流主持分粥，结果每个人只有一天吃得饱而且有剩余，其余六天都饥肠辘辘。第三种方案：大家选举一个德高望重的人负责分粥，可不久他便开始为自己和讨好他的人多分。第四种方案：选举一个分粥委员会和一个监督委员会。由于双方经常争议，等分粥方案确定了，粥已经冷得不能喝了。第五种方案：每个人轮流分粥，但是分粥的那个人要最后一个领粥。在这个方案下，七个碗里的粥每次都是一样多——这，就是"规则"的力量。

"规则"亦存在好与坏，比如，单就"家规"来看，古时候晚辈孝敬长辈的请安、奉茶、敬烟等，谓之"好规则"；而长辈对晚辈犯错的罚跪、鞭笞、掌掴等，谓之"坏规则"。所以，"规则"体现的不是平等，而是约束。一个组织、一个企业、一个团队，明令的纪律就是"规则"，职业的操守就是"规则"，倡导的文化就是"规则"，养成的习惯就是"规则"，乃至一些潜在的、不成文的规矩，但行之有效，也是"规则"。而对已经形成定制、被广泛接受的"规则"，任何个人必须无条件遵守、遵循，做任何事情都要有规矩、懂规矩、守规矩。只要有人稍有僭越，就既有"正规则"的约束，又会有"潜规则"的惩戒。

"正规则"是显性、刚性、原则性、一般性的"规范"；而"潜规则"是隐性、弹性、模糊性、暗示性的"范式"。那么，为什么"正规则"不能规范一切，又要衍生出一些"潜规则"呢？一方面，这是源于制度本身的局限性，因为，无论多么完备的制度，也不可能面面俱到、事无巨细，覆盖被管理者的一切思想、道德、操守、习惯、取向、行为……而制度做不到、管不了的，恰恰需要"潜规则"来进行规范和制约。另一方面，所谓的"潜规则"往往是由一个人、一件事开始尝试，逐渐由少积多，由点至面，慢慢约定俗成，成为心照不宣的一种"惯例"，如，送钱买官、送色上戏、送礼办事……而一个"潜规则"的形成，往往蛰伏着"文化"的底色，长此以往，有的"潜规则"又会衍生成一种"世俗文化"，而这类"潜规则"是极为可怕的。

于世人而言，表面上人人皆曰规则有益，人人皆希望规则存

"随"论

在。然而，人们常常又"论非所做"。其根源在于，人人皆有定制"规则"的情结，而人人亦有破坏"规则"的潜在意念。一方面，强者希望用规则去约束他人，以保持自己的强势地位，但自己绝不情愿在规则内办事。另一方面，对弱者来说，既希望靠规则来保护自己，以维护自己无力维护的利益，但在潜意识里也并不想受规则的束缚。一个人从孩童时起就存在逆反的本性，往往因破坏了规则而又没被发现或惩戒，至今还津津乐道。对此，人们往往一笑而容之，这是因为人人都存在破坏规则的欲望，人人也都藏有破坏规则的秘密。当然，无论是"大贤"还是"大恶"，心中都有一条底线，无论"大贤"的底线有多高，"大恶"的底线有多低，底线以上都有践踏规则的可能，这种可能的大小无非取决于"利"与"果"的平衡。

所以，这既是"规则"的尴尬，亦是"规则"的无奈。

【注释】
① "无规矩不成方圆"：出自《孟子·离娄上》，原文为"离娄之明，公输子之巧，不以规矩，不能成方圆"，意思是：像从前离娄那样精明的眼睛，公输般那样的巧匠，不凭借规和矩，也是画不成方形和圆形的。引申意思是：做任何事都应有一定的准则约束，否则是做不成事的。

论欲望

欲望本无善恶之分，是人们对欲望的态度令它有了好坏之别，如，有的人为了满足欲望而上进，读书求知、乐善达人、发明创造，也有的人为了满足欲望而疯狂，甚至不要脸面、不要亲情、不要性命。

一般而言，人的欲望有三个层次，一个人既有生存欲、食物欲、情色欲等生理欲望，也有金钱欲、权力欲、占有欲等物质欲望，还有求知欲、创造欲、成功欲等精神欲望。当然，这其中有些欲望是要加以节制的，有些欲望是要给予提倡的。由于人们的社会地位不同，欲望的需求也存在区别，如，底层草根一般把生存作为第一欲望，而后依次才是物质享乐、精神追求等欲望的满足；而上层人士衣食无忧，一般把生理欲、精神欲看得更重。当然，对一个普通人而言，其欲望是随着生活条件的改善而不断延伸的，如，欲望使人们的房子越住越想大、车子越开越想好、官位越升越想高、钞票越赚越想多……

欲望本质上实乃人的一种本性，它是指对能给人以愉快、满足的事物或经验的有意识的愿望。欲望得以满足能够给人以快感，这是世人追逐欲望的原动力。如果欲望不能给人带来快乐，那么，人做一切事情都是毫无乐趣与意义的。人的欲望体现的是人的动物性，既然人作为一种动物存于世间，那么，欲望就将永远与人类相依相伴、如影随形。然而，人又具有社会化的属性，需要用道德维系整个人类的存在，所以个体的生理与物质欲望必然与人类的

"随"论

道德产生矛盾冲突。但是，人类的总体进步总是以人的欲望为动力的，因此，道德不是永恒不变的，而欲望的释放则是永恒的。

既然欲望是人的一种本能，人们对欲望无止境的追逐也是一种本能。正如明清时期《解人颐》中一篇白话诗所曰："终日奔波只为饥，方才一饱便思衣。衣食两般皆具足——或者"俱"，又想娇容美貌妻。娶得美妻生下子，恨无田地少根基。买到田园多广阔，出入无船少马骑。槽头扣了骡和马，叹无官职被人欺。县丞主簿还嫌小，又要朝中挂紫衣。做了皇帝求仙术，更想登天跨鹤飞。若要世人心里足，除是南柯一梦西。"由此看出，人的"占有"如同一个圆圈，欲望则如同圆圈的周边长，"占有"越多，也许欲望会更大，直至无穷。

面对人们的这种欲望，一般分为"禁欲"与"纵欲"两种态度，"禁欲"也好，"纵欲"也罢，都不可无"度"。所谓"禁欲"是对个体"欲望"的公共干预与限制，如果"禁欲"过度，则违背常理、违背规律，终会造成对人性的压抑与扭曲，人类社会将会丧失生机与活力，最终导致人类欲望的集束迸发，必然会给社会带来一种毁灭。对个体来讲，"禁欲"过度会阉割人的激情与创造，引发心理上的焦虑、忧郁，最终导致精神的崩溃或委顿。所谓"纵欲"是仅从人的个体、人的本身出发，从人性、人权的角度来一般性地诠释欲望的存在。如果"纵欲"过度，对人的欲望任其膨胀泛滥，整个社会的公平、秩序就要受到挑战，如：掌控权力资源、财富资源等人，将会贪污腐败，巧取豪夺，而平民百姓将一无所获，日益贫穷，由此社会矛盾会逐渐激化，必然会带来社会的动荡与混乱。同样，对个人来讲，"纵欲"过度会令人沉溺于声色犬马，金钱物欲，导致精神的低俗，道德的沦丧……

对每一个普通人来讲，追逐欲望的满足本无可厚非，但对一些欲望的过度追逐，往往使人欲壑难填，甚至跌入万劫不复的深渊。德国哲学家叔本华在《悲观论集卷》中说："生命是一团欲望，欲望不满足便痛苦,满足便无聊。而人生,就在痛苦和无聊中摇摆。幸福不过是欲望的暂时停止。"可见,欲望的满足可以给人带来幸福,欲望的不满足可以使人产生痛苦。从这个意义上说,一个人必须要对一些欲望有所抵制、控制,而这种对人的本能的压制、压抑,又不可避免地成为人之为人的一种矛盾与苦痛。

也许,正是人类这一矛盾与苦痛为宗教的产生提供了土壤。可以说,没有欲望就没有宗教。宗教用信仰把人的欲望给予"阉割",使人把欲望与痛苦通透地对接,而一味地用来世的虚妄给人以寄托,从而把"人欲"变为"神欲"。人们为了实现"来生来世"——这一人的根本"欲望",而自觉自为地、心甘情愿地放弃了人生本能的欲望,使人生不再躁动而得以安宁。这样,人终于从欲望的苦海中解脱出来,愉悦与痛苦、喜爱与仇视、浮华与落寞、贫穷与富有……这一切,均在此生一念脱落,四大皆空……而这,又何尝不是与人性相悖的呢?

清代名臣林则徐说:"壁立千仞,无欲则刚。"那么,何谓"无欲则刚"呢?其实,"无欲"并非不允许"有欲",而是要克制私欲,做到寡欲清心,淡泊守志。只有这样,人们才能在理智与欲望的博弈中找回尊严、做回自己……

"随"论

论靠山

靠山一词出自中国传统的堪舆学，又称相地术或风水学。堪舆学最基本的原则之一是依山傍水，讲究背后有"靠"，主有"靠山"，根基稳固。

而社会上所谓的"靠山"，指的是一个人的背景、后台等，正如俗语所言："朝中有人好做官""背靠大树好乘凉""在家靠父母，出门靠朋友"等。比如，有权势的父母可以是"靠山"、有背景的家庭可以是"靠山"、上级领导可以是"靠山"、有能量的朋友可以是"靠山"……不仅人世间有"靠山"，佛界仙界亦讲究"靠山"。《西游记》中的孙悟空保护唐僧去西天取经，历经九九八十一难，路上遇到妖精无数。可是，有"靠山"的妖精都被菩萨带走，没"靠山"的妖精皆被孙大圣一棒子打死……

那么，一个人为什么需要"靠山"呢？这无外乎两个因素，其一，从人的内在来看，由于生存的需要，寻找依靠是人的自然本性，而越是在竞争激烈的环境中，一个人越缺乏安全感，而只有"靠山"才使人具有依赖感，如：家庭的"靠山"是顶梁柱，情感上的"靠山"是主心骨，事业上的"靠山"是保护伞。其二，从人的外在来看，每个人的力量皆是有限的，只有强大的"靠山"才能为自己输入源源不断的能量，也才能快速达到自己的目的，如：一个人想成功要有"靠山"扶持，能成事要有"靠山"出力，有困难要有"靠山"帮衬，想升职要有"靠山"提携等。而一般能成为"靠山"的人或集体，是要有能量、有实力乃至有权势的，并且是能为你出力的。

所以,"靠山"是人情社会的一大现象,主要是以人情做纽带,靠人情拉关系,借人情成势力,从而形成社会、法治秩序之外的"山头""派系"等。当然,法治社会也存在一些"靠山"现象,如,美国的财团势力是"靠山",日本的家族势力是"靠山",甚至一些国家的黑社会势力也是"靠山"。

世人对"靠山"一般讳莫难言,但许多人却信奉"靠山",依仗"靠山",追求"靠山"。当然,亦有许多人愿意被"靠"、乐于被"靠",因为,"靠"与"被靠"是一种"因利而聚,同利相趋"的利益关系,"被靠者"亦是要从中获利的,这与乐于助人有着本质的区别。而当"利"不在时,寻求"靠山"者亦会去寻找新的"靠山"。当然,形成"靠"与"被靠"关系的关键:一是"靠山"能够"靠上"。除了亲情血缘以外的"靠山",是需要去"找"、去"投"的,如,古代的拜师投帖,现代的挖门子、找路子,甚至傍大款、认干爹等。二是"靠山"能够"靠牢"。是"山"总会有人想"靠",谁能靠牢、靠磁,谁获得的好处就多、就大。为了"靠牢",一些人可谓绞尽脑汁、花样翻新、名目繁多、不一而足。三是"靠山"能够"靠住"。有了"靠山"就想要"靠得住""靠长久","靠"的时间越长获益越大。如若"靠山"一倒,便会前功尽弃、功亏一篑。

尽管"靠山"可以给一个人、一伙人等提供护佑、庇荫,但"靠山"毕竟非"山"而是"人",既然是"人"就会有"得势"与"失势"的可能性、风险性,所以,"靠山"只能靠一时而不能靠一世,终究会有靠不住的时候,结果必然是"树倒猢狲散"。况且,一个人"靠"上了谁的"山",你就成了谁"山头"的人,也就避免不了走上一荣俱荣、一损俱损的"二维路径",而至身不由己、亦步亦趋。当然,时下也有不少聪明人善于把握似"靠"非"靠"、虚"靠"实"靠"、暗"靠"明"靠"的度;也有的聪明人不把鸡蛋放到一个篮子里,去投靠多个"靠山",这样,既减少了不可预知的风险,又储存了可资利

"随"论

用的人脉资源。而一旦等到自己翅膀硬了,能够成为别人的"靠山"了,也许就要抛弃曾经的"靠山",另立山头自己做"老大"、做"靠山",因为,世人潜意识里都有"宁当鸡头,不当凤尾"的"老大"心理。

世上之所以存在"靠山"现象,客观上是由体制建构的缺失、社会秩序的缺陷等造成的。那么,究竟"靠山"与"靠己"哪个更"靠谱"呢?一个人若有了"靠山",就会把希望更多地寄托在别人身上,靠得越牢、越久,"靠己"的能力就越差,一旦失去"靠山",则无所适从。反之,如果一个人没有"靠山",往往容易"靠边",但"靠边"也许未必是坏事,"靠边"会砥砺"靠己"的能力,甚至能够躲避"靠山"的倾覆而带来的灾祸。

论成熟

许多人都渴望"成熟",而又难以企及"成熟"。更有人往往自诩为"成熟",但恰恰又与"成熟"背道而驰。

那么,什么是"成熟"呢?孔子曰:"五十而知天命,六十而耳顺,七十而从心所欲,不逾矩",即为"成熟"是也。亦如德国著名哲学家尼采的《在世纪的转折点上》一书中所说:"许多人的所谓成熟,不过是被习俗磨去了棱角,变得世故而实际了。那不是成熟,而是精神的早衰和个性的夭亡。真正的成熟,应当是独特个性的形成,真实自我的发现,精神上的结果和丰收。"因此,"成熟"既不是曲意逢迎的圆滑世故,更不是锋芒毕露的自我炫耀。"成熟"应该是对真实与本源有理性、客观的认知。

"成熟"或"不成熟",是一个人成长与否的重要标志。一个人达到"成熟"必须要经过历练,而挫折往往是一个人走向"成熟"的应然路径,所谓"吃一堑,长一智""经一事,懂一事"。同时,"成熟"需要自我的成长,而不能人为地"催熟",一个人只有以自主、自立、自强的态度,亲身经历、独立担当、自我修炼,方能一步一步走向"成熟"。一个人若达到了"成熟",就找到了走向成功的阶梯。因为,"成功"需要的是面对目标奋力进取,面对压力敢于担当,面对矛盾善于化解,面对困难勇于挑战,面对利益甘于舍弃,面对自我乐于自省……而这些都等同于成熟。

当然,也有的人永远不想成熟,这取决于一个人的人生态度,如时下流行的"萌妹""萌叔"等,他们以"萌萌哒"为时尚,追求简

"随"论

单快乐的人生倒也无可厚非。还有的人永远也不能成熟，这取决于一个人改变自我的能力，一个不善于学习、反思、实践、总结的人，总是故步自封，原地踏步，自我满足，无法正视自己和他人，肯定难以企及成熟的境界。

成熟表现在思想、心智、情感和处世等方方面面。"成熟"之人是稳健的、冷静的、包容的、客观的、理性的。"成熟"的人能够给人以安全感、稳重感、信任感。他不好高骛远，不朝令夕改，不无端指责，不自怨自艾，不争执是非，不冲动盲从，不斤斤计较……而更重要的是，"成熟"的人看淡世事沧桑，内心安然无恙，这样的人从不轻易许诺，从不轻易表态，从不倾诉自己的困境、从不袒露内心的脆弱。

一个人之所以能够有气度、有胸怀，能理解、能宽容，绝不仅仅是因为性格，而是来自于看人看物的良好心态，对人对物的理性认知，这就是成熟。成熟是做人做事的一种分寸。"分寸"即为"度"，凡事皆有"度"，过犹不及乃"失度"。成熟的人不说过头话、不做过头事，一切顺其自然，拿捏恰到好处，看穿但不说穿，说话办事不压人、不伤人、不害人，令人如沐春风，如浴甘霖。成熟是克己克欲的一种节制，著名演员陈道明说："做人的最高境界是节制，而不是释放。"物质的释放、精神的释放很容易，但难得的是节制。"节制"就是不凭好恶去做事，就是对欲望不肆意放纵。一个成熟的人所表现出来的必然是沉稳内敛，宁静淡然，心态平和，举止适度，这也是"成熟"的魅力所在。

一个人的成熟亦是多方面的，这方面成熟不等于那方面成熟，如：一个人的成熟也许表现为文学创作上已臻化境，但在政治场合中也许是一张白纸；有的人的成熟或许表现为人情的练达，但在一定的专业领域可能一无是处。所以，一个人的全面成熟往往是指其思维方式、心智模式、待人接物、专业技能等方方面面。

做到"成熟"说难也难，说不难也不难。有一句关于成熟的话非常经典：什么是长大？长大了就是什么都知道。什么是成熟？成熟就是什么都知道但不说出来。还有一句话是：成熟的人不一定去做正确的事，而一定是去正确地做事。虽然，"成熟"有时也表现为圆滑世故，有时也表现为虚与委蛇，但成熟的内在应该是斫雕为朴，豁达包容，一种对人生的通透，对万事的接纳。关于成熟，著名学者余秋雨写道："成熟是一种明亮而不刺眼的光辉，一种圆润而不腻耳的音响，一种不再需要对别人察言观色的从容，一种终于停止向周围申诉求告的大气，一种不理会哄闹的微笑，一种洗刷了偏激的淡漠，一种无须声张的厚实，一种并不陡峭的高度。"

"随"论

论溜须

溜须即奉承讨好之意。宋真宗时，一次副宰相丁谓与宰相寇准一起用餐，寇准的胡须沾上了菜汤，丁谓起而为之揩拂，即溜其须，寇准笑曰："参政，国之大臣，乃为长官拂须耶？""溜须"之词即由此而来。"溜须"常与"拍马"合在一起使用。元朝时，下级见到了上司，往往要对上司的马夸赞几句。一边拍着上司的马背，一边用最美的词夸赞这匹马。

"溜须"一般发生在下级与上级、有求与被求者之间，是有所需、有所用、有所图、有所怕的。溜须者利用一切手段，奉承、迎合、巴结、讨好、顺从，而这绝不是对被溜须者发自内心的尊重，因为尊重要建立在互相平等的基础之上。而一个人抛弃自己的尊严，极尽谄媚、下作、猥琐之事，无非是为了达到功利性的目的。溜须者所拜服的不是你的能力、作为、人品、风范，而是屈从于你的地位、权力、身份、财富。

溜须者不会视被溜须者为朋友。为了达到让对方满意、舒服、接受的目的，溜须者总会暗暗揣度你、琢磨你、刺探你，包括你的情绪、习惯、兴趣、喜好，乃至家庭关系、同僚关系、社会关系等，只要有机可乘、有缝可钻，他就会伺机而上、见缝插针。所以，溜须者常常在你身边如影随形、如鬼如魅。

溜须者也有上、中、下品之分。上品者，貌离神合、自然而为、不露痕迹，在不经意之间，做不经意之事，并且做得天衣无缝、恰到好处，让人欣然接受，心生快意。中品者，察言观色、见风使舵、眼尖嘴快、八面玲珑，对你想说而不好说的、想做而不好做的，都拿捏得极准，而且恰如其言、恰如其心、恰如其分。下品者，卑躬屈膝、低三下四、生硬做作，由于猜不着、摸不透、拿不准，常常费力不讨好，即所谓的"拍马屁"拍到马腿上了。

"溜须"无疑也是一种本事、一种学问，需要很高的智商，去做到处心积虑、反复揣摩；需要很好的心态，才能够不计宠辱、苟延求利。溜须者与被溜须者之间，其实是一种"买卖关系"。溜须者付出的是自尊与人格，得到是赏识、机会、利禄。然而，对一个人来讲，不管自觉与不自觉，其所付出的自尊与人格，皆是违背人的本性、人的本心的。那么，一个人为何能不择手段、不遗余力，甚至无所不用其极地去溜须呢？其目的就是先做"人下人"，再做"人上人"。为此，他们可以"当儿子"，也许这还不够，正如古语所言："要想人前显贵，甘愿人后受罪"，这些人甚至"人前"也受罪。但可怕的是，这种人一旦居于"人上"，一定会想方设法地"秋后算账"，必定把失去的尊严和人格，在某种场合、某种时机、某种人群中找寻回来，并借此把所受的侮辱、愤懑转嫁出去，这是一种病态的心理，是一种人格的丑陋！正所谓"当孙子时比孙子还孙子，当爷爷时比爷爷还爷爷！"

"随"论

论心态

心态决定着一个人对待自己、对待他人、对待世界的态度，这种态度也势必影响到自己、他人乃至世界。

"心态"既有积极乐观的，亦有消极悲观的，这一般与一个人身处顺境或逆境有关。在顺境时，心态一般是乐观的、阳光的，看什么都好，看什么都顺眼，即便别人说一些不中听的话，或者出现一些过失，他也会一笑而过……而在逆境时，心态一般是悲观的、阴暗的，无论看什么都别扭，做什么都打不起精神，总觉得自己万事不如意，在别人眼里自己一无是处，情绪低落，自卑消沉，遇人躲、遇事躲。所以，身处逆境的人往往会越陷越深，以致不能自拔……而反观一个成功者、一个智慧者，往往越是身处顺境，越理性、越清醒、越自律；越是身处逆境，越自强、越乐观、越亢奋；还有一些人无论处在顺境还是逆境，皆能做到随遇而安，顺其自然，不争不抢，拿得起放得下，赢得起也输得起，所谓人生来去两由之……

心态既是对自己的，亦是对他人的，这可以反映出一个人心理的包容性、开放性和调试性。反之，在有些人中也存在诸如"恨人富、笑人贫"的不良心态。如，对别人的顺境，有的人会羡慕、嫉妒、恨，盼着别人出事、出灾、出祸；有的人会放弃自己，破罐子破摔；有的人会掩耳盗铃，假装看不见……而对别人的逆境，有的人会存在侥幸的心态，暗自庆幸自己没那么倒霉；有的人会抱着看笑话的心态，把别人的不幸挂在嘴上；有的人会产生优越的心态，把别人的不幸当做抬高自信的资本……另外，还有的人存在"庄稼是别人的好，孩子是自己的好"等心态，他们总是自我纠结，自我负累。如：曾有两个画家卖画，一个人十天也没有卖出去一幅画，另一个人一天就卖出去十幅画。卖不出去画的人非常郁闷，殊不知，他仅仅看到的是别人卖画的顺利，却没有看到人家刻苦做画的十年之功。

　　当然，人生不遂人意之事颇多，往往令人容易产生消极的心态，当你付出十倍的努力仍不及别人付出一倍努力的时候，当你受身体残缺的影响而不能如正常人一样的时候，当你天生贫寒而终将无力改变生活现状的时候，当你生长在一个不幸的家庭而无法摆脱只能默默承受的时候，当你距离成功只有一步之遥而最终无法跨越的时候……其实，生活中常常会有许多不如意甚至不合理，也许凭个人的力量无法改变，但是世人却可以改变自己的心情和态度。

　　有道是："心态决定命运"。"心态"影响着人们如何去看事、处事、行事、做事，一个人面对人生、事业的低谷与失败时，要有一个好的心态去迎接、去面对，这样，才能以良好的精神状态去直面人生、挑战困难。反之，一个人若是抱着阴暗的、灰色的"心态"，仇视、忌恨世界乃至别人的成功与顺遂，其结果是累己累人、误己误人，甚至害己害人。丹麦宗教哲学心理学家索伦·克尔凯郭尔说得更为透彻："要么你去驾驭生命，要么就是生命驾驭你。你的心态决定谁是坐骑,谁是骑师。"所以，面对人生的不如意，你与其怨天尤人，不如反躬自省；与其随波逐流，不如绝地反击；与其黯然神伤，不如乐观向上；与其自虐堕落，不如独善其身；与其哭天抢地，不如抬头看天……一个人只有拥有了好的心态，才可以如佛家般坐禅入定，六根清净；可以如道家般超凡脱俗，飘然若仙；可以如儒家般克己复礼，中庸不倚……也许这样，人生的美好才会翩然而至。

"随"论

当然，心态亦有个体心态与群体心态之分别。对个体心态而言，世人要保持阳光心态，且不能患得患失、愤世嫉俗、消极悲观。而对群体心态而言，且不可让心态成为掩盖一切问题的"托词"，面对一些令人疑惑不解的现象，甚至丑陋腐糜等"暗流"，切不可用好心态作为一剂自我麻醉、自我安慰的灵丹妙药，去坦然处之、噤口无言，更不能熟视无睹、麻木逃避。因为，社会群体的心态是现实社会的一面镜子，它接收和反射的是世间百态。假若一个民族、一个国家、一个时代，缺失了偾张的血性、缺失了批判的精神、缺失了救赎的自觉、缺失了群体的良知，那么这个民族、国家和时代就会因为"失血"而变得苍白乏力、萎靡不振……

鲁迅先生所写的阿Q心态可谓好矣，他的拿手好戏是"精神胜利法"，在被"假洋鬼子"追打时，竟说"妈妈的，儿子打老子！"在被"革命党"砍头前，他还要把"圈"画得再圆些。可是，好心态的阿Q最终还是被砍了头……可见，面对无法抗拒的黑暗，光有好的心态并不能给人们一个光明的结局。

论得失

无论是谁，一生中总要面对"得与失"的选择，这是每个人与自己的博弈……

那么，一个人能不能只"得"而不"失"呢？回答当然是否定的。因为，得与失是相辅相成、相伴而生的，"失"即是"得"的代价，"得"即是"失"的补偿。当你知道他人最想得到的是什么，也许才知道自己最怕失去的是什么……

"得失"看似简单的诠释，其实包含着深奥的人生哲理。人生活在"得失"间，谁不知"得"？谁又不知"失"？但是，又有几人能把"得与失"看得透彻与明白。"得"能生喜，但切记由喜而生狂，由狂而致"失"。"失"易生憾，但切记由憾而生痛，由痛而致"怨"。对世人来讲，有该"得"的，有不该"得"的；有该"失"的，有不该"失"的；有大"得"的，有小"得"的；有大"失"的，有小"失"的；有"因得而失"的，有"因失而得"的；有"得而复失"的，有"失而复得"的……

一般而言，除了疾病、厄运、灾祸以外，人们对"得"都是抱有祈盼与期望的。对该"得"的会归于自己的付出与努力，对不该"得"的往往归于侥幸，归于命运，归于天报。小"得"小喜，大"得"大喜，"得"多而喜极成狂，认为一切都是应得应分，放弃了努力，放弃了付出，最终必然走向"失"的深渊，此例比比皆是。而人们对"失"则总是抱有无奈与遗憾。由于人的本性都在追求尽善尽美，所以对该"失"与不该"失"的，从内心来讲都是不情愿的。

"随"论

但有些"失"是为了"得",是有利益回报的"失",所谓"有失有得";而有些"失"是意外的"失",是被动无奈的"失",所谓"不可不失",容易使人陷入痛苦与纠结。大"失"大痛苦,小"失"小痛苦,"失"多痛极而怨,遂有怨声、怨气甚至怨恨,则大大不妙。这些"怨",会令人去责怪这个、抱怨那个,去倾诉、发泄、诋毁、诽谤,等等,终将于事无补,于人无利,于己无益,从而进入"失"而复"失"的恶性循环。

俗话说"得失只在一念间",一个人"因得而失"也好,"因失而得"也罢,关键在于你要弄明白"到底想要什么",而当你弄清了想要什么,就不会期望将整个世界抓在手里。当你执着一种东西时,同时便选择放弃了另一种东西,当你面临着越来越多的选择之时,也是你面临着越来越多的放弃之时。所以,一味地苛求最完满,而最后得到的只能是遗憾。只有当你能够正确地面对"得与失",坚守自我,心态淡定,不抛弃,不放弃,有些东西自然会"失而复得";假若你不能正确地面对"得与失",什么都想得到,什么都怕失去,心无宁日,坐卧不安,现有的东西也终将"得而复失"。

中国古代"塞翁失马,焉知非福"的故事,即告诉世人应该如何正确去面对"得与失"。这个故事讲述的道理是:"得与失"是互为因果、互为回报的,只不过周期有长有短而已。所以,面对"得与失"无所适从的人,是一个患得患失的人,这样的人将永远生活在困惑、纠结、苦恼之中。一个人如果把握不好人生的"得与失",或者抓住一切不愿放手,或者抓住不该"得"的,而丢弃掉不该"失"的,这样的人不是贪婪之人,就是糊涂之人,他们既没有看清自我,也没有看清世界,所以终将一事无成。还有一些人看见好的就想"得",看见于己不利的就要"失",东抓一把,西抓一下,见利就上、无利就躲,这样的人更是抱有讨巧的心机,没有参悟到"我得人必失,我利人必害,我荣人必辱,我名人必愧"的道理,结果注定是不妙的。

在现实中，世人面对金钱、名利、权势与名节、情操、品德的取舍，有的顾此失彼，得此失彼；有的矛盾纠结，犹疑不定；有的瞒天过海，暗度陈仓……到头来，有的"财聚人散"，有的"人聚财散"，有的"人财两空"。尤其是一些为政者，比如，一些清官"失"的是贪腐之财，而"得"的是心安，"得"的是长久；一些贪官"得"的是不义之财，而"失"的是幸福，"失"的是自由。因此，面对人生道路上的"取舍"，有时候，多么"巨大"的东西人们也应该毫不犹豫地放弃，有时候，多么"细小"的东西人们也不能随意丢掉。因为那"巨大"的也许只是人生的一个包袱，而那"细小"的也许却是人生成败的关键。

在客观世界里，"得"和"失"更多地用来描述量的增和减，是可以计量的。一旦与内心相连，则复杂了很多。"得"和"失"就像天平两边的砝码，天平的支点则是人的内心。内心这个支点靠近"得"一点，"失"就会占上风，就会让你患得患失、内心恐惧与不安；如果靠近"失"一点，"得"就会占上风，内心的喜悦就会多一些，会更舒适一些，但也可能让你停滞不前，不思进取。如果一味地靠近某一个，便注定会让天平失衡甚至倾覆。所以，人们能做的就是要常常调整内心的这个支点，让这座天平在不停摇摆中保持平衡。

如果有了这样的认识，你就会进一步明白："得与失"在一线之间，也在不停地转换。"得到"有时是一种"失去"，"失去"有时又何尝不是一种"得到"呢。当你在为失去一个东西而苦恼时，恰恰是因为这个东西已然留存于你。其实，任何"得到"都不能够永恒，任何"失去"也会成为过往。所以，千万不要因害怕"失去"而阻碍你追求"得到"的脚步，该得的，不要错过；该失的，洒脱地放弃，把手握紧里面什么也没有，把手放开你才能得到一切。

"随"论

论面具

一个人戴上"面具",既是要给别人看的,但又是怕别人看的……人们的这种矛盾心理,使"面具"具有了两种功用:一是把"好"的主动示人,二是用"假"的来掩饰自我。

面具原指演员用来覆盖其颜面以起装扮作用的一种化装用具。据说古希腊悲剧中的面具是由忒斯庇斯第一个引进的,后来在欧洲中世纪流行宗教剧,文艺复兴时期的宫廷假面舞剧中,都以使用面具见称。在中国,主要有傩戏面具、地戏面具、变人戏面具等。

舞台上演员戴的面具具有两种功用,一种是"藏",用面具掩盖人物的脸面;一种是"露",用"面具"表现人物的性格。而世人在生活中所戴的"隐形面具"要比舞台上的面具复杂得多。可以说,舞台上的面具是道具,而生活中的面具是工具,它令人更加难以辨识、难以捉摸。

一个人戴什么样的"面具",因不同的场合、不同的人群、不同的时段、不同的事情而异。所谓"不同的场合",包括在台上与台下、工作与娱乐、外出与家里、场面与私下、人前与人后……所谓"不同的人群",包括对上级与下级、外人与家人、熟人与生人、男人与女人、人多与人少……所谓"不同的时段",包括上班与下班、年少与年长、在职与离职、工作与退休、有权与无权……所谓"不同的事情",包括公事与家事、好事与坏事、喜事与愁事、大事与小事、别人的事与自己的事……这中间,人们所戴的"面具"有的是与本我相符的,有的则是与本我相反的。

那么，人们在生活中为什么要戴着"面具"呢？"面具"首先是一种"假"的附着，因为有了这层"假"的覆盖，才能把"真"的自我掩盖起来，以防别人一目了然、一览无余。"面具"还有"变"的功用，当外人看到一个人戴的"面具"所表露的喜怒哀乐，也许并非这个人内心的真实情感。当然，这中间有的人戴上"面具"是为了保持自身的形象，有的人是为了得到众人的接受，有的人是为了减少别人的猜忌，有的人是为了缓解家人的担心，有的人是为了克服内心的恐慌……

在生活中，不仅弱者需要戴着"面具"保护自我，以防范他人侵害，或者戴着"面具"故作强势，以掩盖内心的虚弱。而且，即便是强者，也往往戴着"面具"以维护自己的强大。也许正因为有了"面具"，强者才能称其为"强者"，因为，"面具"可以令人琢磨不透，可以与人保持距离，可以掩盖真实意图，可以令人抬头仰视……如此，"面具"往往令人变成两面人、三面人，乃至多面人，就像川剧的"变脸"一般，一抹一扯一吹，演绎出人生的万千种精彩变化。他们在台上可以变，在台下也能变；右手可以变，左手也能变；站着可以变，躺着也能变；转个身可以变，翻筋斗也能变……

一般而言，"面具"具有保护性、隐蔽性、欺骗性、误导性，人们戴上"面具"，在保护自己的利益不被他人伤害，保护自己的预想达到最终目的，保护自己的内心不让外界干扰，保护自己的才能不遭别人忌恨的同时，也容易使一个人在"面具"的遮掩下走向极端、走向负面。有的借助"隐蔽性"，对待合作伙伴，心存芥蒂，互相提防；对待竞争对手，瞒天过海，巧言蒙骗；对待上级敷衍顺从、伺机取利，对待下级故作高深、以求驾驭。有的借助"欺骗性"，用"真诚的面具"掩盖虚伪的内心，用"善良的面具"掩盖丑恶的嘴脸，用"高尚的面具"掩盖卑劣的人格，用"好人的面具"掩盖歹毒的行径……有的借助"误导性"，给对手一个"笑脸"令他放松戒

"随"论

备，给仇人一个"笑脸"令他失去防范，给情敌一个"笑脸"令他无所忌惮……

由于"面具"总是与谎言相伴，现实中人们往往戴着"有色眼镜"来看待"面具"，给予"面具"一种贬义的评价。其实，"面具"与谎言一样，如果没有侵害他人、伤害他人的目的，也就并无对与错、好与坏、善与恶的分别。况且，在一些特定场合，比如外交、谈判、应酬等场合，人们所戴的"面具"恰恰表达的是一种尊重、一种礼节、一种文明、一种理性，乃至是一种自重、一种低调、一种维护、一种规避。

然而，无论如何，世人不会永久戴着"面具"。一个人的"面具"终究要有摘下来的时候，只不过每个人摘下"面具"的时机不同而已，有的是在一定场合摘，有的是在面对亲人时摘，有的是在退出仕途时摘，有的是在离开人世时摘……当然，也有的人永远不摘掉"面具"，一辈子戴着"面具"，而那又何尝不是另外一种"真实"呢？

论本事

一个人在社会上生存，都要靠本事吃饭，但由于每个人的本事不同，"吃饭"便有不同的"吃法"。

一般来看，由于人的本事有大、小之分，决定了一种人是靠"大本事"立身于世，一种人要靠"小本事"养家糊口。所谓"大本事"，也就是俗话所说的"干大事"，这种事影响力更大、影响面更宽、影响的人更多、影响的时间更长……一个人的本事越大越多，人生舞台就越大，人生之路就越广。所谓"小本事"，是指普通大众、平凡百姓生存于世的本领，这个本事是技能、是手艺、是才艺……如工人要会做工、农民要会种地、教师要会教书、大夫要会治病、法官要会断案……一个人可以没有"大本事"，但不可以没有"小本事"，所谓"有技心不慌，艺多不压身"。当然，一个人若把"小本事"变成独一无二的"绝活""绝技""绝招"，也会变成"大本事"，所谓"三百六十行，行行出状元"。除此之外，也有人具备一些特殊的本事，如：抛开骗人的把戏外，一些人身体的独特功能、先天异禀等，而这对一般人是求不来、得不到的。

当然，并非每一个人都能掌握"大本事"，也不是每一个人都能掌握所有的"本事"，但世上也绝少一无是处的人。一些人由于受身体或其他因素影响，可能生活自理都很困难，但在某一方面的本事却非常突出，甚至是"天才"，如：英国物理学家帕金森患者霍金，我国脑瘫诗人余秀华等。所以，对世人来说，对本事不必去苛求过多，即便是精于一门、精于一手也照样"一招鲜、吃遍天"。

"随"论

毋庸置疑，世上大多数人是把"本事"用到正道上的，或为了社会，或为了家庭，或为了自己……但也有的人把"本事"用到歪道上、邪道上，不干正事干坏事，俗话说："流氓不可怕，就怕流氓有文化"。历史上、社会上的"大奸""大贪"往往也都是"大才"，如北宋奸臣蔡京、童贯均具有很高的艺术造诣，清代的大贪官和珅亦是能力超群……再看社会上一些掌权高官的"能人腐败"，一些"商界大鳄"的巧取豪夺，一些"娱乐人士"利用恶意炒作骗名、骗钱，等等。还有的人没有真本事，偏要硬装作有本事，厚颜无耻地靠着"假把式"瞒天过海，欺世盗名，如有的官员、商人靠关系、靠金钱"跻身"书法家、摄影家之列，等等，结果是为世人留下了"丑名""笑名"……

然而，随着"本事"含义的延展变化，在现实生活中对"本事"也有另外一种解释，虽然，这种"本事"只可意会，不可言传，但人们却也心知肚明，这就是所谓"办事"的能耐。

一个人只要能"办事"并"成事"即是有"本事"，比如，一个人社会关系交得广、方方面面吃得开等，都称为"本事"。再有，一个人被超常规地重用、被超常理地提拔，或者超乎寻常地一夜暴富、一夜蹿红，也可以称为"本事"。这种"本事"其实本非"本事"之事，而是一种并不是"本事"的"本事"，世人对此既有羡慕、追逐，又有嫉妒、嘲讽……

从彼种"本事"到此种"本事"的变化，反映出对人的能力评价标准的转变。这种社会文化的嬗变，使大众对一个人的能力关注发生了错位，误导人们把自我价值的体现锁定在"外在"而不是"内在"。一个人要想获得社会的认可和事业的成功，仅仅满足于提升自身是不够的，而必须要掌握另外一种"本事"，才能找到成功的捷径。甚至一些不学无术、滥竽充数之人，也同样可以靠关系、靠金钱，一跃而跳龙门，把那些只有"能力"而没有能耐之人远远抛诸身后。

说到底,这种"本事",虽看似也是一个人"能力"的一种,但这种"本事"既是游离于社会体制规范之外的,又是凌驾于社会体制规范之上的,它对社会公平体制与道德诚信体系的构建,对人们世界观、对社会价值观及国家秩序与伦理等,存在异乎寻常的危害。同时,如若越来越多的人把这种"本事"当做"根本之事",当做行事法则,而奉为圭臬,且通行无阻,它给整个社会带来的绝非一种"正能量"……

若如此,则社会危矣!

"随"论

论义气

义气不同于"侠义","侠义"是"路见不平,拔刀相助",而"义气"是建立在私人交情基础上的"为朋友两肋插刀"。

《辞源》对"义气"一词有两种解释:一是指"刚正之气",二是指"忠孝之气"。然而,时下所谓"义气"的畸变源自传统的"结交"文化,所谓"四海之内皆兄弟"。在中国古代就有八拜之交、车笠之交、杵臼之交、金石之交、莫逆之交、平昔之交、刎颈之交、再世之交、总角之交、竹马之交、管鲍之交[①]等,只要"结交"就是"不求同生,但求同死"的哥们兄弟,就要"有福同享,有难同当"、就能"二人同心,其利断金"……

然而,由于"义气"仅仅是存在于两个人或多个人之间的,皆因为有了"交情"才会有"义气",这就使"义气"存在狭隘性。同时,"义气"又具有无私性。朋友之间的互相维护、互相帮衬、互相支持,往往不是趋利的,而是不求回报的。所以,正因为"义气"本身所具有的"狭隘性"与"无私性",而使得"义气"利弊相交,有益有害。有时候一个人讲"义气"是有益的,如:当朋友家庭有难处、生活出现窘境、感情产生危机、思想感到迷茫的时候,朋友间出手相助、贴心陪伴、说服化解,可以为其排忧解难,尽快脱离困境或迷茫。相反,有时候一个人讲"义气"亦是有害的,此中既有"小害"亦有"大害",所谓"小害",如:看到朋友挨打受欺了,有的人为了"义气"拔刀相助,结果触犯法律,锒铛入狱。还有的人手中握有一定权力,为了"义气"而去帮朋友谋好处、行方便……所谓"大害",

即一些"小集团""小帮派""小圈子",以所谓"义气"之名,行违法违纪"谋利、谋私、谋权"之实,其危害不容小觑,其恶果切需谨记。

如此看来,"义气"是一种非理性的情感表达,它往往蒙蔽了是非、善恶、曲直的界限,造成人们的盲目与盲从,导致"义气"文化演变为"江湖"文化、"土匪"文化、"帮会"文化、"流氓"文化等。这些"文化"不是以道义为根基,而是以交情、义气、名利为纽带,进而使"义气"在与"道义"的取舍上存在了优先性。有些人为了所谓的"义气",不讲原则、不辨是非、不计代价,而去触碰法律、道德的底线……

一般来看,"义气"在涉世未深的年轻人或是社会闲散人员身上表现得较为明显。年轻人之所以讲"义气",往往是一种虚荣心在作祟,视"义气"为衡量朋友感情的唯一标准,以"义气"为天,为"义气"而活。可一旦真正因为"义气"而受到了处罚,内心明明后悔,仍要硬撑门面。社会闲散人员之所以讲"义"气,往往是谋求占有社会资源,因为他们往往是社会的弱者,信奉多个朋友多条路,靠朋友求生存、"混社会"。但在真正的利益面前,这种"义气"的纽带又往往很不稳固。这两种人的心态和表现根本上体现出"义气"的矛盾性和局促性。由此,也产生了"义气"的虚伪性和惑众性,如一些世故之人假借"义气"利用他人、左右他人,以达到自己不可告人的丑陋目的。还有的人,在酒桌上"义气"、在场面上"义气",甚至在小事上"义气"、没事时"义气",一旦危害到自己的根本利益、切身利益,就毫不犹豫地将"义气"抛置于脑后……

纵观历史,以史为鉴,"义气"既可成事亦可败事。成事者,如汉高祖刘邦靠哥们兄弟打下了遑遑大汉江山;宋太祖赵匡胤靠兄弟哥们"黄袍加身"。败事者,如三国时期,昭烈帝刘备与关羽、张飞"桃园三结义",随之建立了蜀汉政权。但也正是由于信奉这种所谓的"义气",在公元219年年末,关羽败走麦城,临沮被害后,刘

"随"论

备于公元221年，举全国之力发动了为关羽报仇的夷陵之战，结果被孙吴将领陆逊击败，元气大伤。此后，蜀汉成为三国中最弱小的国家，刘备也于不久后崩殂于白帝城……所以，于世人而言，应信奉"大义"，而舍弃"小义"，凡事皆要三思，切不可意气用事！

【注释】
① 八拜之交：旧称异姓结拜的兄弟姐妹为八拜之交。八拜，古代世交子弟谒见长辈的礼节。典出宋代邵伯温《闻见前录》十记李稷拜访文彦博事。
　　车笠之交：指不以贵贱而渝的朋友。晋代周处《风土记》载："越俗性率朴，初与人交，有礼，封土坛，祭以犬鸡，祝曰：'卿虽乘车我戴笠，后日相逢下车揖；我步行，君乘马，他日相逢君当下。'言交不以贵贱而渝也。"
　　杵臼之交：指不分贵贱而交的朋友。杵臼：舂米的棒槌与石臼。《后汉书·吴祐传》载："时公沙穆东游太学，无资粮，乃变服客佣，为祐赁舂。祐与语大惊，遂与共定交于杵臼之间。"后世便以"杵臼之交"指称交友不分贵贱。
　　金石之交：指友情深厚如金石般坚固的朋友。典出《汉书·韩信传》："今足下虽自以为与金石交，终为汉王擒矣。"
　　莫逆之交：指情趣一致十分要好的朋友。逆，相反。莫逆，一致。《庄子·大宗师》中有"四人相视而笑，莫逆于心，遂相与为友"之语，《北史·司马膺之传》中有"所与游集，尽一时名流。与邢子才王景等并为莫逆之交"之语。
　　平昔之交：指往日结交的朋友。典出唐代杜荀鹤《访蔡融因题》："每见苦心修好事，未尝开口怨平交。"
　　刎颈之交：指即使掉脑袋也不变心的朋友。典出《史记·廉颇蔺相如列传》："卒相与欢，为刎颈之交。"
　　再世之交：指与人父子两代都结为朋友。典出《宋史·邵伯温传》："伯温入闻父教，出则事司马光等，而光等亦屈名位辈行，与伯温为再世交。"
　　总角之交：也作"总角之好"，指童年时结交的朋友。总角，古代儿童把头发梳成小髻，用以代指童年时代。《三国志·吴志·周瑜传》注引《江表传》"周公理英俊异才，与孤有总角之好、骨肉之分"为其出典。
　　竹马之交：也作"竹马之好"，指幼时结交的朋友。竹马，指小孩把竹竿骑在裆下作马，用以代指幼年。典出《世说新语·方正》："帝曰：'聊故复忆竹马之好不？'"
　　管鲍之交：起源于管仲和鲍叔牙之间深厚友谊的故事，最初见于《列子·力命》："生我者父母，知我者鲍子也。此世称管鲍善交也。"人们常用"管鲍之交"，形容自己与好朋友之间彼此信任的关系。

论幸福

幸福是人们自我感觉到的一种内心满足，因此，世人对幸福永远没有一致的答案。

幸福大抵分为两种，一种是物质上带来的满足，一种是精神上带来的满足。但是，幸福毕竟是一种自我感觉，所以，感受幸福往往要从内心去寻找……

虽然，人们对幸福的感觉千差万别，丰富多彩，但对幸福的满足说简单也简单，说复杂也复杂。其一是对愿望的满足，对期望的得到，或者是努力得到的或者是梦想得到的，当想要有的有了，人们往往能够感受到幸福，如想住豪宅终于住了，想出名终于出了，想中奖终于中了，想得到意中人终于得到了。其二是对心理的满足，通过在对比中感受到幸福，与同龄比，与同学比，与同事比，与以前比我强而现在不如我的人比……我有的你没有，你有的我比你的好，你想有而没有的我却有，你曾经有的而我现在有……这一切都能让人感到幸福。其三是对现状的满足，或者由于眼界，或者由于心态，一个人安于现状，满足于当下就感觉幸福，如曾有记者采访一个失学的放羊娃：放羊为啥？赚钱。赚钱为啥？盖房子。盖房子为啥？娶媳妇。娶媳妇为啥？生娃。生娃为啥？放羊……

幸福是需要感悟的，而不同的人对幸福的感悟是不同的。虽然，权力、财富、地位、名声等可以给许多人带来幸福的感受，但对一些人来说，幸福也许是随遇而安，是知足常乐，是享受天伦……即便你拥有了权力、财富、地位、名声这一切，可能你感受到的更多

"随"论

的是责任、压力、负累、无奈……而未必会说自己是幸福的,甚至对很多人来说,这恰恰是不幸,他们为了权力斗得你死我活、为了财富贪赃枉法、为了地位尔虞我诈,为了名声言不由衷……

一般而言,一个人"想要什么"与"不想要什么"决定着他的幸福观。如有的人想获得成功,那么,他为此所做的一切努力、拼搏、奋斗,都会觉得是幸福的,因为他在付出的同时,能够看到自己距离梦想越来越近,也就是距离幸福越来越近。如有的人为了心仪的恋人,可以付出一切,包括打骂、纠缠、刁难,甚至为她花钱、替她受罪,或者忍受外界的压力、非议等,他也会觉得自己是幸福的。而这种"幸福"又是不求得到同等回报的,只要对方一个微笑、一个眼神,他就会觉得付出的一切都是值得的。

"幸福"也往往是有时效性的,随着时间的推移,一个人的幸福感会逐渐衰减,比如,一个孩子第一天穿新衣服会感到很幸福,如果每天都换新衣服,就不会感受到幸福了。所以,人们对幸福的追求是越来越高的,如:一个讨饭的人,第一次讨到饭,会感到很幸福,但如果每次都能顺利地讨到饭,习以为常之后,幸福感也就不再那么强烈了,乃至对幸福的期望会日渐提高,他想讨到的不仅是饭,或许是钱、是物,甚至想吃山珍海味了。

当然,对有的人来说,幸福是能够给予的,而对有的人来说,幸福又是不能给予的。如果一个人想要的与你给予的达到了契合,这便能够给对方带来幸福,如孩子希望有一个温暖的家庭,乞丐希望得到施舍的一顿饱饭,"粉丝"能够得到偶像的一个签名,官场、职场中的人得到一次晋升……反之,人们对于不想要的东西,往往没有幸福感,所谓"身在福中不知福",一方面说的是人的欲望无止境,另一方面说的是每个人对幸福的理解不同。这时,别人所给予的幸福反而是一种痛苦,正如印度诗人泰戈尔所说:"鸟以为把鱼举到空中是一种慈善的举动。"魏晋时期曾有这样一个故事:当时,山涛担任朝廷的尚书吏部郎,即将卸任之际,他真心诚意地推荐了好朋友嵇康。嵇康知道此事后,立即写了一封绝交信给山涛。大概意思是,我如何立身处世有自己的考虑,即便是在走一条死路也是咎由自取,您如果来勉强我,则非把我推入沟壑不可……您如果想与我共登仕途,一起欢乐,其实是在逼我发疯,我想您对我没有深仇大恨,不会这么做吧?

幸福的反面是不幸,有些不幸是由客观造成的,亦是无可避免的,如战争、地震、瘟疫,以及患病、残疾、车祸,乃至父母不和受到伤害、从小被父母遗弃等;有些不幸是由于自己的因素,如考不上理想的大学、找不到好工作、与爱人不和睦、处理不好人际关系等;有些不幸则是自己的心态问题,如看别人比自己啥都强,觉得不幸;总觉得自己不如意,觉得不幸……其实,不幸永远是相对的,在世界上任何人的不幸前面都可以加上一个"更"字。当然,也许任何不幸都可以成为走向幸福的路径,因为,对幸福与不幸而言,人们越是缺少什么,就对什么期望越大、感受越深,也就对这方面越容易满足,即便此时稍许获得一些,也会带来一种知足与快乐。

幸福是需要自己去发现的,它如同融入水里的盐,看似平淡,但只要你去品尝就会感觉到幸福的味道;幸福是从内心开出的花,也许无奇,但只要你去细嗅就会闻到幸福的芳香。浮躁的人往往俯不下身子去寻找幸福,常常使幸福浑然不觉地从指尖溜走,而心平气和者百福自集。所以,一个人若想获得幸福,需要在生活的点点滴滴中去品咂,在已得的身边事物中去寻觅。对普通人而言,也许"稳稳的幸福"才是一份淡然,一份安逸,一份知足,一份朴素……

"随"论

论内耗

世上既有恶性的"内耗",又有良性的"内耗"。大多数人对"内耗"心生寒意,但又忍不住想探究一二。

"内耗"原为物理学概念,逐渐引申到社会组织学范畴。一般可分为系统结构性内耗和人际关系性内耗。系统结构性内耗是由于社会系统、群体组织内部结构不合理形成的内耗。如管理体制上的结构臃肿重叠,人浮于事,而造成人力、物力和财力的浪费等。人际关系性内耗,也可以称为"内斗",上下级之间、同僚之间、同事之间,互相算计、争斗、吵闹,甚至从个人之间,演变为群体之间,分帮、分派,分谁是谁的人,分整谁不整谁……

由此而产生了恶性的"内耗",也带来了诸多匪夷所思的现象:表现为"推",你推给我,我推给你,总之是推给别人;表现为"拖",嘴上不说不办,实际就是不办;表现为"躲",见事就躲,躲责任、躲利害、躲是非、躲危机;表现为"缩",你要求的是"十",到他那就是"五"了,甚至更少;表现为"靠",你不干,我更不干,谁也不想干,谁也不敢干;表现为"乱",谁也不服谁,谁也不怕谁,更有甚者的是互相之间使绊子、楔橛子、下套子,你踹我、我踹你;你整我、我整你;你不服我、我不服你;你拆我的台,我拆你的台……

一般来看,恶性内耗表象复杂,但成因并不复杂。系统结构性内耗是来自组织架构的,也就是刚性的。如,职责不清,谁都能插手,谁都想管事,谁也说了不算,谁也负不了责;分工不明,谁也不知道该管啥,谁也不知道该干啥,结果大家都不管,大家都不干;激励不公,多干不一定多得,少干不一定少得,谁忍谁吃亏,谁强谁获利。人际关系性内耗是来自人自身的,也就是柔性的。如,处于磨合期的组织,新班子、新队伍或新成员,谁也不了解谁,谁也不知谁的底,思维、方法、做事上存在不同,互相试探、揣度;组织成员之间存在误会、隔阂、矛盾、纠纷或利益冲突,我看你不顺眼,你瞅我不舒服,"一块蛋糕"谁都想分、谁都想抢,一个位置谁都想坐、谁都想上,等等。

从理论上讲,一个绝对没有内耗的团队是不存在的。因为控制、减少、消除内耗本身就是内耗。允许一个团队里存在一些内耗亦非坏事,这也许是一个团队生命力的另外一种表现。因为适度的内耗,是进行再调试、寻求再平衡的过程,如机器要有磨合期,新人要有试用期,饭店要进行试营业,规章制度要试行……这些都是通过适度的内耗,达到预期的完美与和谐。但如果过度,则内耗之害甚大,内耗之果甚恶,因为最可怕的往往是自己打垮自己。一个系统,包括一个企业、一个集体、一个团队、一个家庭,如果内耗愈演愈烈,这个系统将会很快垮掉。

但为什么有的团队内耗大,而有的团队内耗小呢?其实,避免内耗的产生或减小内耗的作用,关键在于如何正确看待内耗。所谓"内耗",往往并非团队内部缺乏能量,而是能量互相抵消、互相掣肘所造成的损耗。这种损耗的产生,一般绝非由于团队成员的平庸所造成的。因为,一个平庸的团队往往是缺乏能量的,而恰恰都是"人才"的团队,一旦紊乱,内耗才会更大。

那么,如何减少和避免无意义的能量损耗呢?关键在于如何捋顺方向,让"力"的作用方向一致,并转化为正能量,使系统保持一个相对高速平稳的"经济时速",这就和汽车在经济时速时能耗最低是一个道理。当然,这里面有两个关键点,一个是系统内需要有愿景的

"随"论

凝聚,也就是提供作用力的方向,让系统内所有人"心往一处想,劲往一处使";另一个是要把握好人与人之间的"天平",这个"天平"是权力的"天平"、利益的"天平"、机会的"天平"……无"天平"则产生内耗,有内耗则产生新的平衡。尽管,有的平衡是有利的,有的平衡是有害的。比如,古代帝王为了强化控制力,故意造成权力或利益天平的倾斜,或者扩大臣子之间的矛盾,以便借一派或几派之间的内耗而达到驾驭朝政的目的。

对一个组织、一个团队,甚至一个家庭而言,绝不可让内耗过大,更不可让内耗变为无休止的内斗,陷于无原则之争、无大局之争、无道义之争。倘若一个系统内人人终日纠缠于此,没有方向、没有目标、没有梦想,只看见自己的"小利益",看不到外面世界的精彩;只看见眼前的"小路径",看不到条条大路通罗马,那对于每一个人都绝无益处。如果那样,系统外部的人便会或看笑话,或看不起,或趁乱生事,或伺机而入……而内部的人会或消极,或离开,或混日子,或生内乱。所以,世人要远离毫无意义的内耗,因为纯粹的"内耗"之争绝无最后的赢家。

论后悔

后悔的本质在于不可逆，否则，世上就没有"后悔"可言！常言道："早知如此，何必当初"，尽管谁都知道"世上没有后悔药"，但人们却总是难逃后悔的自责。

可以说，后悔对每个人来讲都是难免的，几乎每个人都有过后悔的经历和感受。尽管有的是次数多少的不同；有的是程度大小的不同；有的是一时，有的是一世。如，有的会因为人生虚度而后悔，为什么当初没有好好珍惜易逝的时光？有的会因为婚姻失败而后悔，为什么当初没有珍重彼此的感情？有的会因为机遇错失而后悔，为什么当初没有做出正确的选择？有的会因为事业未成而后悔，为什么当初没有付出更多的努力？有的会因为比赛成绩而后悔，为什么当初没有给予足够的重视？有的会因为未尽孝心而后悔，为什么当初没有多花点时间陪陪父母……还有，一些身居高位的人，往往离开岗位之后总是后悔的，后悔没有看准好人，埋没了人才；后悔没有看清小人，委以了重任，为什么会这样呢？就是因为小人总是设法证明自己是好人去蒙蔽人，而好人一般不会刻意去证明自己是好人，所以，往往你看见的不一定是真的，你听见的也不一定是真的。

一般而言，一个人的后悔皆来自于事后的反思与省察，也就是说，后悔是基于对当下结果不尽满意而产生的一种懊恼心情。当然，有的人是认为自己过去做错了而后悔，有的人是觉得原本可以做得更好而后悔，也有的人是因为过去该做没去做而后悔……对世

"随"论

人而言,有的"后悔"是能说的,有的"后悔"是不能说的;有的"后悔"是暂时不能说的,有的"后悔"是一辈子不能说的;有的"后悔"是能对一部分人说的,有的"后悔"是必须对所有人说的……

不同年龄的人对"后悔"的表现和反应是不一样的。一般年轻人总爱把"后悔"挂在嘴上,比如,一次考试没考好,与别人打了一架,惹女朋友生了一次气,买了不该买的东西……但往往这种"后悔"是短暂的、不走心的,因为他们有大把的青春可以为"后悔"买单;成年人的"后悔"一般表现在行动上,他会把没有做好或者做错的事用行动来弥补,包括对事业、对社会、对家庭、对自己、对他人……而大多数老年人的"后悔"一般是藏在心里的,因为他已经没有"后悔"的资本了,虽然表面上他会为了过去所做的事情去开脱,但在心里则隐藏着永远的遗憾与无奈。

"后悔"不仅仅是对一种选择造成的现实和结果的不满足,更多的是对另外一种可能性选择的期待。其实,假使另外一种可能变成了现实,也许反而会向往当下这种选择的可能,甚至还可能会有新的"后悔","一山更望一山高",也可以说"后悔"是人们追求更高、更美、更好的一种心里预期吧。虽然,古人曰:"花开堪折直须折,莫待无花空折枝",但是,当你看到手中枯萎的花朵,是否又期许枝头绽放的芬芳呢?所以,"后悔"虽然看似是对自我主观认知的否定,但也存在客观因素的影响,因为任何事物的发展都存在诸多可能性、可变性,而能够预见他人所未预见、感知他人所未感知的人可谓凤毛麟角,甚至有些事物在一定的发展阶段,其可能性、可变性皆是深藏不露的,只有在人与物、人与事的互动中才能逐渐显露出来一些端倪。所以,人类的认识永远不可能把握事物发展的全部,这也就是人类认识的相对性与局限性所在。

尽管后悔意味着曾经有把一件事情做好的可能,但这种可能已经从你指尖溜走了。当然,好人会有后悔,那是因为没有把好事做好；坏人也会有后悔，那是因为没有把坏事做"好"；坏人变为好人、好人变为坏人同样也会"后悔"，一个是"后悔"当初的"坏"，一个会"后悔"过去的"好"。诚然，一个好人因为好事没做好而"后悔"会令好人更好，如果一个坏人因为坏事没做好而"后悔"会令坏人更坏，其结果必定是最终坠入万劫不复的死地。

所以，对已经被世上反复验证过的正确道理，一些人还是要给予尊重、遵循为好，所谓"人间正道是沧桑"，否则，当你遭受人生"大后悔"的惩罚时，即便悔不当初，也是追悔莫及，悔之晚矣！虽然，世间有些"后悔"是可以补救的，如，你"后悔"说错了一句话可以找机会解释；你"后悔"得罪了一个人可以找机会道歉；你"后悔"做错了一件小事可以找机会改正……。然而，世间很多"后悔"却是无法弥补的，如，你对恶习的"后悔"，即便幡然改过而内心的伤痕也会存在；你对犯罪的"后悔"，即便重新做人又怎能挽回人生的遗憾；你对父母的"后悔"，即便现在给予再多也无法抚平他们脸上的皱纹……

世人常抱有"后悔"之心，这是一个人在反省与批判自我中逐渐成长的力量。但是，一个人也不应沉溺于"后悔"而不能自拔，正如泰戈尔所说："如果错过太阳时你流了泪，那么你也要错过群星了。"面对后悔，人们要敢于这样追问自己：假如一切重新来过，我是否真的会做得更好呢？

"随"论

论时尚

有些"时尚"会被时间打磨而成为"经典",有些"时尚"则会成为昙花一现的"泡沫"。

说起"时尚",人们往往容易与"时髦"相提并论,其实,所谓"时尚","时"乃当下、时下,"尚"乃崇尚、领先;而"时髦"是非理智的与过流性的行为模式及其流传现象,往往给人一种浮华而短暂的感觉。

"时尚"涉及生活的各个方面,已成为这个世界潮流的代言词。从早期专指服饰,而演化至饮食、行为、居住、消费,甚至情感表达、思维方式等,其概念的外延还在不断扩大……。"时尚"之为"时尚",就是要在特定时间内率先由少数人尝试,随之成为社会大众所崇尚和仿效的生活样式。钱穆先生所著《中国思想通俗讲话》中讲:"开风气,必然起于少数人。少数人开始了,也绝不会立刻地普遍流行,获得大众普遍模仿它。"一种新潮服饰的流行、一种新潮发式的风靡、一种新唱法的出笼、一种观念的更新大抵如此。起初,人们啧啧称奇、咂舌疑惑,将之视为非人间物,大加贬词,一旦有些"好事者"以身相试,人们便蜂拥而至,接踵而来。这也正如鲁迅先生所盛赞的"第一个吃螃蟹的人","螃蟹"其态怪矣、其形丑矣,有人吃了,众人也便步其后尘,于是"吃"的文化又进入了一个新的意境。

人们追求"时尚"往往存在盲目性。老子曰:"天下皆知美之为美,斯不美已;皆知善之为善,斯不善已。"[①]其实,天下人又何尝真知美之所以为美呢?《庄子·天运》里就记载了一个"东施效颦"的典故:"西施病心而颦其里,其里之丑人见而美之,归亦捧心而颦其里。其里之富人见之,坚闭门而不出;贫人见之,挈妻子而去之走。彼知颦美而不知颦之所以美。"可见,一味地排斥"怪"是不明智的,反之,对美的不正当的模仿,对时尚的盲目泛滥,反会愈加其丑,实乃愚蠢之举。

时尚往往由远及近,由陌生到熟悉,世人对时尚从排斥到接受往往需要一个相对较长的过程。刚开始,人们对时尚抱有诸多的新鲜感、陌生感、神秘感,而一旦时尚流行开来,人们也逐渐习以为常,一般会由模仿到泛滥,再由泛滥到反感,由追生泛、由泛生厌。所以,世间大多数的时尚皆会从"流行性"变为"短期性",有时尚就有过时一说。此时,即会产生新时尚来取代旧时尚,如果一种时尚一直延续下去,则成为一种经典。

当然,时尚的变化往往会受到社会、时代的影响。同时,时尚也影响着社会、时代前进的脚步。然而,时尚对社会、对时代的影响往往是要付出代价的,因为,时尚往往表现的是前卫、颠覆、叛逆。如,清末留学西方人士的"剃发",民国一些女性的"放脚",乃至改革开放初期,一些青年人的"喇叭裤""蛤蟆镜"……尤其是时尚的思想、观念,对固有思维观念的冲击,所遇到的阻碍力、抵触力要比想象的大得多,甚至可能付出生命的代价。尽管如此,"时尚"仍以其不可抗拒的力量进入人们的观念、生活乃至方方面面。今天,人们的审美观念发生了质的飞跃,不仅仅是服装、发型,乃至思想、文化、习俗都已然脱胎换骨。尤其随着科技的发展,人们追求高科技、新材料商品成为时尚,诸如纳米洗衣机、纳米电冰箱、纳米服装,有机大米、有机蔬菜、有机水果等;随着互联网等信息技术的兴起,上网、微博、微信等亦成为时尚;随着生活水平的提高,轿车大量进入家庭,车友会、自驾游等也成为时尚……

"随"论

　　同时，时尚的更迭也因社会阶层的不同而变化，它与人的地位、身份、财富等也有关联。比如，社会上流行的一些"段子"对此也有所反映，如，"穷穿貂，富穿棉，大款穿休闲；男想高，女想瘦，狗穿衣裳人露肉……""没钱的养猪，有钱的养狗；没钱的在家里吃野菜，有钱的在饭店吃野菜；没钱的在马路上骑自行车，有钱的在健身房里骑自行车……"此种差别也使人们对时尚的追求产生了不同的心态，有的嫉恨，刚开始条件不允许，追不上时尚，则羡慕、嫉妒、恨，一旦条件成熟了，则竭力追求"时尚"，存在一种"不买最好的，只买最贵的"土豪心理；有的"硬追"，对时尚崇拜、羡慕，但又不具备条件，只能选择"山寨""水货""地摊货"；也有的害怕，如，有的人由于岗位、职务、身份、地位的关系，不能追求、不敢追求"时尚"，等等。

【注释】
① "天下皆知美之为美,斯不美已；皆知善之为善,斯不善已"：出自老子《道德经》，意思是：天下的人都知道美是美的，不美就显出来了；天下的人都知道是善的，不善就显示出来了。

论自恋

自恋不同于"自尊","自尊"是人格上的自我尊重;也不同于"自重","自重"是对自己言行上的自我约束,"自恋"是心理上的自我陶醉,世人过度的"自恋"则往往会成为人生的羁绊。

"自恋"源自古希腊的一个神话故事:美少年那西斯在水中看到了自己的倒影,便爱上了自己,每天茶饭不思,憔悴而死,变成了一朵水仙花。由此,便有了"自恋"一词,水仙花便成为"自恋"的代名词。

毋庸置疑,世人或多或少地皆存在"自恋"意识,它是一种心理,一种习惯,一种现象,也是一个人阶段性的表现,这属于人性的本然。因为,一个人之所以存在"自我"意识,前提是"我"必须认可"我","我"必须接受"我"。无论多么自卑、自贱的人,他对"自我"的"爱"亦是自己存在的依据,这也是任何一个人生存下去的理由之一。因此,"自恋"是自己鼓励自己,可以令人增强自信心,增加幸福感,保持一个良好的心态,并适时调整由失败、挫折、困惑等产生的消极情绪。

"自恋"存在多种角度,有的是对自己的容貌,有的是对自己的财富,有的是对自己的家庭,有的是对自己的一个动作,有的是对自己的一项爱好,有的是对自己某一方面的能力……。当然,由于性格不同,自恋的表现亦不相同,如,性格内向的自恋者,往往更加腼腆,不言于外,会静静地躲在一个角落,沉浸在一个人的世界里,自

"随"论

我把玩、欣赏与陶醉，他们往往在自我的世界里是一个"伟人"，而面对外界则表现为一个"矮子"；而性格外向的自恋者，往往非常张扬外露，难以掩饰自己，比常人更愿意表现自我，事事要比他人强，不服人、不服输、不服软……因此，过度的自卑会使人封闭自我而顾影自怜，过度的自信会使人放大自我而极度膨胀，这两者都可以使一个人产生过度的自恋意识。

所以，自恋关键是要把握好"度"，超过了"度"则会走向反面。当然，一个人爱自己绝无过错，只有真诚地爱自己，才能真诚地爱他人、爱世界。而极度自恋的人，难以区分幻想与现实，往往沉醉于自己的幻想，认为"自我完美"不容置疑、不容侵犯，一切以自我为中心，高估自己、夸大自己，甚至不惜贬低他人来抬高自己。由于难以抵制的自恋情结，此类人往往愿意把自己置于别人的目光下，以期获得赞美与欣赏。但他们对批评异常敏感，非常在意别人的评价，更不喜欢别人指出自己的不足，往往愿意放大自己的优点，极力掩盖自己的缺点，对自己的错误没有理由找理由，把"像"的说成"是"，把"远"的说成"近"，把"假"的说成"真"。因此，极度自恋的人，一般不会在成功的路上走得太远，因为，由自恋可以产生自闭、自大、自狂，抑或是对批评或激怒，或羞愧，或自卑……这些"自限"的枷锁会使一个人步履蹒跚、踟蹰难行。

极度自恋的意识，一般形成于儿童时期。当一个人产生自我意识之后，他对自我的认知来自外界评价，如父母的关爱与赞扬，或者训斥与指责，使得他知道自己去"做什么""怎么做"。而自恋者所表现出的对自我盲目的"爱"，是在自我的陶醉中丢失了自我，根本就不知道自己"该怎么做""该怎么看待自己"，究其根源，这皆是来自于家长从小对孩子的溺爱式或者粗暴式教育，从而导致孩子失去自我、迷失自我，慢慢滋生出唯恐他人小觑自己，盲目自恋的逆向心理。

当一个人产生极度的自恋情结之后,他不但用扭曲的眼睛看自己,也会用扭曲的眼睛看别人。他们心思极为细腻敏感,会盲目或者下意识地抬高自己,一味地呵护自己,有意无意,或多或少地看不起别人,总能够看到别人的缺点与不足,愿意拿别人的缺点与自己的优点比,谁也不如我,谁也不能比我好、比我强。或者排斥别人、嫌弃别人,一切场合都要当"主角",否则就没兴趣、不参与。甚至自我保护意识扭曲,我的东西谁也不能碰,别人的东西也不去动,产生了一种病态的心理"洁癖"。

极度"自恋"的人活在一个不真实的"自我"中,这本来就是一个脆弱的泡沫。虽然,一个孤芳自赏的灵魂也许是一个高贵的灵魂,但一触即溃的高贵毕竟是易碎的。或许走出画地为牢的"自我",敞开自己,才是更爱自己、爱他人、爱世界,才能在拥抱他人、拥抱世界中感受到温暖的力量。

"随"论

论草根

草根阶层的形成不是命运的使然，而是由于错综复杂的历史、社会等原因造成的。草根阶层是历史的，也是广大的，如果往上追溯，大多数人的上一辈或上几辈都是草根。

草根，生于民间，长于民间，因此，"草根化"也就是平民化、大众化的代名词，是与精英化、贵族化相对应的。在中国，草根泛指底层，他们或是出生在普通工薪家庭，或是出生在贫苦的农村，或者出生在贫困的家庭，有的甚至没有经济来源，靠乞讨、卖艺等养家糊口。他们没有条件接受良好的教育，没有机会掌握一技之长，学历低、没本领，更没有显赫的社会背景、社会资源，没有靠山，无遮无挡……

"草根"生存难、成长难，成事更难。他们住不起豪华的酒店、玩不起奢华的娱乐项目、坐不起名贵的汽车，甚至舍不得花钱看一场电影、逛一次公园、理一次头发、擦一次皮鞋……由于没有文化、没有知识、没有手艺，只能干一些粗活、重活、累活、杂活，在城市里住在贫民区、棚户区，经济上入不敷出，饥一顿、饱一顿，勉强维持生计。他们的孩子买不起高档玩具、穿不起名牌衣服、喝不起名贵饮料、上不起私立学校，放学回家还要帮大人干活……长大后，大多数考不上名牌大学，找不到满意的工作，只能像父母一样在底层打工或者做点小买卖养家糊口……由于身处社会底层，"草根"们一般心理自卑、内向、萎缩，"遇事说小话，见人矮三分"。虽然，有时他们内心也充满幻想，但遇到机会时，又没有底气，缺乏胆量，既怕赢不了，更怕输不起。说得极端一点儿，富人才敢任性，"草根"只能认命。"草根"们一般遇事"不出头"小事抢着干，大事绕着走；好事懂谦让，坏事不沾边……

所以，"草根"改变自己命运是很难的，一个"草根"的成长、成名、成事，需要付出多于别人十倍、百倍的努力与奋斗；需要有超于别人十倍、百倍的才华与能力；需要遇到大于别人十倍、百倍的机遇与好运，甚至这还远远不够……当然，随着历史的进步，社会的根本变革，人人权利平等，人人都有机会，人人皆可出彩，"草根"的出路变得广阔了。"草根"们人人都想从"草丛""草堆"里"拔"出来，有机会努力实现自我的救赎，诸如考学、经商、从政甚或电视选秀、网络炒作、彩票中奖等。然而，大多数"草根"要想真正"拔"出来却仍是难上加难，因为"草根"们太过平凡、普通，大众的关注点几乎不会在他们的身上，也许别人做一件事就会被大家看到，而"草根"们即便做十件事也未必被人看到，即便有了一个好的机会，世人大多也不会留给"草根"们，因为他们没有背景，没有资源，没有人脉，也就没人替他们说话……在一个团队中，由于家庭、文化、经济等条件的差异，"草根"们很难融入别人的"圈子"里，往往被边缘化，结果导致"草根"们更加自卑、无助。

然而，值得庆幸的是，"草根"们通常也是顽强的、是坚韧的、是有着强大生命力的，所谓"野火烧不尽，春风吹又生"。他们用苦涩的泪水和奋斗的汗水，浇灌着自己的梦想与未来；靠着一次次痛苦的跌倒与艰难的爬起，摔打着自己的筋骨与意志，用坚忍的毅力、信念、坚毅的行动向世人展示着：梦想面前无"草根"。所以，世人给予"草根"的不仅是关注，更要给予尊重与帮助。人们切莫看轻"草根"、作践"草根"，拿"草根"不当回事儿；"草根"也别看轻自己、作践自己，拿自己不当回事儿。因为，"草根"也是人，"草根"也是命，"草根"更需要春天……"草根"抱在一起就是大树，

"随"论

聚在一起就是大海！况且，没有"草根"哪来的"精英"？没有"草根"谁养活"精英"？

当然，也有些"草根"看似成名了，看似富有了，看似飞黄腾达了，可毕竟"根子"还没有扎进去，经不起风浪、折腾，一不留神，返"草"极易。看看有多少"草根"出身的精英，在瞬间的辉煌面前失去了自我，而成为一颗流星；多少"草根"出身的官员在权力面前把持不住，而致身败名裂；多少"草根"出身的演艺明星在赌毒面前难禁诱惑，而致身陷囹圄；多少"草根"出身的富商巨贾在利益面前乱了方寸，而致倾家荡产……尽管此类现象绝非仅仅出现在"草根"身上，但与"精英"们的沦落相比，"草根"的败落或许可以令人更多地品味出个中滋味。因为，"草根"们"根底浅"，"草根"们"输不起"，"草根"们的一切都来之不易……

"草根"虽然起于卑微，却可成于高尚。其实，"草根"们虽然柔弱、卑微、贫寒，自我生存难、行为能力差，但只要"草根"们拥有一颗高尚的心灵，抱着一种为善的理念，践行一生真爱的追求，同样可以为社会、为他人做好事、行善事，因为，人的地位可以有高下，但人的精神却无贫富。"草根"可以低微，但未必低贱；精英可能高贵，但未必高尚。所以，无论作为一个"草根"也好，作为一个精英也罢，在追逐人生梦想的过程中，是否都应该更加注重社会道德的赋予与内在呢？

论误解

人与人之间的误解无处不在、无时不在,世间谁没有误解过别人,谁又没有被别人误解过呢?

对人、对事不正确的认识往往会产生误解。一般而言,误解大多是由于"信任危机"所导致的。其一是根源在于主观,来源于猜忌。具体来看,有的来自于情感的敌意,来自于内心的排斥。如,两人之间原本就有嫌隙,互相看着不顺眼,尽管一方是无意的甚至是善意的,也会被"误解"为有意的乃至敌意的。其二是来自于臆想,产生于揣测。如,你在不合适的场合做了不合适的举动,说了不合适的话,导致别人产生"误解",所谓"瓜田李下"往往会招致别人的怀疑。其三是来自于传言,形成于谣言。人与人之间往往会道听途说,以讹传讹,导致真实信息的衰减,最终使人们之间产生了不应有的误解。所以,误解往往是猜出来的、想出来的、传出来的,假如对方真的是故意而为之,那就不能称之为误解了。

导致误解产生的环境,往往与文化、传统、习俗、观念等有关。两个个体、集团乃至两个民族之间的思维差别、文化差异,乃至语言、情感、习惯等的不同,都会带来诸多"误解"。尤其是一个自我封闭的、过度自大的、过度自卑的、言而无信的国家、民族乃至团体或个人更容易令外界产生"误解"。原因就是他自己缺乏安全感,同样也会令别人缺乏安全感。

即便是亲人之间有时也会产生误解,比如,与父母、爱人、儿女之间,也往往会存在一些误解。由此可见,人与人之间无论多么亲

"随"论

近与熟知，也会存在认知角度的区别，而一个人过于敏感、戒备、多疑、偏狭，甚至过于在意，同样容易对他人产生误解。另外，一个人如果总是按照自己的心态、思维去解读别人，就更容易造成误解，如，别人一句无意的话，他也会对号入座，时间长了，就感觉真的是在说他。其实，这是敏感、脆弱的内心在作祟，是很容易受到伤害的。所以，假如一个人经常误解别人，则需要认认真真地自我反省了。

误解的可怕，一方面在于不经意间，比如，随意说的一句话、随意的一个眼神、随意的一个举动……都可能让对方产生误解。另一方面，还在于误解的"难以改变"，一个人一旦把误解的种子埋在了心里，你再去做任何事情都会引起他的猜疑，这样，会逐渐把不信任一点一点地加深扩散。

误解是人与人之间产生裂痕的重要原因之一。由于每个人对自己形成的认识都是异常固执的，尽管这种认识也许是错误的，但也不愿意轻易去改变、否定自己。误解可以带来误会，误会可以产生误判，误判最终可能是误人误己。往往因误解、误会而产生误判，可能会引发争辩、怨恨、纠纷，甚至演变为吵闹、争斗和伤害。

虽然误解一般并非源自双方的故意，但误解一旦产生就犹如一块白布沾染上了污渍，想要彻底去除是很难很难的。所以，防止误解就要做到防患于未然，提早消除一切有可能产生误解的起因，正所谓"君子防未然，不处嫌疑间；瓜田不纳履，李下不正冠"，这样，才可以避免招惹无端的怀疑。另外对已经产生的"误解"，要尽可能想方设法地去化解，消弭误解的"良药"无它，就是要态度真诚，将心比心，与人为善，多沟通、多解释、多包容，这就需要多从自我身上找原因，多去改善自己的沟通方式、做事方法、行为习惯等。假如因为你的一个口型令人误以为你在骂他，那么就去改变自己说话的形态与神态；假如因为你的一个姿势令人误以为你在蔑视他,那么就去改变自己的行为与举止……否则,留给别人的误解越多,内心的阴影就会越大,两个人的误解也会越来越深。

　　从根本上看,"误解"源于对一种"假想"的演绎推断,对一种"可能"的主观臆断。"敏锐"与"敏感"虽只一字之差,但"敏锐"是从细微之处找到事物普遍联系的规律,而"敏感"仅仅是用自我意识对事物之间进行主观联系。所以,一个过于敏感之人,往往容易对他人产生"误解",而当遭遇些许变故,将会愈加敏感。战国《列子·说符》记载了"疑邻窃斧"的故事:"人有亡斧者,意其邻之子。视其行步,窃斧也;颜色,窃斧也;言语,窃斧也;动作态度,无为而不窃斧也。俄而,掘于谷而得其斧。他日复见其邻人之子,动作态度无似窃斧者。其邻之子非变也,己则变矣;变也者无他,有所尤也。"

　　假如,故事里"丢失的斧子"一直找不到呢?"亡斧者"恐怕永远处在对"邻人之子"的误解之中,故事的悲剧当然也是可以预见的。推而广之,在现实生活中,人们又有多少"丢失的斧子"无法找到,人与人之间又有多少误解无法化解呢?

"随"论

论交友

交友说容易也容易,说极难也极难。关键有二:一是要区分"好与坏",二是要辨别"真与假"。

所谓"好与坏",亦如古人曰:"近朱者赤,近墨者黑",意思是说:与好人交朋友,你也会逐渐变成好人;与坏人交朋友,你也会逐渐变成坏人。毋庸置疑,世上的"朋友"有许多种:从喜好上划分,有文友、棋友、牌友、球友等;从范围上划分,有网友、酒友、车友、室友等;从程度上划分,有密友、闺友、私友、好友等;从性质上划分,有挚友、益友、诤友、损友等。当然,有的朋友也许只是在一定范围内的,如,网友、车友、棋友等;有的可能是相互交叉的,如,既是牌友又是酒友,既是室友又是文友等;有的可以是逐渐升级的,如,从球友到好友,从好友到挚友,从挚友到密友等。

由于"朋友"的种类较为庞杂,人们对"与谁交"的态度应有所区别,对"怎么交"的方法亦应有所不同,把握好"深交"与"浅交"、"慎交"与"挚交"等尺度。孔子曰:"益者三友,损者三友。友直,友谅,友多闻,益矣。友便辟,友善柔,友便佞,损矣。"意思是说:"有益的交友有三种,有害的交友有三种。同正直的人交友,同诚信的人交友,同见闻广博的人交友,这是有益的。同惯于走邪道的人交朋友,同善于阿谀奉承的人交朋友,同惯于花言巧语的人交朋友,这是有害的。"当然,朋友之间相交也是可以互相影响的,谁的影响力较大,谁就会改变对方。假若你无法选择与谁在一起,也绝不能被恶人恶习所改变,就一定要选择去改变他。

"朋友"的"朋"字,古时候是一种货币衡量单位,古代以贝壳为货币,"五贝为一串,两串为一朋"。当下,有人说:朋友即财富,根源大抵出自于此。但这种"财富"应是"义"的相得,而不应是"利"的获取。所以,朋友之交的真伪在于"义"与"利"的取舍,只有趋于"义",而远离"利",方可"结交"乃至"深交"也,正如《论语》曰:"君子喻于义,小人喻于利。",对与君子之交、与小人之交,古人的见解十分精辟,如,庄子曰:"君子之交淡若水,小人之交甘若醴。君子淡以亲,小人甘以绝。彼无故以合者,则无故以离。"[①]

那么,何谓"真与假"呢?即如隋代王通《中说·礼乐篇》曰:"以势交者,势倾则绝;以利交者,利穷则散。"[②]这说的就是人们身边难免会有一些趋势逐利的"假朋友"。当然,世人谁没有朋友,但试问,谁又敢说身边的朋友皆是"真朋友"呢?

尤其对一个成功者来说,更要分清"私人朋友"和"职位朋友"的区别。"私人朋友"会陪伴你历经荣辱沉浮,无论你地位高低,抑或没有地位。"私人朋友"真正关心你、喜欢与你在一起。"职位朋友"则是你的地位、权力上的"朋友",他会因为你的富贵、权势、名望的变化而变化。"职位朋友"是前一个拥有你地位的人的"朋友",也是下一个拥有这个地位的人的"朋友"。当你没有权利、没有资源可用之时,这种"朋友"也随之而变。所以,千万不要混淆"职位朋友"和"私人朋友"的含义,因为,"职位朋友"往往不会是"真朋友"。

那么,以"势与利"相交即是"假朋友",以"情与知"相交即是"真朋友"了吗?往往也不尽然。不可否认,人与人之间皆有亲疏

"随"论

之分，区分"亲与疏"的除了血缘、夫妻之外，就是人与人之间"情与知"相交的远近——"交深"即为"亲"，"交浅"即为"疏"。但是，在现实生活中，即便是以"情与知"相交的朋友关系也并非牢不可破。一般而言，两个人之所以能成为"朋友"，大体的身份、地位等是要相当的，两人的品位、喜好等是要相近的。然而，一旦其中一个人的身份、地位发生变化时，他的品位、喜好等也会随之变化，他的朋友圈子也会随之发生变化，正如古谚云："贵则易知"，就是说，当你的朋友成为权贵时，你作为他朋友的地位，也要被其他人所取代了。反之，当你的朋友落魄后，你或许也会从一开始的"拉扯一把"，渐渐地到"唠不到一起、玩不到一块"，慢慢地搭建起新的朋友圈子。

正因为"朋友"的关系绝非永恒不变，它会因时而变、会因位而变、会因利而变、会因势而变、也有的会因他而变、有的会因你而变……所以，人们一般不容易被对手所伤害，"伤"你最深的往往是朋友，"害"你最深的也是朋友，这中间既有情感的伤害，也有利益的伤害，甚至走得最近、处得最好的朋友伤你最深、害你最狠。因为，毫无防备的"伤害"会令你猝不及防，知根知底的"伤害"会令你防不胜防！

虽如此，人的一生又不能不交朋友，究竟孰为"好坏"？孰为"真假"？由于世事的复杂与多变，或许常常令人难以判断取舍，但假如你遇到一个什么话都听从、什么事都顺从你的人，也许这才是最可怕的朋友。且看《三国演义》第十九回：刘备被吕布追杀，一日到猎户刘安家投宿，"当下刘安闻刘豫州牧至，欲寻野味供食，一时不能得，乃杀妻以食之。玄德曰'此何肉也？'安曰：'乃狼肉也。'玄德不疑，乃饱食了一顿，天晚就宿。至晓将去，往后院取马，忽见一妇人杀于厨下,臂上肉已都割去。玄德惊问,方知昨夜食者,乃其妻之肉也。玄德不胜伤感,洒泪上马。刘安告玄德曰:'本欲相随使君,因老母在堂,未敢远行。'玄德称谢而别。"

像刘安这样为了"朋友"可以杀妻烹肉的人,谁敢结交,更遑论深交了!这给今天的人们也是另外一种启发吧……

【注释】
① "君子之交淡若水,小人之交甘若醴。君子淡以亲,小人甘以绝。彼无故以合者,则无故以离。":出自《庄子·山木》,意思是:君子的交谊淡得像清水一样,小人的交情甜得像甜酒一样;君子淡泊而心地亲近,小人以利相亲而利断义绝。但凡无缘无故而接近相合的,那么也会无缘无故地离散。
② "以势交者,势倾则绝;以利交者,利穷则散。":出自隋代王通《中说·礼乐篇》,意思是:因你的势力而与你交往的人,在你的势力倾覆的时候就跟你断绝往来了;奔你的钱来跟你交往的人,当你的钱用完的时候也就散了。

"随"论

论低调

俗话说:"低调做人,高调做事",但一个人若要把握好"低调"与"高调"的尺度却也是极难的。

就中国人而言,崇尚"低调"源自在中国传统文化中占据重要地位的道家思想,如,《老子》曰:"天欲其亡,必令其狂。"[①]所谓"狂"即猖狂、张狂、轻狂、疯狂,直至忘乎所以,必然遭致覆亡的命运。道家信奉"道法自然",《道德经》曰:"上善若水,水善利万物而不争"。[②]在道家眼里,"低调"是一种顺遂自然的人生态度,表现在生活、处世、姿态、言辞、心态、行为等方方面面。即在生活上不事奢华,在处世上不与人争,在姿态上不显霸气,在言辞上不伤他人,在心态上不计得失,在行为上不逞妄为。

低调一般具有三种表现:一种来自于成熟,一种来自于韬晦,一种来自于自卑。所谓"成熟",来自于一个人的自信、涵养与性格,更来自于一个人对世界、自我、他人的理性认知。泰戈尔曾说:"当我们最接近谦卑的时候,也是我们最接近伟大的时候。"因为厚重你才谦卑,因为谦卑你才低调。而一个轻浮的人肯定是自我膨胀的、自以为是的、轻佻外露的。所谓"韬晦",即用低调作为"障眼法",这类人一般具有更高、更大、更远的目标,而在时机与条件不具备、不成熟的情况下,借低调以掩藏远大的抱负。古人曰:"地低成海,人低成王。"如越王勾践的"卧薪尝胆"、齐王韩信的"胯下之辱"等,都是以"低调"甚至"忍辱"为手段,把目标、能力等隐藏不显示出来，以最终达到自己的目的。所谓"自卑"，即一个人对自我、对能力、对未来缺乏自信，性格懦弱、甘于人下、低位处世，处处逃避忍让、与世无争，只求安身立命、随遇而安。

与"低调"相反的是"高调"，东方人"低调"，西方人"高调"，这根植于不同的文化背景。当然，也正因为这种文化背景的差异，国人的"高调"往往是不被人接受的，抑或常常被赋予一种贬义。

高调之人的特点是一个"露"字，人前显圣、傲里夺尊。他们光华毕现，霸气外露，处处显露出比别人"高"，比别人"强"，比别人"好"，做人做事愿意出风头、抢眼球，一副舍我其谁，藐视天下的做派……这也就导致他们极易伤人，也容易招人忌恨、诋毁、打击。而"低调"之人的特点是一个"藏"字，这种"藏"来自于对欲望的遏制，对自我的清醒，他们把一切都看懂看透，十分明白"何可为，何不可为"。即便他们"不差事"，可说话谦卑、语气和缓、语态诚恳、语速舒缓；即便他们"不差钱"，可吃的是粗茶淡饭，穿的是粗衣布鞋……处处显得比别人"矮半头"，使别人不嫉妒、不恐慌、不使坏。尽管，作为一个人来讲，人生的梦想与期盼理应是"向好"的、"走高"的，但在现实社会里，有多少"高调"之人最终招致诋毁和劫难，直至威风扫地，甚至前功尽弃。而"低调"之人往往举千钧若扛一羽，拥万物若携微毫，怀天下若捧一芥……

当然，鉴于中西方文化背景的不同，其对"低调"与"高调"的价值认同区别也很大。而一个人选择"低调"与"高调"的关键，往往取决于处在何种文化背景之下。所以，这里并非要去评判"低调"与"高调"的孰优孰劣、谁是谁非。古人云："有无相生，难易相成，长短相形，高下相倾。"说到底，一个人若想成功，既需要"低调"的运筹，又需要"高调"的出击，这样才能在世态纷扰之中坚持志向高远的人生追求，以淡定从容的心态面对风云莫测的人生，最

"随"论

终在纷繁复杂的舞台上扮演好自己的角色，在崎岖陡峭的山道上走好每一段路……

【注释】
① "天欲其亡，必令其狂"：出自《老子》，形容那些野心、虚荣心膨胀并且无恶不作的人都是自取灭亡。古希腊悲剧作家欧底庇德斯也曾说："神欲使之灭亡，必先使之疯狂。"
② "上善若水，水善利万物而不争"：出自《道德经》，原文为："上善若水，水善利万物而不争，处众人之所恶，故几于道，居善地，心善渊，与善仁，言善信，正善治，事善能，动善时。夫唯不争，故无尤。"意思是：善的人好像水一样。水善于滋润万物而不与万物相争，停留在众人都不喜欢的地方，所以最接近于"道"。最善的人，所处的位置最自然而不引人注目，心胸善于保持沉静而深不可测，待人善于真诚、友爱和无私，说话善于恪守信用，为政善于精简处理，能把国家治理好，处事能够善于发挥所长，行动善于把握时机。如果真能这样，就没有什么值得痛苦和相互伤害的了。

论成名

一个人成"一时之名"难,成"一世之名"更难,成"一世之好名"难乎其难。

世上绝大多数人是想成名的,因为一个人只有成名,才能有名气、名声、名望,可以给人带来地位、身份、财富等。然而,一个人想成名是一回事,而能否成名是另一回事。成名要日积月累,要耐住寂寞,更要有出众的才华、超人的天赋、卓越的成就、艰辛的努力乃至可遇而不可求的机遇……

一般而言,"成名"必先"成事",但"成事"者有时也未必"成名",如,一些搞军事项目研究的科学家,由于涉及机密而终生隐姓埋名;还有一些造诣很深的大艺术家,终身穷困潦倒,直到死后才出名,甚至至今仍默默无闻。所以,"成名"往往也是需要机缘的,有的人可能是让人慢慢熟知而"成名",有的是"墙内开花墙外红",也有的是靠一次偶然而"成名",如,一战成名的,一唱成名的,一死成名的,乃至"一炒成名""一脱成名""一骂成名"的……当然,这看似偶然的背后也一定潜藏着必然的因素。

一个人成名之前不易,成名之后更不易。有些人一旦成名,往往为名所累、为名所扰、为名所困、为名所害……

一个人成名之前,大多是不被人关注,不受人重视的,说话没分量,甚或没底气,办事没人理、没人帮,没人拿你当回事儿,没人拿你当盘菜,捉襟见肘,四处碰壁。而一旦成名,一夜之间大红大紫,由此戴上了耀眼的光环,时时有人围着,处处有人捧着,事事有

"随"论

人顺着。人们冷眼变笑脸,你一开口不管对与错就有人迎合奉承,你一出门不管去哪儿都有人前呼后拥……

然而,俗话说"人怕出名猪怕壮",成名的人可以成为"骄子",也有可能成为"靶子"。因为人一旦成名,如同把自己放在了显微镜下,你的任何事情包括家庭、婚恋、生活,乃至对与错、是与非等都会在公众视野下被放大。所以成名有利亦有害,甚至会给人带来负面效应。如,有的人成名后,四方奔走,不亦乐乎、不亦忙乎、不亦累乎,结果忙于"副业",丢了"主业";有的人成名后,受关注多,受打扰多,甚至负面新闻、花边绯闻等纷至沓来,一些人想靠你出名,有些人想骂你出名,令你应接不暇,疲于应付;有的人成名后,作茧自缚,画地为牢,害怕出错,不敢突破,创造欲望慢慢消失直至退化,从此再无建树;有的人成名后,狂妄自大,忘乎所以,沾染吸毒、狎妓、赌博等恶习,结果身败名裂,声名狼藉。

因此,一个人成名之后的名声、名气、名望能保持多久,乃至最终是"美名"、是"恶名",是"盛名"、是"骂名",是"实名"、是"虚名",是功成名就还是为名所累,甚至身败名裂,皆赖于自己一言一行、一点一滴的砥砺修炼。

所以,一个人若想"成美名""成善名",那就既要"成才",更要"成人"。尽管,唯"名"者,实乃求"利"者,如宋朝司马光曰:"汲汲于名者,犹汲汲于利也!"[①]然而,无论如何,人们去追求的应该是"美名""善名",而绝不应该是"臭名""恶名"。一个人从"美名""善名"到"臭名""恶名"易,而从"臭名""恶名"到"美名""善名"难,甚至难乎其难。因为,"美名""善名"需要"正成本","臭名""恶名"需要"负成本",而往往"负成本"必须大于"零"才能成为"正成本"。

一个人能否成"一世之名",抑或能否成"一世之好名",说到底,你的这个"名"既要体现一个时代的价值主流,更要去接受历史的价值审定。然而，由于在社会导向上、人们认识上存在误区，导致一些人对"成名"追求的偏误。他们利用信息时代、网络时代的特点，为了"成名"而肆意妄为，如，有些人靠歪才、靠邪招、靠吹捧、靠炒作、靠推手、靠手段等"一夜成名"，反映的是对待"成名"的非理性、低俗性、恶搞性、功利性，而受到社会与公众的唾弃。因而，一个人"成名"固然重要，而"留名"更重要，正所谓："善不积，不足以成名。"② 所以，"求名逐利"的"一时之名"，绝不能代表流传千古的"一世之名"，所谓"名声"，"名"是自己做的，"声"是别人给的，甚至是历史给的。

好"名声"与坏"名声"，不仅关乎自己，也关乎社会。一个人人不在乎名声好坏的社会，那将是一个非常可怕的社会，亦如宋朝范仲淹曰："举世不好名，则圣人无所用其权。"古人所看重之"名"乃"君子之名"，所谓"名不足以尽善，而足以策善。"汉代司马迁曰："立名者，行之极也"③，"成名"可以使人"托于世，而列于君子之林。"因此，世人应该更在乎一种内在的修为、精神的追求、境界的超拔，给社会多一些温暖、多一些善良。这样，不管你的名字是什么，人们都将会永远记得你、颂扬你！

【注释】
① "汲汲于名者，犹汲汲于利也"：出自宋代司马光《谏院题名记》，原文为："汲汲于名者，犹汲汲于利也。其间相去何远哉！"意思是：那些热衷于功名的人和热衷于利的人一样，两者的差别能有多大呢！
② "善不积，不足以成名"：出自《易·系辞下》，原文为："善不积，不足以成名；恶不积，不足以灭身。"意思是：不做大量有益的事情就不能成为一个声誉卓著的人，不干坏事就不会成为毁灭自己的人。
③ "立名者，行之极也"：出自司马迁《报任少卿书》，原文为："耻辱者，勇之决也；立名者，行之极也。"意思是：如何对待耻辱，是判断一个人是否勇敢的标准；树立好的名声，是品行最高的准则。

"随"论

论过失

过失会给自己或他人带来损害与伤害,有些"过失"是能够及时发现去弥补的,也有的"过失"是慢慢呈现出来的,其"过失"的成本必然更大,所造成的后果也更难以弥补。

"过失"即"过错",古人曰:"人非圣贤,孰能无过",过而改之,善莫大焉。广义的"过失"包括有心之"过",而狭义的"过失"则是无心之"失",指因疏忽而犯的错误。《晋书·刑法志》曰:"不意误犯,谓之过失。"有的还解释为"应注意的、能注意的,而未注意的"。

所以,一般的过失虽非主观故意而为之,但在客观因素中也会隐含一些主观因素。如,有的是因为对某些领域的无知,一些初学者、初入行者因为不了解、不熟练往往会造成过失;有的是因为养成的坏习惯,无论干什么事都是一种干法,积习难改,积重难返,往往容易产生过失;有的是因为态度过于随意,对什么事都不在乎,粗枝大叶,性格毛糙,随意而为,仓促上阵;有的是由于不可预知的偶然因素,过去干了一百遍也没有出事,恰巧由于一个偶然因素的影响,结果造成了过失;有的是因为情绪变化,心神不定,忐忑不安,压力过大,精神恍惚,也容易造成过失;还有的是因为行为的过度,防卫过当、用力过大等都能造成过失……尤其一些年轻人因为学识不够、见识不多、经验不足,往往更容易发生过失。

当然,既然过失有"大"与"小"之分别,其所造成的后果也自然不同。然而,也许有的大过失侥幸化险为夷没有造成大后果,而一些小过失却因处在关键部位、关键环节，或许会带来不可挽回的大后果。如，有的过失会成为走向失败的导火索，有的过失会使亿万财富化为乌有，有的过失会令一个人一生的努力付诸东流，有的过失会伤及无数个无辜的生命……正如奥地利著名心理学家、精神分析学派创始人弗洛伊德所说："人生就像弈棋，一步失误全盘皆输，这是令人悲哀的事，而且人生还不能再来一局，也不能悔棋。"

世人皆有过过失，所谓"人有失手，马有失蹄"，这是不能苛求与苛责的。然而，由于每个人的素质、心态、性格、胆气等不同，人们对待过失的态度亦不同。有的因为害怕后果而逃避，有的担心追责而推卸，有的事后追思而后悔，有的内心不安而自责，有的想方设法去补救，有的立志再不重蹈覆辙……也有的人对"小过失"能够承担，而对"大过失"却不敢担当。

当然，人们对待别人的过失亦有不同的态度，有的对别人的过失抱有同情并帮助补救，有的暗自庆幸过失没有发生在自己身上，更有甚者，明明知道别人的过失是无意为之，反而偏偏说成是"故意"，或幸灾乐祸，或故意夸大，或揪住不放，或落井下石，以借别人的过失为自己造势……

那么，人们该如何去避免或减少过失呢？其关键在于"用心"。虽然过失皆是无心而为之，罪由心造，有罪无罪，全看"有心"与"无心"。"无心"犯错不为过，"有心"为之则为罪，即便是什么都没有做，只要心生恶念，那也是有罪的（这里的"罪"指的是"过错"）。对普通人而言，避免"过失"就是要用心做事，用心思考，还要用心学习。人类的发展史，本质就是重复，所不同的仅仅是重复的形式，这是由人寿和人性所决定的。所以，人们要汲取前人经验，才能少走弯路，少些"过失"。

但是，"有心"与"无心"并不是听上去那么简单，因为往往有些事情令人难以区别是非曲直的界限。比如，一个人因疏忽导致出

"随"论

现了过失,而他的本意是好的,属于"无心"之"失",也就是常说的"好心办坏事"。然而,一般而言,"动机"与"结果"应该是一致的,一个人有好的"动机",就应该去关注"结果"的好坏,即便"无心"之"失"也是"失"。一个人绝不能以"无心"为借口而去逃避责任。

然而,即便对于一些众所皆知的"小道理",如果深究一下,也会陷入复杂的哲学与伦理的悖论之中。有一个著名的"火车难题":假设你在一个铁轨变道闸的控制杆前,远处有一辆失控的火车冲过来。铁轨在你这里一分为二,一边有五个人,一边有一个人。如果你什么都不做,火车将会撞死五个人,如果你选择变道,就会撞死一个人。对于功利主义者来说,选择撞死一个人情有可原。而康德学派则认为,人不能作为利益的代价,道德的判断不是根据结果,而是根据动机,他们认为你不能把那一个人作为另外五个人获救的代价。

面对这样两难的选择,你如何去做都难以两全,因为无论怎么做都会出现"过失"。然而,世人且不可小觑这样看似毫无意义的悖论,也许正是这样两难的问题,能令人们在法律、行为、科学、政治、战争等问题上艰难地思辨与诘问,在"杀一个人和看着一群人死"之间,孰为"过失"、孰为"犯罪",究竟应该如何做出道德的判断呢?

论距离

世间一切皆存在"距离","距离"构成世界。世人往往在或者拉近、或者疏远的"距离"中演绎着人生的轨迹——这中间,有悲亦有喜,有苦亦有甜,甚至充满酸甜苦辣,五味杂陈。

世上有许多种"距离",有空间的"距离"、有时间的"距离"、有心理的"距离"、有情感的"距离"、有性别的"距离",还有现实和理想的"距离",过去和现在的"距离",心中期望与自身能力的"距离",等等。总之,有差异即有"距离",有区别即有"距离"。"距离"是绝对的,假若没有"距离",世界将永远是混沌一体。但是,"距离"又是引力与斥力的相对统一,绝对的引力与绝对的斥力,都将使"距离"不复存在。

因为"距离"本身富有的辩证内涵,导致"距离"的形态是多种多样的。

"距离"是千差万别的,有远近之分,有大小之分,有虚实之分,有真假之分,有明暗之分……有的看似距离很近的也许相距甚远,就像眼睛和睫毛的距离,往往是"如睫在前,视而不见";有的看似距离很远的可能反而很近,就像两个相爱之人也许天各一方,但空间的距离反而会使其情感更加炽热;有些时间的距离并不能隔断思想的距离,许多古人留下的文化瑰宝,今天捧读也总能令人倍感亲近、心生共鸣。

距离是不断变化的,远了往往不容易产生矛盾,因为远了会有

"随"论

吸引力,会逐渐拉近距离。而近了一般容易产生疏离,因为近了会有排斥力,会逐渐拉大距离。俗语说:"亲戚远来香,邻居高打墙。"这说明离得越近、相处越多,越容易产生矛盾与隔阂。还有的距离是越来越近的,两个人之间随着相识相知的加深,可以从陌生到亲密;有的距离是越来越远的,两个人之间随着身份、地位、思想、情感等变化,可以从熟知到疏远。

因为"距离"的客观存在,致使人们始终祈求改变或远或近的距离。

如,每个阶层之间是有"距离"的,地位、身份、财富等的差距,会在人与人之间产生距离,这种客观的距离,又会带给人们生存观念、利益诉求、生活期望、消费水平等方方面面的距离。这种"距离",既会带来矛盾,也会激发上进,使下层的人们努力去缩小与上层的距离,以此来改变自己的生活状态。

如,每个人之间也是有"距离"的,下级与上级之间,同事与同事之间,官员与商人之间,男人与女人之间,等等。正是由于人们之间有了距离,才可能激发人们迫切走近的渴望。然而,盲目或刻意地"走近",使距离太近往往未必是好事。所以,人与人之间还是要保持合适的距离,比如,职场关系的"距离"、男女交往的"距离"、官商利益的"距离"……

世人能够认知"距离"是一件很有意义的事。对世人而言,对有的"距离"是要不断拉近的,如,一个人对目标的追求,对自身良好素质的提升等,因为当你的目标达到之后,又会产生新的追求;当你的愿望满足之后,又会产生新的渴望,这样"波浪式"的推进往往是永无止境的。对有的"距离"是要用心把握的,如,人与人之间的相处,往往需要保持一个合理的半径,因为两个人"距离"太近往往不会产生美感乃至恰恰相反;对有些"距离"是要永远保持的,如,与罪恶、与阴暗、与陋习等,需要始终保持远离的尺度。

当然，有时人的本性欲望或许导致你会对"恶"产生向往之心，但一定要依靠理性与自律在思想、身体、行为等方面与"恶"保持"距离"，否则，一旦迈过"距离"的边界，将会产生不可估量的后果。

没有"距离"就没有空间，没有"距离"就没有隐私，没有"距离"就没有遐想，没有"距离"就没有渴望……没有"距离"也许一切都将平淡无趣。而有了"距离"互相之间才会有尊重感、欣赏感、新鲜感，乃至崇拜感、神秘感。然而，直观的"距离"容易测量，内心的"距离"却很难感知，所以有人感叹：人心的"距离"也许是世间最遥不可及的。这就如同一个容器，因其盛装的东西不同，而传递出不同的意味，如，人与人之间适当保留一些"距离"，盛装的是理解，传递出的是尊重；人与人之间刻意拉开一些"距离"，则盛装的是戒备，传递出的是拒绝……虽然"距离"可以产生美，因为熟悉的地方没有景色，但"距离"也可以产生错觉，这种错觉可以给人带来审美享受，也容易导致一个人误入危境，比如，对悬崖的"距离"往往使人只看见一片美好的天际，而忽略了危险其实就在脚下。

那么，距离是远一点好还是近一点好呢？因情况的不同，结果也不同。"距离"可以逐渐拉近，但并不可以完全消失。即便亲密如夫妻之间，也不可能达到毫无距离，但理解、包容与相爱，可以使一切距离不再成为距离。当然，对有些"距离"可以视情况而定，有时今天近一点好，明天就不好；有时私下里近一点好，公共场合就不好；有时人多的时候近一点好，人少的时候就不好……所以，若即若离何尝不是最好的"距离"。

人生需要拿捏好"距离"、把握好"距离"，既要适时，又要适度。其实，人的生命也是一种"距离"，而从生到死的漫漫路程需要用一生的时间去丈量。所以，只有拿捏好"人生的距离"才能演绎好"生命的距离"，这是更需要人们用心去体会与把握的。

"随"论

论自省

鲁迅先生曾说："我的确时时解剖别人，然而更多的是更无情面地解剖我自己。"这说的就是自省。世人皆知"自省"之重要，可又有几人能做到呢？

自省通常是在做事失利、做人失败，或者面对问题、面对批评时，需要做出的自我评价、自我反省、自我批判等，正如孔子曰："射有似乎君子，失诸正鹄，反求诸其身。"① 然而，为自己去辩护、给自己找借口，把自己排除在不良品质之外，乃人之本性，所谓"省人易，省己难"。一般表现为"五易五难"，即发现别人的缺点"易"，找到自己的毛病"难"；把责任推卸给别人"易"，敢于承担不利的后果"难"；指责别人的失误"易"，反思自己的行为"难"；把过错转嫁给别人"易"，在自己身上找原因"难"；给别人立规矩"易"，约束自己做到"难"。所以，做到自省的前提是要克服"自我"。过于自我即自私，而自私不仅仅表现为对财物的贪欲，一个人无限放大自我、自我感觉第一，自大、自狂、自满皆是自私的表现。因此，孔子把是否能够做到自省作为君子与小人的分野，所谓："君子求诸己，小人求诸人。"

当然，自省需要批判自己、否定自己，这无疑是有伤自尊、有损自信、有碍自我的，所以必定是痛苦的。但自省却如同洗澡、推拿，是个去污除垢、舒筋活血的过程。假如一个人不善于自省，就永远难以从挫折和困难中自拔，内心的积垢就会越来越多。可见，自省不仅是自我批判，更是自我救赎。一个人维护自我是本能，而学会自省则是本事。自省需要强大的"内省力"来战胜本能的自我意识。所以，自省之人一定是内心强大之人，一定是目标远大之人。

有了自省之心的人，他不会计较一时之胜负，不会在乎一时之面子……一个人只有勇于自省，善于自省，坚持自省，反复自省，才能举一反三，找准根由，矫正自我；才能克己察失，闻过则喜，明辨是非；才能透过现象看本质，通过表象看实质；才能不去重复地犯错误，也即"不贰过"，正如荀子曰："君子博学而日参省乎己，则知明而行无过矣。"②

那么，如何做到自省呢？孔子将自省归结为"自讼"，亦即自己与自己打官司，《论语·公冶长》曰："已矣乎！吾未见能见其过而内自讼者也"。而"自讼"的核心在于内心所信奉的道德规范和道德标准之优劣对错。这是前提，假设前提正确，那么还要注重方法。其一，自省要从小事、凡事"省"起，从"小错""微错""省"起，从无心之错、似错非错"省"起。然而，由于人的本性使然，世人的自省常常会在一念之间，一闪而过，也有时会内心知错，而嘴上不认错；也有时人前不说，人后才说。大多数人即便自省，也往往避重就轻，就外因而避内因，就客观而避主观。其二，自省要反复内省，养成一种习惯，一种自觉，如孔子曰："吾日三省吾身"。"自省"不可能一蹴而就，不应该蜻蜓点水，不是一次两次可以做到的，因为一个人自我保护的盔甲是与生俱来的，有一句名言说得好"最伟大的胜利，就是战胜自己"，可见战胜自己之难。其三，做到自省要敢于假设自己都是错的，一个人千万不要把"我做的都是对的"作为预设前提，敢于承认错误是自信的表现，而越是无能的人，越喜欢挑剔别人的错。自省就是要做到如孟子所言："爱人不亲，反其仁；治人不治，反其智；礼人不答，反其敬；行有不得者皆反求诸己，其身正而天下归之。"③其四，做到自省还要具备"自知"的能力，所谓"知人者智，自知者明"，也只有善于"自知"之人，才能更好地去"知人"。"自知"不能总是在自我的价值体系内绕圈子，不能在个人的习惯思维里"自淫"，而要对自己多问几个"为什么"，多设身处地为他人着想，不能图一己之痛快而为所欲为。

自省是儒家"道德修身"的一个重要方法，它是一种态度、一种

"随"论

境界、一种追求，是一个人走向成功的必由之路。孔子《论语》曰："见贤思齐焉，见不贤而内自省也"，就是要求世人做到，见到一个品德能力超过自己的人，就要想着努力像他一样；见到一个不如自己的人，就要反思自己是否有跟他一样的缺点。然而，事实上更多人的自省却是"亡羊补牢"，都是在失败、失意之后，其目的就是吸取教训，避免再次跌倒。相比之下，假若一个人身处高位，在顺风得意时，能够主动坚持自省，就像一个人在身体很棒时坚持锻炼，或许这才是更为可贵的，这对一些所谓的成功人士尤显重要。

无论如何，一个坚持自省的人，其缺点才会越来越少，思维才会日益敏锐，心态才会日益阳光，心胸才会日益宽广，观念才会日益更新……所谓"无自知之明则无敬人之心，缺责己之勇则无容人之胸"，只有敢于直面自我、否定自我，才能认识自我、修正自我，进而战胜自我、提升自我，让自我日臻完美。

【注释】
① "射有似乎君子，失诸正鹄，反求诸其身"：出自《中庸》，意思是：射箭有相似于君子的地方，失去了目标，没有射中箭靶的中心，要反过来寻找其自身的原因。
② "君子博学而日参省乎己，则知明而行无过矣"：出自荀子《劝学》，意思是：博闻强识的君子就会每天自省，这样就会神智清醒，品格高尚而行为不会犯错误。
③ "爱人不亲，反其仁；治人不治，反其智；礼人不答，反其敬；行有不得者皆反求诸己，其身正而天下归之"：出自《孟子.离娄上》，意思是：爱别人却得不到别人的亲近，那就应反问自己的仁爱是否不够；管理别人却不能够管理好，那就应反问自己的管理、才智是否有问题；礼貌待人却得不到别人相应的礼貌，那就应反问自己的态度是否恭敬。凡是行为得不到预期的效果，都应该反过来检查自己。自身行为端正了，天下的人自然就会归服。

论因果

佛教《因果经》曰:"欲知前世因,今生受者是;欲知后世界,今生所为是。"①哲学上认为,"因果律"是指所有事物之间最重要、最直接的关系,任何运动状态均是其之前运动状态积累的结果。

世人一般对待"因果"有两种态度,一种是"由因及果",就是做事之前先去考虑一下可能产生的后果;一种是"由果及因",就是等到出现结果之后才去寻找原因。但追其根源,事情发展是从"因"开始,而人们认知世界,终究还是从"果"开始,先从"果"到"因",形成认知,再从"因"到"果",指导行为。这也符合认识—实践—再认识—再实践认知世界的方式和途径。

虽然,"因果"关系是不以人们的意志为转移的客观存在,而有的"因果"关系是"显性"的,是人们已然知晓的,是人类对此规律已经存在了认知,如,着凉就可能感冒、酒喝多就可能头晕、运动就可能出汗……厘清这种关系相对简单些。但是,世上大多数的"因果"关系是"隐性"的,也就是说人们对这种规律性还没有完全把握,认清其中丝丝缕缕的联系,则需要更开阔的视野、更宏观的站位、更缜密的思维,乃至需要等到产生了"果"之后,才能发现产生这一"果"的"因"。

"因果"关系看似简单,实则复杂。有的是"一因多果",如,大到一次地震、一次战争,小到一次犯罪、一次提拔,皆会带来一系列的"连锁反应";有的是"一果多因",一个"果"是由诸多"因"产

一八九

"随"论

生的，而"主因"在其中起主要作用，如，一个人事业不成功，其中既有外在因素，包括始终没有机遇、人际关系紧张、领导不太赏识等，也有内在因素，包括个人素质、工作能力、努力程度、为人处世等，而这中间内在因素往往是"主因"；更常见的则是"多因多果"，人在天地间，身上必然承载着许多因素，在不同时间、不同条件下，不同因素遇到一起，会构建出不同的状态，所以才有"有心栽花花不发，无心插柳柳成荫"的天意弄人、才有"山重水复疑无路、柳暗花明又一村"的峰回路转，才有了人生的无穷变数与奋斗之乐……当然，还有"小因小果""大因小果""大因大果""小因大果"等不同的情况。

任何事物都存在必然性与偶然性。因此，有的看似是因果关系，实则不是；有的看似不是因果关系，实则是。因果关系并不像多米诺骨牌那样，轻轻地推动第一个"因"，立即会产生连锁的"因果"反应。其实，世界上的事物有多复杂，"因果"关系就有多复杂，"因"与"果"之间的联系，往往是掩盖在错综复杂的矛盾关系之中的，对于这种复杂的"因果"联系，只有运用抽象思维才可以把它剥离出来，如若按一下思维的"返回键"，它就又悄然回复到芜杂的现实中去。正是由于因果关系的复杂性，导致人们并不能直接体验到一些错误行为所带来的后果，才使得有些人对自己的行为不负责任、不计后果地纵容与放任。

唯有因无缘不能生果，因缘俱足必然生果。一个微不足道的小"因"，不经意之间可能会产生大"果"，同样，一个并未在意的"果"，又何尝不能成为另一个结果的"因"。也就是说，没有绝对的"因"，也没有绝对的"果"。此时的"因"，可能是彼时的"果"，此时的"果"，也可能是彼时的"因"。"因果"的"铁律"犹如一把达摩克利斯之剑，冥冥中高悬于世人的头顶。

"因果"关系有"快""慢"之别。如，酒喝多了会醉，"因果"

反应比较快；而吸烟使人减寿致病，则反应就比较慢。

"因果"关系有"直接""间接"之异。如，一个苹果砸到头上，头上被砸出一个包，这是直接的；而牛顿被一个苹果砸到后，认知到了万有引力定律，则是间接的。

因果关系有"诱因""本因"之分。如，爆发一场战争可能是由于一次谋杀事件所导致，这是"诱因"，但这场战争之所以爆发，其本质上或许有着极为深刻的政治、经济、民族、文化等因素，这便是"本因"。

"因果"关系的玄妙，还在于它是不断变化的。如，昨天的某个"因"一定会带来今天的某个"果"，但是，也许今天同样的"因"未必在明天产生同样的"果"，甚至会产生恰恰相反的"果"。比如，唐朝杨贵妃因为体态丰腴而被唐玄宗宠爱，集"三千宠爱在一身"，而在当今，杨贵妃的丰腴却非人人能接受。这种时间的、空间的跨度，导致产生了"此因非彼果"，也许还有"此果非彼因"，然而，无"因"不能生"果"，有"果"必有其"因"，这却是颠扑不破的真理。所以，世间一些人且不可遮蔽了心智与良知，最终无奈地去品尝自己酿造的"苦果"。

【注释】
① "欲知前世因，今生受者是；欲知后世界，今生所为是"：出自佛教《因果经》，意思是：想要知道你前世的因果，就看你现在所经历的事情；想要知道你来世怎么样，就得看今天你的所作所为。

"随"论

论人脉

一个人事业的成功有一种"二八定律",说的是80%归因于别人,20%来自于自己。被誉为20世纪最伟大的心灵导师和成功学大师的戴尔·卡耐基曾经说过:"专业知识在一个人成功中只占15%,而其余85%取决于人际关系。"姑且不论这些理论正确与否,但这里蕴含了一个重要的概念——人脉。

"人脉"即由人际关系而形成的人际脉络,一般是靠情感、志趣、喜好,或血缘、兵缘、学缘、地缘、事缘等来建立、经营和维系的,但这种关系往往会被掩藏在背后的功利与目的所庸俗化。比如,小时候上幼儿园,一般玩具多的小朋友,跟他玩的小伙伴往往就多。也就是说,资源分布的不均匀,必然造成人与人之间的某种依附与利用关系,也就是所谓的"人脉"关系。

社会上有些人脉是自然形成的,有些人脉是人为编织的。一个人编织自己的人脉,皆是有其互为利用的目的性,或者是为了扩大利益圈子,或者是为了办事方便,或者是为了商业目的,或者是为了壮威造势……而为了编织人脉关系,有的人善于预测判断,善于"下闲棋"、布"冷子",用钱财、情感等预先铺设"人脉";也有的人绞尽脑汁,处心积虑、投机钻营,乃至不惜血本、不择手段,他们抓住一切机会、一切场合,与能为自己所用之人,攀附结交、加深感情,一旦把你纳入其关系网,更是极尽"贴得紧""傍得牢""靠得住"等手段,黏附你、忽悠你、绑定你、利用你,使你的能量能够为他释放到最大化。总之,所谓"人脉"关系的价值指向皆是为了一个

"用"字。当然,尽管对待"人脉"关系,有的人善于"用",有的人不会"用";也有的人不去"用",还有的人不屑"用"。

一般而言,人脉关系具有一定的层次区别,既有高层级的人脉关系,也有低层级的人脉关系,而这取决于人们的出身、地位、财富、权力等,这些条件不同人脉底子也就不同。往往越是身处低层级人脉圈子的人,越想结交高层级人脉圈子的人,所以,人脉关系的走势总是向强者、向精英、向权力、向财富倾斜,正如俗话所说"穷在闹市无人问,富在深山有远亲"。

中国人讲"人熟为宝"。一个人脉关系广的人,人头熟、人情多,走到哪都有熟人,办起事来毫不费劲。拥有了不同层面的人脉关系,就如同拿到了不同领域的"通行证""敲门砖",无论办什么样的事,皆可以"绿灯通行",有人给大开方便之门。相反,一个人脉关系窄的人,谁也不交,谁也不熟,办事捉襟见肘,求人四处碰壁,常常一筹莫展。他们走到哪儿都是一个"难"字,"门难进、脸难看、话难听、事难办",绝无种种便利可行。所以,有了人脉往往能办到有权、有钱才能办到的事,因此,人脉也就是"权脉",就是"钱脉"。

一个人在社会上总要与他人相处,也就不可能没有人脉,但世人也千万不要高估自己的人脉,更不能凡事都去依靠人脉。因为,人脉关系的形态多种多样,也总在发生一些微妙的变化。有的人脉看似"真"、实则"假",一些人平日里吹吹嘘嘘、忽忽悠悠,见谁都勾肩搭背、拍拍打打,可是一到关键时刻,看到你没有利用的价值,往往是烦你、躲你、推你;有的"人脉"看似"长"、实则"短",一些人当你有职有权时,主动为你办事,给你大开方便之门,而当你无权了、失势了,就会"人走茶凉",令你感叹世态之炎凉;有的"人脉"看似"好"、实则"坏",一些人跟谁都处、见人就交,结果交友不慎、遇人不善,存在极大的风险,往往容易受到牵连,反受其害,

"随"论

求"福"反得"祸",人脉成为走向失败甚至衰亡的境地,还有的人在别人得势时,争相标榜与其的人脉关系,而一旦此人失势、垮台了,则立刻撇清关系、划清界限。其实,人们对一些热衷于拉人脉关系之人,往往是不以为然甚或是反感的,假如你身边有一个人整天窥视别人的职务、喜好、性格、家庭,和谁的关系好、跟谁能说上话,想必多数人都会对其嗤之以鼻。

说到底,往往人情社会才重视人脉关系,而一个法治社会则不太重视人脉关系。尤其是法治越严的国家,人脉关系越小越少,人们追求人脉关系也就越淡。可见,人脉关系是一个社会是否健康的"晴雨表"。因为,人脉关系会把所谓的"公共权力与服务资源"变成"个人的私有资源与财富",从而大大降低和弱化制度规范的权威性与社会职能的公正性,导致社会有失公平、公正,造成机会不均等、一些弱势群体将永远被所谓的"人脉网"边缘化、斥离化,由此带来他们对社会体系的不满与抵触,进而造成社会秩序的混乱。即便对人脉关系的获利者来说,随着时间、条件的变化,过去啥事都找人办,最后总有找不到的一天,由此带来"失落的苦果"只有自己品尝。不仅如此,随着所谓的"人脉"把人际关系功利化、庸俗化,人与人之间的亲情、友情皆被附着上功利的色彩,人们的内心将会更加疏离、更加冷漠,社会的良知与道德也将会更加物欲化、逐利化……

这,也许不仅仅是一种人际关系的黑暗,或许会带来整个社会体系与制度的坍塌与崩陷。

论崇拜

崇拜者与被崇拜者之间，绝非一种平等的关系，二者之间类似于"主仆"，尽管这是崇拜者的自主选择。

崇拜产生于内在的自愿而非外界的强迫，即便是看似被动，它也是来自于内心的敬畏，比如对自然、对图腾、对神灵的崇拜。而对伟人、英雄、天才地崇拜，是人们对自我人格、理想人生、价值追求的偶像化，使人们在对偶像的崇拜中，令向往、羡慕的心理获得满足与快感。

崇拜是一种很复杂的心理状态，它一般源于对尊崇对象无条件的信任，甚至是狂热的追捧。一般而言，崇拜是对偶像的"神化"，是一种感性的夸张、放大，这来自于心理学上的"晕轮效应"[1]或"光环效应"。所以，"崇拜"的对象要具备"神秘性""超常性""相关性"三个条件，所谓"神秘性"，即存在令人难以揣度的不可知性；所谓"超常性"，即具有超乎寻常的力量与能量；所谓"相关性"，即与人的生命、生活等相关联的。

"崇拜"往往产生于距离，距离越远就越神秘，越容易产生放大效应、联想效应，使人们在想象中美化被崇拜者，也更容易加深崇拜心理。这种崇拜心理，与知识多少、年龄阅历有关，比如，相对于智者，蒙昧者更容易心生崇拜；相对于长者，年轻人更容易有所崇拜，而年轻人往往相信"假"的东西，年长者更容易怀疑"真"的东西。

崇拜分为理性崇拜与非理性崇拜，所谓理性崇拜，对被崇拜

"随"论

的对象而言，它是经过科学分析的一种思想、理论等，抑或是客观存在的人和事，如，一个伟人对某一国家、地域、文化科技等做出巨大贡献，往往会受到民众的顶礼膜拜。对崇拜者而言，这种崇拜是在理性认知的基础上，产生由衷的钦佩敬仰，它是清醒的、冷静的、克制的。所谓非理性的崇拜，被崇拜的对象可以是真实的，或许是虚无的，但崇拜者对其是盲目的、盲从的，乃至疯狂的。这种崇拜缺乏理智的判断和清醒的认知，被崇拜者像神一样被供奉，人们对其所言所行无条件地服从，甚至可以为之付出一切，包括财富、家庭、时间，乃至身体、生命……这种疯狂的崇拜亦是无我的崇拜，陷入此种状态的人，一切皆受到崇拜情绪的操控，为之哭、为之笑、为之爱、为之恨，甚至为之倾家荡产，为之抛弃亲情，为之舍生忘死……当然，理性崇拜与非理性崇拜之间亦是可以相互转化的。

当下，随着社会的发展变迁，世人对偶像的崇拜逐渐由"神化"向"物化"转变。人们的崇拜往往折射出对偶像的物化倾慕、追逐，从对一种自然的、文化的、精神的崇拜，变成对一些世俗的名利、财富、权力等的崇拜。比如，对明星、名模、富豪等的崇拜，所潜藏的便是对名气、美色、金钱的内心向往。当然，这与社会的传播效应是分不开的。世上没有传播就没有崇拜，传播无疑能够美化被崇拜的对象，也能够使人们对其愈加趋之若鹜，加剧盲从随众的心理情绪，产生空洞的虚幻与假想，激活拜物的心理基因，泛滥传统造神文化的痼疾。

说到底，崇拜根本上是基于自我的卑微，盲目的崇拜往往会令自我更卑微。对社会大众而言，被崇拜者作为榜样能够对社会价值起到导向、示范作用，因此，也就有了"正导向"与"负导向"之分，特别是当被崇拜者的"德"不足以支撑其"才"其"名"时，往往会对社会道德体系产生一定冲击。所以，被崇拜者需要认清自己所承担的社会责任，而崇拜者更不应盲目，不应偏误，整个社会要引导人们去尊崇一种精神、一种道德、一种文化,从而使所有民众变得高大而自信起来。

【注释】
① "晕轮效应":又称"光环效应",属于心理学范畴,本质上是一种以偏概全的认知上的偏误。最早是由美国著名心理学家爱德华·桑戴克于20世纪20年代提出的。他认为,人们对人的认知和判断往往只从局部出发,扩散而得出的整体印象,就好像刮风天气前夜,月亮周围出现的"月晕"现象。

"随"论

论势利

世人对"势利"之人或称为"势利眼儿",或称为"势利小人",就是指对有财、有权、有势的人趋炎附势,对无财、无权、无势的人冷眼歧视的态度和行为。简单地说,就是"媚上"而"傲下",这种人就如同一只猴子,一旦攀上高枝,便向人间作态。现实中,无论身处何地,人们的身边都不乏此种"品性"之人。

不可否认,"势利"之心古已有之、人皆有之,区别只在于程度不同而已。早在战国时期,尹文子在《大道》中曰:"处名位,虽不肖,不患物不亲己;在贫贱,虽仁贤,不患物不疏己。"[①]一般而言,越正直踏实的人势利之心表现得越少,而越急功近利的人则表现得越多,如果超过了一定的"度"即为"势利小人"。不同的人对势利有不同的认识,很难有一个客观准确的衡量标准,对其的评价往往只能给出一个大体的道德判断。

势利之心源自何处呢?其实,正如俗话所说:"人往高处走,水往低处流。"世人大都愿意跟比自己地位高,比自己名望高,比自己学识高,比自己更富有的人交往,以寻找机会、提高自身、获取利益……曾有这样一个故事:郑板桥在一寺院游玩偶遇方丈,方丈见他衣着俭朴,以为俗客,就冷淡地说了句"坐",又对小和尚喊"茶"。一经交谈,方丈顿感此人谈吐非凡,就将其引进厢房,一面说"请坐",一面吩咐小和尚"敬茶"。又经细谈,得知来人是赫赫有名的郑板桥时,急忙将其请到方丈室,连声说"请上坐",并吩咐小和尚"敬香茶"。最后,方丈再三恳求郑板桥题词留念。于是,郑板桥挥笔写下一副对联。上联是"坐,请坐,请上坐";下联是"茶,敬茶,敬香茶"。方丈一看,羞愧满面,连连向郑板桥示歉,可见"四大皆空"的世外之人也有势利之时。

然而,一般人身上的些许势利之心,并不能使其成为势利之人。而势利之人自认为看尽了世态炎凉,看透了人情世故,把势利作为一种生存的哲学、把对权势的攀附当作投机钻营的本事、把对弱者的颐指气使当作抬高身价的本钱。势利之人所信奉的是"有奶便是娘",他们对其想"趋奉"之人,工于心计,挖空心思,绞尽脑汁,极尽奉承讨好、投其所好之能事,为了达到一己之目的而不择手段。

势利之人一般表现为:眼尖、脸厚、嘴甜、脚勤。所谓"眼尖"就是"会来事","脸厚"就是"敢贴乎","嘴甜"就是"能忽悠","脚勤"就是"多走动"。他们一般具有"三个特性":其一是"伪装性",势利之人往往善于掩藏真实的自己,把自己的内心隐藏得很好,令善良之人难以分辨出真伪。尤其在其不得势或失势之时,他们为了巴结权势,可以做到低三下四,摇尾乞怜,其目的就是让人产生恻隐之心,帮衬之心,以达到其不可告人的目的。其二是"两面性",势利之人的"两面性"表现为对上与对下,失势与得势的区别。"对上"曲意逢迎、巴结讨好,"对下"高高在上、趾高气扬。"失势"时卑微低调、低眉顺目,"得势"时忘恩负义、无情无义。尤其是对"无用"之人、"无能"之人,抱着鄙视、蔑视、歧视的态度,冷眼斜瞥、嗤之以鼻,根本就是"看不起""瞧不上""没好脸"。其三是"善变性",势利之人对自己认为"有用"的人,本质上是一种利用的关系。认识之初,刻意接近,以图走进对方的圈子,极尽投其所好、溜须拍马之能事,想常人所未想,做常人所未做;认识之后,就会想方设法揣测你的内心,迎合你的喜好,在不同场合表现自己的本事、能力等,创造让对方举荐、提携自己的机会。一旦自己的目的达成，甚至权力、地位、财富等超过了对方，则"一阔脸就变"，尤其是当"有用"之人变得"无用"之时，当"有势"之人变得"无势"之时，此辈见无势可依、无利可图，遂从"低眉顺眼"马上变得"翻脸不认人"。在你得势时，他恨不得把你捧到天上，极力把你伺候得舒舒服服，想给你当儿子、当孙子；而你失势后，又恨不得把你踩到泥里，再跺上几脚，想给你当爸爸、当爷爷。你今天从高位上下来，明天在大街上遇见时，他可能会一抬头就过去，装作看不见，因为这些人只会"往上看"。此时，曾经被势利之人利用过的人方才大梦初醒，悔不当初被其蒙骗，即便如此，你也是无能为力，追悔莫及，只能空留一句"世态炎凉"的感慨……

势利之人的势利之心大多源于功利之心，势利之人亦大多是市侩之人，反映了贪慕虚荣、追逐私欲甚至鄙视弱者、排斥底层的人性丑陋。"势利"的本质是"自私"与"自卑"的心理在作祟，攀附权势是为了获取好处，以此来满足一己私利；歧视弱者是由于内心深处的卑微，以此来掩盖自我的心理劣态。势利之人是因"利"谋"势"，趋"势"逐"利"，就像墙头草，随风倒。因此，势利之人总是被道德所诟病，被众人瞧不起。"势利眼儿"彼此之间也会互相"瞧不上"，背地里互相"讲究"，说某某人真势利，他们很少会承认甚至意识到自己的势利，因为他们觉得，一切所得都是自己付出人格代价而应得的回报，本该问心无愧，心安理得。而对人们的道德评价，他们往往是不大在意的，甚至以为自己这样做才是高明的活法儿，正所谓"高尚是高尚者的墓志铭，卑鄙是卑鄙者的通行证"。

势利之徒的本性实乃一种"奴性"，或曰"恶奴性"。据谢国桢先生《明季奴变考》载：明末江南一带兴起过投靠豪门之风，一些人尽管生活条件不错，但也成群结队地到豪门之家卖身为奴，目的就是为了逃避赋税、仗势欺人、横行乡里。投靠之初，他们对豪门巴结利用，一旦得势，或者诬告主人、或者鼓噪生事、或者裹挟财富……这些势利小人没有独立的人格，写入历史的永远是一张奴才的嘴脸。

【注释】
① "处名位，虽不肖，不患物不亲己；在贫贱，虽仁贤，不患物不疏己"：语出尹文子《大道》，意思是说：处在高官显赫地位的人，虽然是不肖之徒，不必担心人们不亲近他；在贫穷卑贱地位的人，虽然具有仁爱贤能之德，不必担心人们不疏远他。

"随"论

论快乐

尽管每个人都有过快乐的感受,但人生又难以时时与快乐相伴。因为,一个人是否快乐,既取决于客观上是否有快乐之事,又取决于自己是否有快乐之心。

那么,"快乐"是什么呢?我国台湾地区著名法师慈济功德会创始人——正严上人对"快乐"的解读是:"快乐只在一念之境,天堂地狱都由心起。"快乐是人们的需求与欲望达到后的一种愉悦,是自我精神上、心灵上的一种满足。由此,决定了快乐来源和标准的不确定性。

人生的快乐既是绝对的,又是相对的。其绝对性表现为快乐是方方面面的,如,品尝佳肴美馔令人快乐、欣赏曼妙音乐令人快乐、品茗诗词歌赋令人快乐、享受两情相悦令人快乐、收获事业成功令人快乐,乃至看一场电影令人快乐,打一场球赛令人快乐,逛一次商场令人快乐……而快乐的相对性表现为,对不同的人来说,乃至一个人不同的时期,对快乐的感受与体悟却是不尽相同的。

所以,快乐是因人而异的,就是说世人对快乐的感觉,取决于一个人的经历、地位、信仰、品位,乃至文化、传统、环境、性别,等等。一个历经磨难的人与一个一生顺遂的人,对快乐的理解与感受肯定不同,前者稍有获得便喜不自禁,后者即便收获颇丰也会云淡风轻。如,一个亿万富翁获得一万元也许并不快乐,而一个乞丐若讨到了一百元也会欣喜若狂。一个宗教信徒会把苦难作为一种快乐,一个慈善人士会把付出作为一种快乐,等等。同时,由于每个人的追求、品位、兴趣、修养等不同，对快乐的理解与诉求也不同，有的人把升官发财当作一种快乐，有的人把赌博游戏当作一种快乐，有的人把欣赏艺术当作一种快乐，有的人把追逐明星当作一种快乐……如此，快乐也就有了雅俗之分、高下之别，有的人追求一时之乐，如，赌博、嫖娼、贪污等，这往往会成为长久之痛、刻骨之痛、毕生之痛。甚至男人与女人的快乐既有相同亦有不同，甚至有的恰恰相反，此间的区别一般表现在生活方式、运动方式、交友方式、娱乐方式等方方面面。

　　快乐亦是因时而异的，这主要表现在三个方面：其一，一个人在不同的年龄阶段，对快乐的感受不尽相同。如，童年时候的快乐是穿新衣、放鞭炮、玩游戏……而成年之后的快乐是事业成功、假日旅游、男欢女爱……而老年之时的快乐也许就是白头偕老相濡以沫、儿孙满堂膝前尽孝……一般情况下，一个人在儿童时期，由于无须负担社会、工作、生活等压力，其快乐往往要多于成年人；其二，一个人在不同的人生经历中，对快乐的感受也不相同。如，在贫贱时候的快乐也许是一顿饱餐，而富足之时即使天天燕鲍翅也未必令其快乐；其三，一个人对同一"快乐"的反复出现，也会出现"快乐疲劳"，如，第一次听一首美妙的歌曲会令人快乐，但倘若每天都重复地听，时间久了，快乐之心便会日益淡漠。

　　那么，快乐是属于精神还是肉体呢？钱钟书曾说："把快乐分肉体和精神的两种，这是最糊涂的分析。一切快乐的享受都属于精神的，尽管快乐的原因是肉体上的物质刺激。"无论精神的也好，肉体的也好，人们快乐的感觉是一致的。一个人快乐抑或不快乐，往往取决于自己的主观意愿和个体的内心感受，这种意愿与感受来自于"比较"，与不如自己的一切相比，会产生快乐；而与比自己强的一切相比，又会感到不快乐。同时，一个人快乐与否，又是外人难以体会的，如，一个身家百万的人，外人会以为他很快乐，但在他的内

"随"论

心深处,也许在为自己不是千万富翁而纠结痛苦着。所以,一个人获得快乐说难也难,说易也易,只要把快乐的起点放低,快乐即会悄然而至。

于普通人而言,"快乐"是建立在对人生的认知和感悟上的情绪表达,所谓"贫贱是苦事,能善者自乐;富贵是乐境,不善者自苦"。芸芸众生,面对的是社会、人生、生活,追求快乐乃人之本性,但切记要把握好"度",超越了限度、尺度、幅度,就会"乐极生悲",走到快乐的反面。总之,只要世人不去扭曲快乐,不去"及时行乐",那就"人生得意须尽欢",让快乐常驻心间吧!

论权力

权力是一把"双刃剑",它既可以造就"万民之福",也可以变成"万恶之魔"。

权力既能体现代表集体利益的"公共性",又不可避免地暴露出权力者的"私欲性"。正如孟德斯鸠在《论法的精神》一书中所指出的:"一切有权力的人都容易滥用权力,它是万古不易的一条经验。有权力的人们使用权力一直到遇到界限的地方才休止,从事物的性质来说,要防止滥用权力,必须以权力约束权力。"

世上有"权利"与"权力"之分别,所谓"权利"是一种基本权,包括生存权、发展权、自由权、参与权……所谓"权力"是具体权,包括管理权、指挥权、审批权、决策权……当然,对世人而言,有"权"才有"利",有"权"才有"力",权力可以给人带来利益、力量乃至尊重、地位、身份等,诸如政治待遇、社会名声、经济收益、住房大小、专车档次等。正因如此,权力对人们产生了一种巨大的诱惑,导致一些人不惜一切代价追逐权力,宁可抛弃人格、抛弃尊严、抛弃亲情、抛弃健康、抛弃爱情……乃至不惜抛弃一切。

正是由于这种庸俗的"权力观"作怪,一些人一旦有了"权",就会无所不用其极,所谓"子系中山狼,得志便猖狂",得"权"忘形、得"权"忘本、得"权"忘法、得"权"忘情……有的人有了"权",做派随之也发生变化,对众人呼来喝去,场面上吆五喝六,热衷前呼后拥,被人举着抬着;有的人有了"权","圈子"随之也变了,所谓"贵易交,富易妻",慢慢就疏离了处于低位的朋友;有

"随"论

的人有了"权",胆量随之也变了,啥事都敢干,啥事都不怕,"天老大、他老二",置法律、法规于不顾;有的人有了"权","情感"随之也变了,凡事讲利益、讲利用,用官场的所谓"规则""规矩"来替代人之常情、人间真情。

究其根本,权力的魔力来自于"掌控"。既有"权力",便有"权大""权小""权重""权轻"之分别。"权大"与"权小"取决于职务的区别,主要在于官职、级别、位置等;"权重"与"权轻"取决于职能的不同,主要在于岗位、职责、权限等,由此,使整个权力体系形成了一个"金字塔"形。一般而言,"权力"的外在形态为"职务",所谓"有职才有权""位高者权重"。因此,"职权"是一种显性权力,它是被赋予合法、刚性的权力,而"权威"是一种隐性的权力,一个人的魄力、智力和人格能够产生权威感。权力还有一种形态为"权势",因为人们总是巴结、讨好、顺从能够决定自己命运、利益的权力拥有者,这也就带来了"掌权者"的"权势",也会放大一个人的实际权力。

权势既来自于权力,亦有别于权力。"权势"在于如何弄权,以使权力达到最大化:有的人"傍"上级、"傍"大官,狐假虎威,借势造势,以势压人;有的人"一人得道,鸡犬升天",拉圈子、结帮派,培植自己的亲信势力;有的人办事分人、分事、分时,对该办的、必办的、缓办的、不办的,皆以利益多少、关系远近为标准,用心揣度、拿捏;有的用手中权力做筹码,去结交社会关系,甚至黑恶势力,狼狈为奸,互为依仗,相互获利;有的算计同僚,打压异己,借势爬升,顺我者昌,逆我者亡如此种种,"权力"不仅没有为大众服务,而为私用、谋私利、图私欲、报私怨,堕落成了一些人手中的私物与工具。

古语曰:"官者,公也。"权力是一种社会公共资本,某个人的职务不过是权力的一个符号,而不是权力的本身,正如古人所言

"铁打的衙门流水的官"。所以,权力应该成为社会的"公器",而不应该成为个人的"私物"。然而,理论上的认识绝不等同于现实的存在,由于在社会上、在世人眼中存在严重的官本位现象和思想,以官为贵、以官为尊,用是否当官、官职大小作为衡量一个人价值的标准。以官为本、唯官是从,一切以官的意志为转移,导致长官意志、依附意识及其现象盛行。这样,权力的公有性被大大弱化,一些掌握权力的人,热衷于追逐对公共资源的特权,捞取个人、家庭的特殊利益,从而导致贪污腐化、行贿受贿等现象的滋生蔓延。

因此,从现实的经验与教训可以看出,长期形成官本位的体制和意识,把权力本身的负面效应纵容与放大了,使一些"掌权者"们失去了规范和约束,而至为所欲为、毫无节制。可以说,一个官本位思维、意识、文化、体制盛行的社会,是无法激发一个民族整体的创造力和创新力的。所以,要"把权力关进制度的笼子里",变"官本位"为"民本位",才能释放出全民族的能量和活力,并使其如江海般涌流奔泻。

"随"论

论戒备

话到嘴边留半句,理到真时让半分;逢人且说三分话,未可全抛一片心。这是民间流传的顺口溜,说的是为人在世要谨慎。中国自古就有"害人之心不可有,防人之心不可无"的古训。防人就是"戒备",防人之心其实就是"戒备心"。人的自我保护、防备伤害之心,通常被人们形容为"藏着""掖着""防着"……

世人大抵都有过与"戒备"有关的体验,所以,"戒备"之心人皆有之,或父母、或亲朋、或内心,常常提醒自己凡事都要"提防点儿""小心点儿"。有的是发生在人与人之间。如出门坐车要看好钱包,别被偷了;去市场买东西,要用心留意,别被骗了;与人搭伙做生意,要留个心眼儿,别被坑了;与人聊天,要多琢磨琢磨,别被涮了;与朋友来往,要注意分寸,别被耍了……有的是发生在人与物之间。比如端汤要小心,别被烫了;走路要小心,别被撞了;用刀要小心,别被划了,等等。可见人活着真的是很累。但刚出生的婴儿,只要不饿不渴不困不病,谁都能抱一抱、逗一逗。为什么能这样?就是因为他还没有"戒备心",在他懵懂的世界里,没有好人与坏人、没有安全与危险、没有朋友和敌人,这说明人的"戒备心"并不是与生俱来的。

那么,人与人之间一般在什么条件下会产生"戒备"之心呢?

其一,受到威胁时。"戒备心"一般是在面对伤害过你的环境和人，抑或有可能伤害你的环境和人的条件下产生的。由于受到了他人或他物的伤害，一个人才会把自己包裹、束缚起来，受到的伤害越多越大，则"戒备心"越强越重，所谓"一朝被蛇咬十年怕井绳"。其二，感到陌生时。人们在陌生的环境、接触陌生的人，或者与人初相识、初相处，到一个新的集体后，容易产生戒备心理，往往是"交浅不可言深""一人不入古庙，两人不看深井"。其三，预知结果时。从以往的经验、从别人的传言，或者从对一般规律推断等，容易产生"戒备心"。就拿喝酒来说，有的是自己跟某人喝过酒，了解此人酒后骂人的毛病，此后再在一起喝酒就会戒备；有的是听别人说某人喝酒后骂人，所以跟他在一起喝酒会产生戒备；有的是看见过别人酒后骂人，所以不管跟谁喝酒，都存在戒备；有的预测到大多数人酒后就有可能骂人，所以只要一喝酒就会产生戒备。其四，面对竞争时。面对强大的竞争对手，考虑到保护自身利益，或者为了达到某一目标容易产生戒备。如，与别人同在一个竞争平台，假如别人上去了，我就可能上不去，人人都上去了，我就一点机会没有了；或者内心确定了一个目标，而对可能影响这一目标实现的人都会存在戒备。其五，无法确认时。俗话说："画龙画虎难化骨，知人知面不知心。"如，在官场、商场、情场、名利场等利益攸关的环境下，或者敏感时期，当一个人无法确认对方的真实底细、意图时，出于自我保护的需要，人与人之间容易产生过重的戒备。

　　戒备心的轻重，每个人也不尽相同。有的人戒备心很轻，会被一块石头绊倒多次，被一个骗局骗过多回，甚至是被一个人坑了一辈子，这类人或者是心性淳朴，过于单纯，容易相信别人，既没有害人之心，也没有防人之心；或者是天生大大咧咧、马马虎虎，什么事都不放在心上，更不记在心上，用老百姓的话就是"吃一百个豆都不嫌腥"。有的人则戒备心过重，对谁都防着，啥事都掖着、藏

"随"论

着，生怕被别人看了去、听了去、抢了去。他们在与人交往上，一般不会跟他人走得太近，对场面上的应酬婉言推脱，喜欢独来独往，不欠人情、不交朋友等；在语言表达上，说话闪烁其词，模棱两可，不愿沟通、不愿交流等；在办事做事上，谨小慎微，注重细节，低调保守，想问题周到全面，不善决断、不揽责任等。一般而言，这类人在内心设置了一道"警戒线"，始终与别人保持着一定的距离，与人缺少心灵的沟通，把自己掩藏起来，把情感遮蔽起来，不愿让任何人知道内心的真实想法。如，有的人自己的事情从不和外人谈起，他担心自己如果有好事，怕别人嫉妒；自己有坏事，更是"家丑不可外扬"，怕别人笑话；自己有钱了，不能露富，怕别人惦记；自己没钱了，不能哭穷，怕别人看不起。

　　一般而言，过轻、过重的戒备心，于人于己都容易成为一种伤害。戒备心过轻容易受骗、吃亏，特别是对一些恶人、歹人、小人等，不仅应时时抱有戒备之心，而且还应该防之于早、防之于初、防之于弱，否则，稍不留神令此辈"做大"则遗祸无穷。然而，戒备心过重则无友、孤单。因为，它使人封闭、壅塞，拒绝和排斥接受新的环境、新的事物、新的人群，逐渐造成心理上的自卑、优柔、孤独，缺乏自信、缺失自我。尤其人与人之间的高度设防、掩藏，会导致人与人之间缺乏真诚、缺乏沟通、缺乏互信，也将会产生更多的猜测、猜疑、猜忌，容易造成更多的误解、误会、误判。甚至一些人在戒备状态下会产生巨大的心理压力，过度的焦虑容易使人走向疯狂，进而走向避免被他人伤害的反面，变"被动"为"主动"，不择手段地去伤害他人……

　　说到底，人与人之间的戒备皆是源于不自信，而这种不自信的戒备又往往是下意识的。比如，朋友之间有时也会产生戒备，这种戒备不是互为敌意的，而是源于自我保护的需要。然而，在人们中间由于信任缺失而产生的过重戒备,则是隐藏在一个人内心的巨大忧患、危险。一个社会、一个团队、一个家庭,由于过重的戒备将导致人与人之间由自闭到冷漠、由隔膜到对立、由失信到失范,人人揣度、人人自危、人人难安,久而久之,虚伪、隐瞒、欺诈将横行于世,遗祸无穷。所以,只有每个人都打开心灵那扇"窗",推倒心里那堵"墙",既要有防人之心,又要有容人之量,阳光才能普照心田、普照你我、普照世界。

"随"论

论无奈

无奈既是一种客观造就，亦是一种心境使然。因此，有时面对无奈的人生，人们切不可在无奈中失落了自己……

一个人只要活着就会有无奈，也许，无奈就是人之所以为人的宿命。无奈是表示人们对自己不能达到目的而产生的遗憾态度，它所反映的是人的主观愿望与客观现实的对立冲突，并由此触发人内心的失落、惆怅、无望。无奈往往表现为一种心境、一种情绪，它出自一个人心理的感知，造成内心无助的怨尤，所谓"落花有意，流水无情""笑拈黄花，重题红叶，无奈归期促"……

在人的一生中存在许多无奈，如，韶华即逝、春宵短暂、亲人聚散、美景不再……又如，机遇错失、遭受非议、罹患疾病、钱财散失……无论是伟人、精英、贵族、富商，还是百姓、草根、穷人、底层，大都要面对人生的种种无奈。"无奈"的形态大体有这样四种：一是曾经拥有的失去，如，对生命、青春、美貌、爱情等，随着时间的流逝或意外的变故，使得这一切从有到无，又无力去改变；二是想要拥有的错失，如，对机遇、财富、权力、美色等，心中所期盼的却总是擦肩而过，终究无法实现，空留一生遗憾；三是已有的无法改变，如，对身体的残疾、容貌的丑陋、家世的低微等，一切已成定论，凭一己之力无法更改；四是不想拥有的无法躲避，如，战争、地震、乱世及疾病、灾祸等，意料之外的天灾人祸，令许多人无法幸免……可见，无奈之事与人生错落交织、如影随形，它既是人生的常态、常形，也是人生的底色、本然。

那么，人们如何应对内心的无奈呢？面对人生的诸多无奈，如果你不能改变现状，那就试图改变自己的心态吧。在大千世界里，"缘"就是"无奈"，缘来"无奈"，缘去"无奈"，而执著是一种负担，放弃是一种解脱。"本来无一物，何处惹尘埃！"对世人来讲，人生难免不如意，所以，放弃不该放弃的是"无奈"，不放弃该放弃的是"执念"；而不放弃不该放弃的是"坚守"，放弃该放弃的是"成长"。即便有些东西不该放弃，仅凭一己之力又无法抓住，那么，何不在"无奈"中放下"执念"，"坚守"自我、学会"成长"呢？

无奈其实是人生本质的现实性与可能性、偶然性与必然性、随机性与应然性的反映和体现。无奈不同于失望，更有别于绝望，失望是对主观的，是对外界的，是相对的；绝望是彻底的、决绝的；而无奈是既有主观的良好期盼，也有对客观规律不可抗拒的顺从。同时，除却人生永恒的"无奈"，比如，生老病死、天灾人祸等之外，对其他的一些"无奈"，是接受还是顺从？是认命还是抗争？是无计可施还是试图改变？取决于一个人的意志与信念。面对"无奈"，一个人应该通过自己的智慧、力量、修为、能力等去预知、去改变、去避免。虽然，"无奈"是一种结果，是已尽全力去做而最终不得已的放弃，但这种"放弃"不是一蹶不振的"抛弃"、不是自暴自弃的意志消弭，若一个时机来临，便一定要做到重整旗鼓、东山再起。

古语曰："人生不如意十之八九。"对一个普通人来讲，不必有孔子"逝者如斯夫，不舍昼夜"那样深邃的"无奈"，无须有苏轼"人有悲欢离合，月有阴晴圆缺，此事古难全"那样悲情的"无奈"，更不会有项羽"力拔山兮气盖世，时不利兮骓不逝。骓不逝兮可奈何，虞兮虞兮奈若何！"[①]那样凄绝的"无奈"。作为一个世间凡人，对待无奈之事需要抱有一种良好的心境。要学会放下无奈，因为，放下是一种生活的智慧，放下是一种超脱的坦然，它不是自欺，更不是放弃，而是一种大度、一种彻悟、一种灵性，所谓"心若无恙，

"随"论

奈我其何。"虽然,在人生中充满种种"无奈",也许一个没有"无奈"的人生,便不是一个饱满的人生,但是,只要人们去争取、去努力了,人生的无奈就不会变成无奈的人生。

【注释】
① "力拔山兮气盖世,时不利兮骓不逝。骓不逝兮可奈何,虞兮虞兮奈若何":出自《史记·项羽本纪》之《垓下歌》,意思是:我力可拔山啊,豪气可盖世。时运不济啊,我的乌骓马也不走了。乌骓马不走了,我能怎么办啊?虞姬啊虞姬,我该把你怎么办啊?

论懒惰

懒惰是一种习惯!

俗话说:"酱油瓶子倒了都不扶",说的就是懒惰。说一个人懒惰不是一种道德的评价,但它却误己、误人、误事……可以说,勤奋是成功的唯一途径,懒惰是失败的必然之因!

明朝进士钱鹤滩曾写过一首著名的《明日歌》,其中有这样几句:"明日复明日,明日何其多?我生待明日,万事成蹉跎。"这首诗词句浅白,却内涵深刻。表面上看,他告诉世人要珍惜时光,切莫虚度光阴,其深意却是告诫人们要学会克服懒惰的心理,莫待年华飞逝而万事蹉跎。

懒惰可谓人性的情结,这种情结无时无刻不依附在人们身上,蛰伏在人们的潜意识里。所以,世人身上皆有惰性,只是或多或少罢了,乃至有的人在此时此事的惰性多一点儿,在彼时彼事的惰性少一点儿而已,这反映的就是人们的普遍惰性。即便一个勤劳的人也潜藏着"懒惰"的情绪,只不过他能够抑制、克服这种情绪而已。而一个"懒惰"情绪表现明显的人,则大多是因为不想克服、不会克服、不能克服这种"懒惰"的情绪。

懒惰有思想上的,还有行为上的,相比而言,一个人思想懒惰往往要比行为懒惰更可怕。所谓思想上的懒惰表现为容易满足,不爱动脑,它反映的是一种心理上的厌倦情绪,形容一个人精神松懈,萎靡不振;所谓行为上的懒惰表现为疲沓拖延,眼里没活,能

"随"论

拖就拖，能躲就躲，所谓"大象屁股推不动"。当然，有的人思想上懒，行为上却不懒，他们不爱动脑，不爱琢磨，但手脚勤快。这样的人一般执行力较强，大多适合干一些具体的、常规性的、重复性工作。更有甚者，有的人思想上懒，行为上也懒，他们啥也不想，啥也不做，坐吃山空……究其原因，多数人是没有动力去想去做，没有兴趣去想去做，但也有的是没有能力去想去做，即便有的迫于外力不得不想、不得不做，往往无异于"小孩赶猪"，打一打，动一动，甚至打也不动，越打越不动。

同时，懒惰也有"这方面"的与"那方面"的不同，比如，一些思想家、科学家、艺术家等，他们在生活中懒懒散散，邋邋遢遢，但在本行业、本专业却殚精竭虑，勤耕不辍，正如法国大作家巴尔扎克所说："艺术家在常人眼里是一个懒汉"。这些人往往具有过人的天赋，可以在文化、科技、艺术等领域有所创造，有所建树。还有的人对喜欢做的事非常勤快，对不感兴趣的事却十分懒惰，如，有的人乐意摆弄电脑，不管遇到多大困难，遭到多少埋怨，依旧乐此不疲，而对他不喜欢的事，往往推三阻四，一拖再拖；还有的人愿意逛街、购物，从不嫌累、从不腻烦，而对家务活儿却拖拖拉拉，想尽办法推脱不干。

大凡懒惰之人一般具有这样几个特点：其一，懒惰是有理由的。凡事总给自己找借口，遇事总要找这样那样的理由，来为自己的懒惰开脱，或者是没时间，或者是没心情，或者是没办法，或者是没兴趣，等等；其二，干任何事都没长劲。往往刚开始热情满满，干劲十足，可随着时间的推移或者出现了一些困难，就出现了"退热"现象，结果干任何事都是功亏一篑，半途而废；其三，存在较强的依赖性。总爱把不愿意干的事情推到别人身上，或者总是觉得自己不干反正有人干；其四，干事情浮皮潦草。懒惰的人大多干事不认真，不走心，投机取巧，应付了事，能少干的绝不多干，能省力的绝不费力……

一般而言，许多人难免在四个节点上产生懒惰情绪：其一，在时间的节点上，在此时该办的事假如改到彼时，人们往往会产生惰性，如，半夜被叫起来干活，下班后安排加班；其二，在身体的节点上，一个人在患病的状态下，如，感冒了的人身体乏力，往往不爱动弹，这时就会产生惰性；其三，在困难的节点上，当客观条件临时发生了变化，打乱了人们做一件事的心理预期，往往容易产生惰性，如，刚要出门天下雨了，正要看书邻居装修砸墙；其四，在心理的节点上，一个人在做一件事的过程中，总会出现一个心理疲劳周期，这个节点的出现因人而异，因事而异，或早或晚，或长或短，这时人的心理会产生反感情绪并由此产生惰性。

那么，一个人如何才能克服懒惰呢？这也无外乎要做到四点：其一，要设定一个人生的目标。这个目标因人而异，总之是值得自己去追求的目标。它可以是远的，也可以是近的；可以是大的，也可以是小的。也可以把一个大目标分解成若干小目标，甚至把每天要做的事限定在固定时段内；其二，要培养对一件事的兴趣。一个人对感兴趣的事往往是甘愿投入时间、精力、体力的，它可以驱使你放弃懒惰，如，一个初学开车的人，有空就去练练，没空也想摸摸，起早贪黑也不累、不烦、不懒，甚至躺在床上盼天亮；其三，要善于养成好的习惯。懒惰是一种习惯，勤奋也是一种习惯，而当勤奋变成一种习惯，懒惰就消失了。如，早上五点钟起床，晚饭后散步一小时，睡觉前看两小时书……这样，慢慢就会养成一种好的习惯，把依附在你身上的惰性一点一点挤掉；其四，要借助一定的环境氛围。一个人上学过集体生活，当兵过部队生活，在外力的强制下，在群体的影响下，往往能够改变懒惰的习惯。所以，一个人可以选择

"随"论

经常跟勤快人接触，如，跟爱运动的人接触，跟爱起早的人接触，跟爱干活的人接触，跟爱思考的人接触，往往耳濡目染让你慢慢改掉懒惰。同时，在心理疲劳节点、在遇到一些困难时，要学会通过娱乐活动、听听音乐、喝茶聊天等方式，释放自我心理压力。

　　无论如何，一个人只有克服自身的懒惰，才会离人生成功的目标越来越近，有一句名言说得好："当你坚持不下去的时候，你就坚持下去好了！"

论心计

用心算计用在正事上叫"计谋",用在歪道上叫"心计"。如何用?用在哪?皆看一个人的心胸与品性。

其实,"心计"一词原本算作一个中性词,因为"算计"并不等于伤害他人,亦无褒贬义之别,它指的是为人细心、善于揣摩。而在现实中,人们习惯于取"心计"的贬义,用"工于心计"来形容一些深于城府、擅于算计、费尽心机之人。

有心计的人,往往留意的大多是身边人、眼前事,他们不吝惜大脑、不吝惜时间,常常为一些鸡毛蒜皮的小事所负累、所牵绊,唯恐在自己的小算盘上遗漏一个人、一件事、一个动作、一个眼神……尽管有心计的人不一定欺骗你、出卖你、伤害你,但他一定会时刻用眼睛去窥视你的一举一动,每天用内心去揣度你的一言一行……与有谋略的人相交,内心可以坦然磊落,而与有心计的人相处,总是会令人惴惴不安……

有心计的人,一般都比较聪明,但这种聪明往往都是"小聪明",俗语一般称之为"奸"。"奸"的人,大都追求的是将自己的所作所为效益最大化,无论在什么场合、什么事情上,都争取把握主动权,最大限度地去了解别人、隐瞒自己,想方设法地去摸清别人的底牌,而不让别人看清自己。

"奸"也分两种。一种是"奸中傻",无论说话办事,都让人感觉到算计与精明,其实这种人不能算作真正有心计的人,因为让人看出来的聪明,不能算作聪明,结果只落得个自作聪明,聪明反被

"随"论

聪明误。这种人往往在做一些好事、善事时，一定要把好事、善事做到表面，并且大多是顺水推舟、顺其自然，送你一个顺水人情。他为别人做的一切事都是算计好的、有目的的，总是想方设法让你领他的情，有时还不直接告诉你。假若你明白了他的心思，也要尽量按照其预设的目的给予相应的回馈，否则，他一定会彻夜难眠，陷入纠结；还有一种是"傻中奸"，看似很豁达、很坦荡，貌似大大咧咧，满口不在乎，"行行行、好好好"，但心里却在飞快地打着"小算盘"，把自己的利益得失算计得明明白白。这种人表面上看似实在、单纯、义气，但他们往往善于隐藏、善于伪装，只有经过一些关键的事儿，你才能看得出来、"品"得明白。

所以，一个有心计的人往往与别人处不长、交不透。一方面，有心计的人一般不与他人发生争执、冲突，除非触及自己的利益底线。这类人一般也缺乏道德感与是非观，对别人之间的对与错、好与坏、曲与直的界线比较模糊，凡不触及或伤及自己的事，不能给自己带来好处的事，有心计的人会抱定不参与、不介入、不表态的做人原则。再一方面，有心计的人往往愿意算计别人，但人们也许一次、两次被这种人算计，而一旦看透了这种人的品性，一般会敬而远之的，因为与这种人相处，往往心里不踏实、没有底儿。即便在无奈的情况下，不得不与有心计的人相处，人们也不会与之真正交心，尤其在牵涉到个人利益时，往往不愿也不会与有心计的人产生交集。所以，有心计的人也不指望"在一棵树上吊死"，他们大多喜欢陌生的环境，乐意与老实、本分、厚道的人交往，这样，他们往往"得手"更容易一些，或者即便对方看出来了，也撕不开脸皮，抹不开面子去揭穿你。

"心计"不同于"计谋"，"计谋"一般是在认知与把握事物客观规律的前提下，对事物发展的"势"所做出的审慎理性的判断，以及应对策略与举措。"心计"相比之下则格局要小很多，它是建立在以"我"为中心的基础上,对个人利益、个人得失的谋算。一个人之所以运用心计,就是要算一算"小得与大得""快得与慢得"的"得失账"。他们有时也会主动去"舍",而其"小舍"是为了"大得",所谓"吃小亏占大便宜"。他们有时亦会去"慢得",因为他们知道"快得"往往是"小得",说到底,其实"心计"算的皆是"小账",其做人的本质决定了他们永远不想吃亏,不能吃亏,这种只在乎"眼前得"的心态,终究使之无法获得长远利益。

所以,有心计的人一般难以成就大事,因为一个过度爱惜自己的"羽毛",放不下自我利益的人,一定不会为道义、为他人坚持主见、坚守原则,勇于亮剑、敢于较真,而这样的人或许可以成一时之功,但注定与"成大功"无缘,最后也终将被众人诟病与遗弃,正所谓"机关算尽太聪明,反误了卿卿性命。"

"心计"源于"唯己""为己""利己",然而,一个一切为了自己的人,恰恰会失去朋友,甚至失去亲人的信任、理解和帮助,这是有心计之人的"致命伤"。所以,一个人应该学会放下自我、放下私利,真诚地去用心付出、成全他人,才能赢得意想不到的人生回报。

"随"论

论境遇

　　一个人只要活着，就一定会生活在不同的境遇中。面对"境遇"，人们所要回答的应该是：如何去认知人生的种种境遇？如何去改变人生的种种境遇？

　　人的一生无疑要经历种种境遇，有的境遇是突如其来的，有的境遇是渐渐而至的，也有的境遇是逐渐改变的，还有的境遇是在自我的争取与期许中翩然而来的……正如著名诗人汪国真在《无题》诗中所写到的：年龄，总是如期而来；忧愁，总是不请自来；不幸，总是突如其来；而你，为何总也不来？

　　清朝朱锡绶在《幽梦续影》中说："少年处不得顺境，老年处不得逆境，中年处不得闲境。"这说的是一种理想的人生境遇。然而，人生的境遇不是完全能由自己预设、把控的，也许你正处在无忧无虑的"闲境"，突如其来的战争、地震、海啸等因素，瞬间使你的境遇发生改变；也许你正处在如日中天的顺境，意想不到的疾病、重伤、祸事等的发生，也会使你的境遇顷刻间发生变化……。

　　尽管世人的境遇不是以个人的意志为转移的，甚至或许是不遂人愿的，然而，人们皆梦想改变坏境遇，而追求好境遇。当然，这一方面取决于外界的力量，一方面由自己的学识、修养、能力、心态、品行等所决定，更要看一个人是否善于、能够把握住机遇，因为机遇往往能够改变一个人的境遇。同时，人们所处的境遇也能给自己带来改变，如，有的人越是在顺境时，精神反而容易懈怠、易于委顿，而有的人越是在逆境下，潜能越会被激发、被唤醒。比如，一个身处顺境的人,常常恣意顺遂,一个居于困境的人,往往沉迷安逸,结果顺境、闲境变成了逆境。而有的人身处绝境,反而愤然勃发,最终走出了人生的一片精彩,同样,面对困境、险境、绝境亦如此。反之,如果一味低迷徘徊、一蹶不振,不仅逆境可以变成困境,困境亦可以变为险境,直至最终险境化为绝境。

当然,面对人生的种种境遇——逆境、困境、险境、绝境……还可以有另外一种态度。《幽窗小记》中载有明朝洪应明的一副对联:宠辱不惊,闲看庭前花开花落;去留无意,漫随天外云卷云舒。人生免不了起起落落、喜喜悲悲、得得失失,一旦"所欲"难以实现,一旦"所想"难以成功,有人就会失落、失意、失志,或惊、或诧、或忧、或惧……清代作家李惺在《西沤外集·药言剩稿》中曰:"境遇休怨我不如人,不如我者尚众;学问休言我胜于人,胜于我者还多。" 他要告诉人们的是,境遇皆是相对的,也许你对所处的境遇不如意,但却未必比他人的境遇更坏。所以,面对如此种种境遇,要学会淡然处之、怡然自得,达到得之不喜、失之不忧的人生境界。

清末著名爱国人士林则徐有一句名言:"子孙若如我,留钱做什么,贤而多财,则损其志;子孙不如我,留钱做什么,愚而多财,益增其过。"由此看出,"人的所有"不是别人能够给予、能够馈赠的,人生的境遇最终还是要靠自己。一个人如若一味地依靠父母,盲目地依赖先天,终究徒劳无益、于己无补、累此一生。有一句话说得极为经典,即:"顺境须节制,逆境方坚韧,志者不以境役心,而以心制境。"这句话就是在告诫人们,面对人生的种种"境遇",切莫"以境役心",而要"以心制境",这样才能"处顺境而不随、处逆境而不颓、处闲境而不委、处困境而不沦、处险境而不乱、处绝境而不弃",做到泰然处之,甚至虽败犹荣,从而在不同的"境遇"中升华出高远的人生境界。

"随"论

论孝顺

百善孝为先。一个人孝顺与否，关乎甚大，它决定着社会对你的根本评价，如，孟子曰："不得乎亲，不可以为人；不顺乎亲，不可以为子。"[①]一个人如若不孝甚至没人敢与你交朋友，所谓"为人不孝者不交，为人不义者不交，为人不忠者不交。"

孝，无论在任何国家、社会都具有普世的价值。如《礼记》曰："孝子之养也，乐其心，不违其志。"[②]又如《圣经》所载"十条戒命"，第五条即为"当孝敬父母。"在中国古代有许多"孝"的方式，如，著名的"二十四孝"故事，以及仪式上的请安、奉茶、跪拜、敬烟、讳名等……然而，"孝"与"顺"是既有联系又有区别的，因为，与"孝"相比古人仍然是把"义"放在第一位的，如《孝经》曰："故当不义，则子不可以不争于父，臣不可以不争于君。"孟子曰："谓阿意屈从，陷亲不义，一不孝也。"也就是说，"顺"不可以盲从，不能罔顾道义，否则，便是"不孝"。

孝的本质乃出自于天理人伦。孝来自于恩，所谓"身体发肤，受之父母，不敢毁伤，孝之始也""不养儿不知父母恩"……一个人所生、所养、所育皆赖于父母，孝为道德修身之首，为做人立足的根本。然而，古人的孝建立在封建体制条件下，往往把孝给绝对化了。如，"君为臣纲、父为子纲、夫为妻纲""君要臣死，臣不得不死；父要子亡，子不得不亡"，就是说，"君""父"对臣子、对子女来说都是至高无上的，"父"可以对自己的孩子随意打骂、可以决定孩子的生杀予夺，什么理由也不需要就可以打孩子，甚至打死也不犯法。

再如，孔子《论语·里仁》曰："父母在，不远游"，孟子曰"不孝有三，无后为大"……这些在今天看来，大多是做不到或无需去做，是需要摈弃的文化糟粕。

虽然，古代的"孝"文化存在弊端，但儿女对父母的孝敬、孝心、孝道、孝义等不能改变。同时，人们对父母的"孝顺"既应该体现在钱物、帮做家务等方面，更应该给予精神上的抚慰与陪伴。据《论语·为政》中载，子夏问孝，子曰："色难。有事，弟子服其劳；有酒食，先生馔，曾是以为孝乎？"说的是，子夏问："怎样做才是尽孝道？"孔子答："难在子女的容色上。若遇有事，由年幼的操劳，有了酒食先让年老的吃这就是孝了吗？"可见，孔子认为"孝顺"最重要的是要和颜悦色地对待父母，而这是很难的。对父母的"孝"亦体现为"成人"，所谓"立身行道，扬名于后世，以显父母，孝之终也。"老人往往有着"以子为荣"的虚荣心理，盼着儿女比别人有出息，当大官、挣大钱、出大名，日子比别人过得好，老人才有面子，才高人一头，而儿女满足老人的这种心理，又何尝不是一种孝顺呢？再有，"孝顺"关键在"顺"，其实，老人到了一定的年龄，对于吃、穿、住等已经没有更高的要求，能过得去就行，而他们最在乎的就是能够省心、顺心，因此，儿女应该尽可能地顺其意、顺其心、顺其言、顺其行、顺其性、顺其情……当然，"顺"不是盲从，对一些牵扯到是非、善恶、对错等的根本问题，也要委婉、巧妙、善意地为父母指出来，以尽到儿女的责任与孝道。谈起"孝顺"，民间还有一句老话："好儿子不如好媳妇，好闺女不如好女婿"，说的意思是家里一些能讨老人喜欢的"好事"，要尽量让给媳妇或女婿去做，让婆婆夸媳妇，丈母娘夸女婿，人人面子十足，全家皆大欢喜。但细细品咂，这其中又包含了多少智慧、多少滋味！

"孝顺"古已有之，"不孝"亦古已有之。那么，何谓"不孝"呢？孟子曰："世俗所谓不孝者五，惰其四肢，不顾父母之养，一不

"随"论

孝也；博弈好饮酒，不顾父母之养，二不孝也；好货财，私妻子，不顾父母之养，三不孝也；从耳目之欲，以为父母戮，四不孝也；好勇斗狠，以危父母，五不孝也。"虽然，孟子所言距今已久远，但对今人仍有极大的诫示与启迪。当今，随着利益纷争、利欲诱惑的增多，传统的"孝"文化已然今不如昔，每况愈下。如，有的儿女哄抢父母财产，有的相互推诿不赡养父母，有的肆意干涉老人再婚，有的涉毒涉赌涉黄让父母操心，有的父母卧床不起而无人照料，有的"娶了媳妇忘了娘"，自己"老婆孩子热炕头"，全然不顾父母的饮食起居，有的只"孝顺"自己的父母而不顾伴侣的父母，有的为了某种目的只顾去"孝顺"别人的父母，有的对宠物的"好"超过对自己父母的"好"，有的随意顶撞父母甚至拳脚相加……古人曰："孝子之至，莫大乎尊亲。"对父母如若不尊不孝不敬，则如禽兽无异，即如孟子所言："无父无君，是禽兽也。"况且，"孝"是一种示范，是一种传承，所谓"父行子效""身教重于言教"，前辈做给后辈看，后辈学着前辈干。你做得好，你的儿女不一定做得好；你做得不好，你的儿女一定做得不好；你对你的父母怎么样，你的儿女也终将会怎么样对你……

　　一般而言，世人大多愿意标榜自己的孝顺，但世人对如何做到孝顺也有许多误区，如，有的是"装"给人看的，在人前孝顺，背后不孝顺，父母活着不孝顺，死后哭天抢地，大办葬礼。有的存在一种等待的心理，总是抱着"等我有钱了""等我当官了""等我过好了""等我忙过了这一阵子"之后，一定好好孝顺父母。其实这些都是在给自己找借口，孝顺就是克服一切困难的付出，绝不能找借口去安抚老人，来安慰自己。古人曰："子欲养而亲不待"，世上唯有孝顺不能等待。当然，"自古忠孝难两全"，"忠"与"孝"既是传统道德的一体，往往又是对立的两极，令世人在二者之间难以取舍，左右摇摆，"尽孝忘忠"者有之，"为忠弃孝"者有之，"先尽忠后尽孝"者有之，"先尽孝后尽忠"者有之，究竟如何取舍与评价，或许是千古迷局……

　　古人对传统道德的一个重要贡献，就是把"孝"推而广之。"不独亲其亲，不独子之子"[③]，由"孝"及"爱"，不仅爱父母、爱家人，而且爱外人、爱他人，所谓"老吾老以及人之老，幼吾幼以及人之幼"[④]，这样，通过"善推其所为"，把"孝"纳入社会道德体系，成为人与人之间的一种大"孝"大"爱"，以求孔子所谓的"大同之世"。

【注释】
① "不得乎亲，不可以为人；不顺乎亲，不可以为子"：出自《孟子·离娄上》，意思是：不孝顺父母的人就失去了起码的做人的资格。儿子不能事事顺从父母亲的心意，便不成其为儿子。所以，仁爱之心必须从爱亲人开始培养，这就是做人的根本道理。
② "孝子之养也，乐其心，不违其志"：出自《礼记》，意思是：孝子的孝心体现在让被孝敬的人快乐，不要做违背他意愿的事情。
③ "不独亲其亲，不独子之子"：出自《礼记·礼运篇》，意思是：人不仅仅以自己的亲人为亲人，以自己的子女为子女。体现的是一种博爱精神。
④ "老吾老以及人之老，幼吾幼以及人之幼"：出自《孟子·梁惠王上》，意思是：在赡养孝敬自己的长辈时，不应忘记其他没有亲缘关系的老人；在抚养教育自己的孩子时不应忘记其他没有血缘关系的孩子。

"随"论

论贪念

仅从"贪"字表面上看,下面是一个"贝"字,乃亟思得财务占为己有之意;上面是一个"今"字,表明贪者常思当前之利、专务现在之得。

每一个人皆生活于世间,以眼、耳、鼻、舌、身等器官与外界相接触,产生色、声、香、味、触等感觉,这些能引起人们的利欲之心,因此叫做"五欲"。执著"五欲"并产生"染爱之心",就成为"贪念"。然而,从引申意思上看,"贪念"既有贬义的,如,贪财、贪色、贪功、贪权、贪利、贪情……也有中性的乃至褒义的,如,贪吃、贪玩、贪睡,乃至贪学、贪活儿……所谓贬义的"贪",大多是对一些正当的乃至不正当的诉求,试图不择手段、不加遏制地索取而演变为"贪"。

世人皆有贪念,而或大或小、或多或少、或长或短,往往因人而异、因事而异、因时而异。贪念会产生惯性,一个人第一次诱发贪念,也许是一次偶然,也许是一次侥幸,也许是一件小事,也许是一次好事……然而,一旦贪念被激活,人们欲望的脚步就一发而不可收拾。不该得的也想得了,不该拿的也想拿了,不敢要的也敢要了,不敢收的也敢收了……想法越来越多,胃口越来越好,胆子越来越大,手伸得越来越长。结果,导致入贪成瘾、入贪成癖,愈染愈重、愈陷愈深,直到最终不可自拔。

"贪念"的激活往往是由心理因素造成的,一是对生存能力的恐惧而不断要求增加物质和精神财富的积累,二是由于某些外界条件使自己能够过度占有物质财富从而产生快感。"贪"字与"贫"字形似,"贪"字后面往往隐藏着"贫",正如古人曰:"心足则物常有余,心贪则物常不足。"一个人的贪念越重,越觉得自己贫乏。对他们而言,"贪"已经不仅是为了满足物欲所需,而是如同吸食毒品一样,在精神上产生了"心瘾",有多少都觉得不够,吃多少都觉得不饱。法国18世纪杰出的思想家摩莱里说:"宇宙中的唯一恶习就是贪欲,所有其他恶习,不管怎么称呼它们,都只不过是这种恶习的变种和不同表现而已。"

一个普通人为了满足邪恶的贪念,可以去坑、蒙、拐、骗、偷,一个权势者如果心存邪恶的贪念则危害更大。一些历史与现实中的贪腐之人,他们一旦起了贪念,再由贪念变为贪婪,即如同跌入了欲望的黑洞。贪念带来的惯性心理、侥幸心理,使他们身不由己,欲罢不能。也许此时他们不是不想戒,而是根本无法戒、戒不掉。如,汉代的梁冀、明朝的刘瑾、清朝的和珅等,他们哪一个不是富可敌国呢?可是,贪念诱惑着他们一步一步地走向困境、绝境、死境。

为何这些人难以去除"执贪"之念呢?其实,"执贪"之念就是"执著万有"之念,一个人不能做到忘我忘物,解缆放船,则自不能即心了心、即我了我、即世了世。如此,入世不能了、出世不能了,生不能了、死亦不能了,而只有将"我执"解得开,将"我识"看得开,才能悟到"昔日所云我,今朝却是伊;不知今日我,又属后来谁"的道理。

那么,世人又该如何戒掉"贪念"呢?除了进行道德规劝、操守教化,以及制度管控、法律处罚以外,对每个人而言,其一要对贪念说"不","务以善小而不为,务以恶小而为之。"坚持戒初、戒小、戒微,乃至戒亲、戒友。看似第一次,看似是小事,也不能搞下不为例,甚至亲戚朋友给你送礼,也要学会拒绝,以防贪念的滋生蔓延。其二要对欲望施压,经常提醒告诫自己,管住自己的嘴、自己

"随"论

的手、自己的心、自己的腿,时刻牢记"莫伸手,伸手必被捉"的训诫;要做到慎独,自己独处时也不能放松对贪念的遏制。其三要对"得失"进行比较,坚持算一算账,"贪"了暂时会得到钱、色、权等,但失去的是人心,是自己内心的踏实,是道德品行与信仰,而至惶惶不可终日。"不贪"虽然失去了不该得的东西,但收获的是真诚、踏实、安心,乃至世人的尊重与信服。

所以,人们面对贪念关键还是要从自律、自控入手,学会从内心抵御贪念的诱惑。《淮南子·道应训》载:公仪休爱吃鱼,他当宰相时,有人给他送鱼,他婉拒未收。事后,公仪休说:假如我因为接受了他的鱼,而蒙受受贿之名,被免了相位,虽再想吃鱼也就吃不起了。我不接受他的鱼,我就可以继续当宰相,靠自己的收入,就可以经常吃到鱼……

这个故事说的是"廉吏久则富"的道理,对于这样世人皆知的浅白道理,说出来似乎有画蛇添足之嫌,但愿借此能够给人们以些许启示吧。

论缘分

缘分的神秘表现为：人人都有感觉，又都看不透；人人都相信有，又都无法验证，乃至达到了玄妙的程度。

缘分无形、无色、无味，它不是黑的，也不是白的；它不是方的，也不是圆的，它不是甜的，也不是辣的。一份缘分来到之前人们不知道，而之后又谁都"说不清"。

人的一生与缘分相伴相随。一个人的生命之始，就是由缘而来，人的生命就是与父母的缘分，因为，你的父母结合就是一种缘分，父母一起孕育你的生命也是一种缘分，或早一天或晚一天可能就不是你了。人的成长、相遇、爱情等与缘分亦是斩不断、理还乱，许多互不相识的人，因为上学结了"学缘"，当兵结了"兵缘"，事业成功靠的是"机缘"，爱情美满靠的是"姻缘"……人与人之间的缘分，犹如浩瀚宇宙中的两粒沙子，犹如茫茫大海里的两颗水珠，在亿万种的可能与不可能中因相遇而"结缘"，致使世上有多少"无缘"变为了"有缘"，看似不可能的"机缘"，造就了多少令人瞠目结舌的"奇缘"与"巧缘"。

所以，也有"缘分是最不可能的相遇"这一说法。缘分既是天意，又在人为，如"缘乃天定，分靠人为"；它既赖时空，又超时空，如"有缘千里能相会，无缘对面不相识"；它既是应然，又有无奈，如"有缘无分，有分无缘"……即便是人与人之间相识相交时间的长短也是一种缘分，有的两个人能够在一起共事几十年，而有的仅仅是在某一场合的一面之缘……所以，人与人相处融洽是"投缘"，一见倾心是"眼缘"，心心相印是"情缘"，所谓"只在乎曾经拥有，不在乎天长地久"，何尝不是对缘分的又一种解读呢？比如，两个

"随"论

人从素不相识到相识相爱，是一种缘分，后来因为阴差阳错又分开了，这又是另一种缘分；也有的两个人近在咫尺而形同陌路，而有的两个人相隔天涯却走到一起。

虽然一般而言，缘分无法超脱客观的存在，也无法超脱自身的存在。那么，世人应该如何看待缘分呢？缘分大抵分为两种，一曰"善缘"，一曰"恶缘"。对待"善缘"，人们应该珍惜这份缘分、善待这份缘分；对待恶缘，人们应该懂得回避、懂得远离，如，有的人犯罪坐牢，结识了某个狱友，出狱后两人又合伙作案，此种"恶缘"实乃人生的"死结"，最终因"恶缘"一定会品尝到人生的恶果！所以，许多人对缘分又想有，又怕有，想有的是"善缘"，怕有的是"恶缘"。还有一些人对缘分抱着随机、随意的态度，其实，"随缘"何尝不是对缘分的一种态度。当然，也有的人用缘分来自我慰藉，当对一种关系说不清、道不明时，往往将其归结为缘分。还有的用缘分来维系情感，当一个人要挽回即将失去的亲情、友情、爱情时，其最后的杀手锏往往就是拿缘分说事儿。更有甚者，有的人用缘分来拉近关系，如，男生追求女生，下级巴结上级，会刻意制造一些小情节，让对方觉得相遇是如此奇妙，又是如此必然。

缘分总是在冥冥中去对人生给予把控。"百年修得同船渡，千年修得共枕眠"，一个人也许在懵懂之中即与他人、与他物拥有了缘分。人与人相谋一面便是"缘"、相逢一笑亦是"缘"，所谓"前世千百次的擦肩而过，换来今生的回眸一笑"，因此，人与人之间相见、相识、相处便是缘分，世人一定要懂得缘分的暗示，真诚地珍惜、呵护好每一份机缘，千万莫要错过了上苍所赐予的因缘，更不要把一份缘分变成恶缘、仇缘、孽缘。

缘分是人与人、人与物之间的纽带，依靠缘分人们或可写就一篇人生的传奇，或可带来一生的遗憾，而这一切其实都是靠每个人自己去把握。人与人相识的偶然是冥冥中的天意，而人与人相知的愉悦则来自内心的融洽。相信缘分来自于人们对爱的渴望、对美好的寄予、对希望的期盼，抓住缘分也许就把握了人生的未来，因为，缘分的稍纵即逝会令你与一切无缘。

论侥幸

侥幸永远是偶尔的、短暂的，一个人可以侥幸一时，绝不可能侥幸一世。

虽然侥幸是小概率事件，但这种小概率事件甚至能在关键时刻起决定性的作用。如，17世纪末，法国和西班牙发动了争夺比利时的战争。一次，法军夜袭布鲁塞尔，要用炸药炸毁城市，正巧被一个叫于连的小男孩发现，他急中生智，一泡尿浇灭了正在燃烧冒烟的导火索，挽救了这座城市。又如，两个实力悬殊球队的一场球赛，也许因为一个"乌龙球"，侥幸使弱势的一方反败为胜。再如，在一次飞机失事坠落事件中，某人因为偶然生病没有搭乘这班飞机，而躲过了死亡的危险……诸如此类的"侥幸"不一而足，时有发生。

每个人几乎都经历过侥幸之事，因而世人皆或多或少地存在侥幸之心。但不可否认的是，过多的侥幸之心乃意外之心、妄想之心，也是投机之心、冒险之心。抱有侥幸之心的人，往往都给自己假定一个"万一"的前提，然后把希望寄托在"一切皆有可能"的臆想之中。一个人获得一次侥幸，往往陷入狂喜，随后便幻想着第二次、第三次侥幸的来临……直至陷入痴迷而不能自拔。历史上"守株待兔"的典故告诉世人的就是这一道理。当然，侥幸心也绝不是一无是处，有时候当人们面临巨大困难的时候，抱有一定的侥幸心可以调整人们面对困难的心态，使人们不因为绝望而失去斗志和希望。在这其中，侥幸就像一副麻药，用得好可以暂缓疼痛、治病救人，但麻药吃多了，则会让人恍惚、失去理性，甚至要人性命。因此，

"随"论

如何把握好这服药的剂量，显得至关重要。还有的人则不求侥幸的"万一"，而是"不怕一万，就怕万一"，这种人常常能够远离"麻药"，因而成为一个清醒者，或者他本身就是一个清醒者。

侥幸又是一种心理预期，犯罪心理学将侥幸解释为趋利避害的冒险性投机心理。这种心理导致一些人用侥幸放纵了自身恶行的蔓延，铤而走险地去偷盗、去抢劫、去诈骗，去贪污、去受贿、去渎职……因为心存侥幸，一些人总是想着好的侥幸发生在自己身上，坏的可能发生在别人身上。所以，"比较"可以令人产生侥幸心，一是与别人比，如，醉酒驾车的人总觉得只是偶尔发生一次，别人经常醉驾都没事，自己咋就那么"点背"被抓呢？二是与自己比，如，小偷第一次行窃总是会害怕，越偷越会觉得以前都没事，这次、下次也不会出事，这种侥幸心越大，被抓住的概率也随之越大。三是与好的比，如，购买彩票的人由于看到有人中奖，就觉得你行我差啥，于是，仅凭一丝希望就梦想一夜暴富。四是与差的比，如，有的人干工作、想晋升心存侥幸，做事不求高标准，总觉得干得不如自己的人照样提拔，我干活粗点儿、差点儿咋就不行……

一个人偶获侥幸，或者是意外成功，或者是躲避了灾害，当然值得庆幸，自己亦可欣欣然的。但是，世人切不可常怀侥幸之心。唐朝诗人韩愈《病鸱》诗曰："侥幸非汝福，天衢汝休窥。"意思是说：不要把侥幸当作你的福分，也不要去窥视天之庇荫福佑。常怀侥幸之心的人，必然会给自己带来极大的祸端。因为，侥幸的成功、侥幸的逃避，会令一个不自信的人变得盲目自信，陡然自我膨胀起来，开始轻视一切，放松心态，把希望全部寄托于上天的恩赐之上，而怀有这样心态的人没有不失败的。

侥幸之心亦是一种盲目的、冒险的、苟安的心理。范晔在《后汉书·吴汉传》曰："盖闻上智不处危以侥幸，中智能因危以为功，下愚安於危以自亡。"意思是说：绝顶聪明的人，不会在面临危险时抱侥幸心理,而是依靠自己的努力去改善处境;具有中等智慧的人,能够因势利导,把危险变为成功的机会;最愚蠢的人,则是苟安于危险环境而自取灭亡。普通人不应有侥幸之心,身居高位的人更不应有侥幸之念。隋唐时期著名经学家、训诂学家陆德明解释说:"侥幸,求利不止之貌。"可见,一些凭借手中的权力,贪求私利私欲之人,必然以侥幸为心理慰藉,一而再、再而三地"求利不止",直至身败名裂,此乃不可不戒也。一个人对侥幸得到的一切,因为没有付出相应的努力和气力,大抵是不太珍惜、不太在意的,结果反而会导致对"规则"的藐视、对"公平"的亵渎。

《中庸》曰:"君子居易以俟命,小人行险以徼幸。"[①]因此,世人绝不能过多地依赖侥幸,把它当作从"不幸"走向"幸运"的拐点。侥幸往往是置放于美梦陷阱上的花丛,过分留恋于侥幸昙花一现的艳丽,一个人终将跌入危机四伏的可怕险境。

【注释】

① "君子居易以俟命,小人行险以徼幸":出自《中庸》,原文为:"正己而不求于人,则无怨,上不怨天,下不尤人,故君子居易以俟命,小人行险以徼幸。"意思是:端正自己的言行不去乞求别人,这样就没有怨恨,上不抱怨命运,下不责备别人。所以君子居心平正坦荡等待上天使命,小人则想以冒险求得偶然的幸运。

"随"论

论抱怨

抱怨是心灵的门槛，门槛越高心障就越大，甚至别人无法进来，自己也无法出去。此时，"门槛"变成了"门坎"，走过去是"门"，走不过去是"坎"……而往往一个抱怨之人，内心是不承认或不愿承认的，这也是抱怨之人总是难以走出抱怨之门的宿命与悲哀。

"抱怨"语出《晋书·刘毅传》："诸受枉者，抱怨积直，独不蒙天地无私之德，而长壅蔽于邪人之铨。"[①]俗语也叫"发牢骚"，是指通过或直接或委婉的方式，表达或宣泄心中的不满。在人们生活中充满各种各样的"抱怨"：抱怨社会的不合理、抱怨环境的不顺心、抱怨际遇的不公平、抱怨人生的不如意、抱怨别人的不体谅、抱怨孩子的不懂事……这种怨气像一个炸弹，不良情绪积累多了，会让人内心爆炸、情绪决堤。

一个爱抱怨的人，找别人的原因多、找客观的原因多，而找自己的原因少、找主观的原因少，正如战国时期尹文子《大道》所言："贫则怨人，贱则怨时，而莫有自怨者"。他们总是用愤懑、痛苦、不满、挑剔的眼睛去看世界、看社会、看人生。一切事物在他的眼里都是扭曲的，自己永远是对的，自己的不顺遂都是外界或他人造成的。他唯独能够理解的是自己，从来不试着去理解他人，反倒总把错误归咎于外界或他人，而殊不知出错的恰恰是他自己。

一个爱抱怨的人，总觉得自己是"无辜"的代名词，但事实又不尽然。尽管一开始，也许你的抱怨是有理由的、有原因的、有冤情的。然而，任何事情的发生都是错综复杂、千因万果的，你的理由未必就是唯一，你的原因未必就是正确，你的冤情未必就是冤枉。对与错、是与非、善与恶的标准，为什么就一定掌握在你的手中呢？

抱怨往往是一种语言的发泄，而不是一种行为的改善。爱抱怨的人总是对无谓的幻想有较高的期许，而往往现实又距离他心中的期许很远，由此产生了对现实的失望与怨尤。其实，他没有发现的是，自己的期许也许只是期许，自己并没有去把期许变成行动。他永远活在自怨自艾的牢骚、絮叨、埋怨里，而当你过多地被语言所困扰的时候，必将失去应有的行动力。

爱抱怨的人，眼光是短浅的，心胸是狭隘的，因为他只能看见、总爱计较"私利""小利"的得失，久而久之，抱怨成为一种思维习惯、心理寄托，结果导致心态不阳光，做事不自信。爱抱怨的人，内心是敏感脆弱的，又是争强好胜的，他既想博得别人的同情与安慰，又想推脱自己的责任与担当，更想维系内心的自尊与颜面。然而，他唯独缺乏对自我的内省、反思、批评与否定。所以，一个甘于平庸的人是因为自己而平庸，而一个不甘于平庸的人会因为抱怨而平庸。

抱怨是失去理性的开始，如果任由这种情绪放纵，慢慢会把抱怨变为愤恨，从过激的语言直至过激的行为，伤及他人、伤及无辜、伤及自己。爱抱怨的人，在社会上往往处于弱势、被动的地位，面对不公、不满，他往往不能、不敢有半句怨言，只能憋着忍着。而这些积攒的怨气，他会找身边亲近的人喋喋不休地唠叨，也有的是与家人大吵大叫、大打大闹，搞得老少不安、鸡犬不宁；更有甚者迁怒于爱人、孩子，怨气一上来，看谁都烦，干啥都够，做啥都不对，谁搭话就冲谁来，好像全世界都欠他的。因此，一个怨天尤人的人总会引起别人的反感。

爱抱怨的人没有真正的朋友，因为他总是对人求全责备，要求

"随"论

别人做到完美，稍不留意便会把抱怨发泄到别人身上。爱抱怨的人不会令人施以同情，第一次抱怨也许会令人怜悯，而随着时间的推移，没完没了的倾诉往往令别人心里发怵、心生反感，会从心底里更加看不起你，对你唯恐躲之不及，慢慢与你渐行渐远。即便你获得了别人的同情，谁又能替你去改变人生所遭遇的一切，改变人生命运永远只能靠你自己。

对一个人来讲，如果心存抱怨之念，则抱怨无处不在，时时抱怨、事事抱怨，见一个人抱怨一个人，见一件事抱怨一件事。而过多的抱怨会使你与一切美好擦肩而过，因为人们之所以抱怨，有时并不指望或有能力去改变既定的事实，而无非是借着抱怨来排解心中的压抑。如此一来，一切梦想将被抱怨的声音所遮蔽，一切希望将被抱怨的唾液所淹没……

一般而言，一个有能力的人不会抱怨，一个有自信的人不会抱怨，一个干实事的人不会抱怨，一个能包容的人不会抱怨，一个会反思的人不会抱怨，一个成熟的人不会抱怨，一个智慧的人不会抱怨……相反，一个沉溺于抱怨的人，犹如自己把自己锁进了无望的囚笼，在抱怨的囚笼里，他的灵魂与身体都失去了自由，唯有一张发泄愤懑、倾诉无辜的嘴。但这喋喋不休的声音，终究也会因为众人的漠然、自己的无趣而喑哑失声……

【注释】

① "诸受枉者，抱怨积直，独不蒙天地无私之德，而长壅蔽于邪人之铨"：出自《晋书·刘毅传》，意思是：各个被冤枉者都揣着怨气和真心话，唯独没有蒙受到天地无私的恩惠，而长期滞留在邪佞之人的选举之下。

论宽容

宽容即宽大、包容之意，对一些人和事不计较或不追究。宽容一般有三种含义，一是尊重别人的自由行动或判断，二是对不同于己的人或事给予理解，三是原谅别人所犯的过错与过失。

宽容是一种心胸、一种境界、一种风度、一种自信、一种智慧、一种魅力。《荀子·非十二子》曰："遇贱而少者，则修告导宽容之义。"[①]在孔子儒家思想中，一曰"仁"，一曰"恕"，所谓"恕"即："己所不欲，勿施于人。"一个人能够善以宽容待人待物，尊重别人的自由，包容别人的差异，原谅别人的错误，才能使自己像大海一样宽阔博大，所谓"海纳百川，有容乃大"，反之则是"山锐则不高，水狭则不深"。[②]

俗话说："君子量大，小人气大""人到万难须放胆，事到两可要平心"。宽容犹如一扇大门，学会宽容、善于宽容可以使人包容他人、包容一切、包容天下。在宽容中放下怨恨、仇视、得失，从个人恩怨的小圈子中超拔出来，乃至以德报怨，以德化仇，从而赢得别人的理解，获取他人的尊重，也使得自己从消极情绪的束缚中释放出来，进而打开眼界，消弭心魔，轻装上阵，向成功出发……

宽容可以使人摆脱小是小非、小恩小怨、小得小失的纠缠与羁绊。世上人与人之间之所以会产生这样那样的矛盾、裂痕、仇恨，缘由大多是因小事小节而起，而缺乏了宽容则致使小事变成了恨事，小节变成了过节。所以，一个不善于宽容别人的人，别人也不会谅

"随"论

解你，正如《圣经》所言："你们不饶恕人的过犯，你们的天父也必不饶恕你们的过犯。"那么，如若换一种与人相处的方法，做到"径路窄处，留一步与人行；滋味浓时，减三分让人尝"③，那么，双方对小事的互相谦让会使一个人的身心保持愉快。由此，表面上看起来是吃亏的事，而获得的也许比你失去的还要多，这是一种成熟的、明智的做法，正所谓："宽容了别人，善待了自己"。

宽容不是去分辨事情本身的对错，而是对如何处理事情所抱持的态度。于世人而言，与其去证明一件"对"的事，莫不如去做一件"对"的事，正所谓"躬自厚而薄责于人，则远怨矣"，说的就是，如果一个人抢着干重的活，有过失主动承担责任，而对别人多谅解多宽容，这样的话，就不会互相怨恨。传说，寒山和拾得是佛界的两位罗汉，在凡间化做两位苦行僧。一日，寒山受人侮辱，气愤至极，便有了与拾得的一段精彩对话。寒山问拾得："世间有人谤我、欺我、辱我、笑我、轻我、骂我、骗我，我该如何？"拾得云："只可忍他、由他、避他、耐他、敬他，不要理他，再等几年，你且看他。"

然而，不懂宽容、不会宽容的人，往往把智力、精力、体力都投到斤斤计较、耿耿于怀之中，乃至对任何事都拿不起来更放不下，抱怨、愤怒等不良情绪充斥内心，看谁都好像欠你的，觉得谁都对不起你。他们习惯于锱铢必较、睚眦必报，对得罪自己的人"以牙还牙、以眼还眼"，而有一句话说得极好："以眼还眼，你我都会成为盲人。"他们大多喜好与别人争执、论辩、较劲，与人纠葛不清，与事缠缠绕绕，终日叽叽歪歪，这一切遮蔽了他们走向幸福的道路。所以，一个不去宽容的人，你所苛求的不是别人，而最终恰恰是自己。谚语曰："人之谤我也，与其能辨，不如能容；人之侮我也，与其能防，不如能化。"对一些莫名的诋毁、无聊的非议、小人的伤害，过分地在意不仅会徒增烦恼，而且还会深陷其中。

当然，一个人做到宽容是需要付出许多的，诸如自尊、面子、钱财，乃至人们背后的误解与非议。然而，宽容回报给你的将是健康、视野、轻松，乃至更大的尊重与认可。诚然，"宽容"亦是有风险的，如，对恶人、歹人、小人的宽容，容易姑息养奸，纵虎为患。即便对普通人的宽容，也会使一些人得寸进尺，以为你软弱可欺。所以，宽容绝不是纵容、绝不是懦弱、绝不是屈从，宽容应该有底线、有原则，对大是大非的问题，对恣行无忌之徒，绝对不能姑息纵容。

而这里所说的"宽容"，是对世上人与人相处而言，要尽量做到与人为善、待人以宽，所谓"给人留一寸，给己留一丈""宽人一分，宽己十分"，而这恰恰是能力、素质、道德、自信的表现。凡事忍一句、让一步、忘一事、息一怒，"以大度兼容，则万物兼济"[4]，往往宽容的是别人，而成就的其实是自己。宽容是一种生存的智慧、生活的艺术，是不断修炼过后获得的那份从容和超然。学会宽容则意味着成长，善于宽容则意味着成熟。

【注释】
① "遇贱而少者，则修告导宽容之义"：出自《荀子·非十二子》，意思是：遇到身份低而年纪轻的人，作为长辈应当修养自己，而采取劝导、宽容(他)的最佳行为方式。
② "山锐则不高，水狭则不深"：出自汉代刘向《新序·节士》，意思是：山过于陡峭就不会太高，河水过于狭窄就不会太深。
③ "径路窄处，留一步与人行；滋味浓时，减三分让人尝"：出自《菜根谭》，意思是：在经过狭窄的道路时，要留一步让别人走得过去；在享受甘美的滋味时，要分一些给别人品尝。
④ "以大度兼容，则万物兼济"：出自《宋朝事实类苑·祖宗圣训》，意思是：用大度的心态包容一切，就会使万物得到扶助。

"随"论

论等待

罔殆等待就是罔殆生命,就是浪费时间!

等待是人生的常态,它无时不在、无处不在,人皆如此,概莫能外。

一个人的一生须臾离不开等待,如,生命降临需要"等待",一个女人从怀孕伊始就在期盼、担忧、遐想中"等待":究竟生男生女、是丑是美、随父随母;孩子上幼儿园要"等待"父母来接,上学了要"等待"寒暑假到来,考大学要"等待"录取通知书;还有,商场购物需要"等待"排队交款,外出旅游需要"等待"列车进站,出国留学需要"等待"手续获准,甚至就连吃饭也要"等待",饭菜是否熟了?家人是否到齐?如果说人生是一部向上的阶梯,那么选择和奋斗就是向上的立面,而"等待"就是踏实的平面,可以说,"等待"贯穿于人生的全过程。

"等待"分为两种:一曰有时间性的"等待",如,等待大学毕业,等待约会见面,等待到点开会,等等;一曰无时间性的"等待",这是无约定的、无把控的"等待",如,"等待"机遇降临,"等待"事业成功,"等待"时机逃跑,等等。这种"等待"只是内心的一种诉求,一种期盼,甚至是一种奢望,可以是近在咫尺,也可以是遥遥无期,犹如海市蜃楼,在虚无缥缈间令人捉摸不定。

那么,如何面对等待呢?世人面对等待存在两种态度:一曰消极的等待,一曰积极的等待。所谓"消极的等待",即在痛苦中"等待",在烦躁中"等待",在抑郁中"等待",在无聊中"等待",在无所事事中"等待"……如，有的人整日浑浑噩噩，却梦想天上掉馅饼，结果变成了"傻等"；有的人自身能力不够，却幻想着出人头地，结果变成了"空等"；有的人虽然有能力，但不去创造条件争取，结果变成了"坐等"；有的人对时机把握不住，与成功失之交臂，结果变成了"错等"；有的人对大势判断不准，终生抑郁不得志，结果变成了"苦等"；有的人没有坚持到最后，致使前功尽弃，结果变成了"白等"……

所谓"积极的等待"，即享受等待、善待等待，把无谓的等待变为有价值、有内涵的等待。对世人而言，无论面对有时间性的"等待"也好，面对无时间性的"等待"也罢，皆应以积极的心态面对"等待"，因为，安静的"等待"也是"等待"，焦虑的"等待"也是"等待"，在"等待"中"等待"是一种消极的"等待"，而学会"等待"就是要善于面对"等待"，持有一份淡定，拥有一份豁达……这样，人们的"等待"才能变得充实，人生才不会滞留空白……

所以，一个人要想获得成功的等待，则必须学会等待。那么，如何学会等待呢？一般而言，在等待中获得成功无外乎四点原因：其一是自身能力的前期准备；其二是对"等待"目标的正确选择；其三是对"等待"时机的准确把握；其四是不轻言放弃的守候。

学会等待，要有能力的准备。等待首先要有目标，而这个目标是符合你的能力与客观实际的，否则便是痴人说梦的妄想。其次，亦不能盲目地等待，要发挥主观能动性促使条件转化，如，在一次战役中对敌人设伏，不能一味地"等"敌人进入伏击圈，而要采取诱敌深入、围点打援等战法，诱使敌人、调动敌人才能成功歼敌。

学会等待，要善于抓住机会。春秋时期，姜子牙虽出身低微，但满腹经纶、壮志凌云。听说西伯侯姬昌尊贤纳士、广施仁政，他便千里迢迢投奔西岐。来到西岐后，他每日垂钓于渭水之上，等待圣明君主的到来。一日，他果然"钓"到了周文王姬昌。最终，他辅佐

"随"论

文王,灭掉了商朝,实现了建功立业的愿望。

学会等待,要有坚定的信念。无论对待何种等待,人们都应秉承一份坚守,抱定一份自信,如此必将收获一份成功。如,西汉建元二年(公元前139年),张骞奉汉武帝命率领100多人出使西域,不幸碰到匈奴的骑兵队而被抓获。张骞被匈奴扣押、留居了10年之久。最终,他趁匈奴人不备,才得以逃脱。张骞的10年等待,是一种坚忍的毅力,是一种坚定的守望。

虽然,等待是煎熬,但等待亦是历练、等待更是希望。等待是一切成功者必经的路径,等待是一切失败者沦陷的坑穴。

可以说,等待是人生的态度,等待是自我的修炼,等待是坚定的选择。以平静的心理和情绪面对等待是成熟的标志,以积极的态度和自信面对等待是成功的开始,学会等待,就懂得了人生;学会等待,就懂得了自己……

跋

至此，应是尾声。

回味之余，又感言犹未尽，然古人"知止"的诲示告诫自己：既如此，便如此吧！

那年，在成都上学时，宝光寺那幅楹联至今记之犹深："世外人法无定法，然后知非法法也；天下事了犹未了，何妨以不了了之。"我本愚钝之人，难窥佛法之奥。但细想一下，世间一切事物似乎总是在"了"与"不了"之间，了而未了，不了而了，似了非了，了了还了……

"不了"由他，"了"之由我，是为"知止"也。"知己"方能"知足"，"知足"才会"知止"。隋代大儒王道专门写过一本《止学》，其中有一句非常有名的话："大智知止，小智惟谋"，我理解的意思是：拥有大智慧的人知道适可而止，而有小聪明的人只知道不停地谋划。

老子讲："知足不辱，知止不殆。"历史上一幕幕"知止"的故事是那样地生动，那样地给人以启迪，春秋之范蠡、汉代之张良，乃至美国之华盛顿，皆乃"知止"的典范。"知止"是人生的至高境界，这是一种"自为"的境界、一种"识度"的境界、一种"向善"的境界。但古往今来，知"知止"之理者多，做"知止"之事者少。古代

"随"论

的皇帝被称为"九五之尊",他们内心也是懂得"知止"之道理的,但又有几人能够真的做到呢?

假若一个人当"止"不"止",最终必定反受其累、反受其乱、反受其害,此类事例,不胜枚举。人生如此,文章又何尝不是如此?万事又何尝不是如此?

"事以简为上,言以简为当。"本书至此则已。